김향 여행에세이

길은 산으로 휜다
아니다 다시 바다로 열린다

나남출판

김향 여행에세이

길은 산으로 휜다 아니다 다시 바다로 열린다

NANAM
나남출판

세상에 펼쳐진 길은 모든 곳으로 이어지면서도 아무곳에도 닿지 않는 듯 아직도 내겐 하나의 상징이다. 나는 그 길들과 얽히고 그 길에 침투하여 그 길과 공명되기를 원하면서 자연과 문명, 문명의 인계와 계승을 되새김질하며 걸었다. 황량한 사막에서, 별이 빛나는 폐허의 안뜰에서, 가파른 비탈이나 깊고 어두운 골짜기에서 나는 내 순례의 정신이 무럭무럭 자라나기를 소망하였다. 아니, 탕진되기를 더 원했는지 모른다. 그러나 우주를 한 바퀴 돈다 한들 공허와 결별할 수 있을 것인가. '나는 수천 년 동안을 맴돌고 있다. 나는 아직도 내가 한 마리 매인지, 비바람인지, 아니면 크나큰 노래인지 모르고 있다.'

그럼에도 불구하고 나는 쓴다. 책을 엮는다. 책 속의 길은 그러므로 내가 지나온 길이며 다시 또 지나가야 할 순환의 길이기도 하다. 그 길의 안과 밖에서 풍경을 시로 쓰기도 했고 서툴게나마 사진으로 표현해 보기도 하였다. 이, 비가시적인 것과 가시적인 것이 서로 어떻게 조응할 것인지….

간단치 않은 이 책의 제작을 맡아 여러모로 힘써주신 나남출판 조상호 사장님과 직원 여러분께 진심으로 감사드린다. 또한 빈약한 글에 발문으로 힘을 더해 주신 황현산 선생님, 말미를 호사스럽게 장식해 주신 박상륭 선생님과 오규원 선생님께 거듭 감사드린다. 원고를 정리하면서 세상에는 혼자 이루어낼 수 있는 일이 없다는 것을 새삼 깨닫는다. '더불어 사는 숲'에 한 그루 나무인 나. 내 그늘은 과연 얼마만한 것일까.

2001년 봄과 여름의 경계에서

김 향

김향 여행에세이

길은 산으로 휜다
아니다 다시
바다로 열린다

차 례

동강, 그 사행(蛇行)의 물굽이를 타고

· · · 나는 어디서 어떤 길과 몸을 포갤까

영월 문턱, 소나기재에서 폭우에 흠씬 두드려 맞는다. 다리가 끊어지기 전에, 도로가 폐쇄되기 전에 어서 가야 해. 단종의 묘도 모른 체하고, 고씨동굴도 외면하고, 부글거리는 동강을 끼고 섭새강변으로 달린다. 마을 입구 잠겨버린 다리 앞에 경찰이 지키고 있다. "진입할 수 없습니다. 돌아가십시오." 돌아나와 쌍둥이 식당에서 메기찜을 먹을 때 유혹처럼 우회하여 가는 길을 듣는다. 안개등을 켜고 접어든 외딴 길. 비탈을 쏜살같이 내려오는 빗물이 울컥울컥 흙탕물을 토해 내고 움푹 패인 황톳길에 부스러진 돌들이 발을 구른다. 헛바퀴를 몇번 돌다가 차를 세우고 내리자 와락 비바

람이 달려든다. 우산을 접고 마음을 접고 비탈을 넘는다. 경계가 없어진 길. 길 아닌 곳이 없다. 골짜기마다 봉우리마다 모의하듯 수군거리는 안개. 아랫도리만 남겨진 산들. 안개가 걷힐 때마다 산은 잠깐씩 몸을 포갠다. 나는 어디서 어떤 길과 몸을 포갤까.

진흙길이 끝나고 자갈밭이다. 여기서부터 섭새강변. 인근 문산리, 거운리, 삼옥리 주민들이 옥수수, 감자, 담배를 심고 물고기를 낚으며 살아가는 곳. 꾸구리, 금강모치, 돌고기, 꺽지 등이 몸을 낮게 비추는 곳. 그리고 말썽 많은 댐 공사가 추진되던 곳이다. "댐이 들어서면 안개가 햇빛을 가려 농작물이 자라지 못하니 농사는 틀렸지요. 주민들의 호흡기질환과 소의 질병 또한 대책이 없구요." 마을 사람들 이야기가 자갈밭에 뒹군다. 비가 그치자 어디서 왔는지 비오리떼가 물살을 따라 빠르게 강을 건넌다. 닭들이 덩달아 따라가다가 자갈밭을 쫀다. 문득 한 마리가 꼼짝 않고 서 있다. 가까이 가보니 입에 허연 낚싯줄이 물려 있다. 발 밑에는 축 늘어진 물고기 한 마리. 휑한 눈이 강쪽으로 향해 있다. 닭은 치켰던 꽁지를 내리며 천천히 고개를 떨군다. 돌멩이를 움켜쥔 발가락에 힘이 풀린다. 삼킬 수도 뱉을 수도 없는 저 질긴….

상류가 가까워지는지 강폭이 좁아지며 물결이 잔잔하다. 캄캄하던 물속이 훤히 비친다. 그러나 들여다보아도 물고기는 보이지 않는다. 그들은 어느 돌 틈에 숨어서 나를 보고 있을까. 안개가 물러가고 골짜기마다 저녁의 적막이 깃든다. 강 건너 농부의 집에는 희미한 불이 켜지고 밭갈기를 그친 소는 컴컴한 축사에서 눈을 끔벅이리라. '고기 반, 물 반' 어라연(魚羅淵). 강물도 숨이 막혀 멈추고 마는 어라연은 아직도 멀다. 아름다움은 그러나 쉽게 만날 수 없는 것. 저기 보이는 강 언덕 외딴 집에 하룻밤 묵어야 하리. 오늘밤 내가 할 일은 강가에 나와 지치도록 수달을 기다리는 것. 온몸 가득 달빛과 별빛을 쏘이는 것.

수달을 기다리다 잠이 들었다
꿈이 들찔레처럼 하얗게 내 잠을 덮었을 때
어라연 삼선암에 달빛 출렁일 때
바위틈으로 내민 동그란 머리를 보았다
작고 반짝이는 눈을 보았다
물가로 내려오는 발을 보았다
어디에 있었는지 네 마리의 수달이 뒤따라왔다
새끼들은 암갈색 가시털을 반짝이며
물에서 텀벙거렸다
물갈퀴를 움직일 때마다 물이 내 잠에 튀었다
잠이 비릿했다
수달은 나를 재워놓고 놀고 있었다
이슬이 이마를 두드릴 때까지

내 잠이 차가워질 때까지
저희끼리 놀고 있었다

— 수달을 기다리며

· · · 동강의 비경을 찾아가는 래프팅

동강의 아름다움은 물길 저 건너편에 있다. 물길이 아니면 만날 수 없는 동강의 비경을 보기 위하여 아침에 정선군 신동읍 운치리로 가면서 고성터널을 지난다. 이 터널은 봉고차 한대가 겨우 지나갈 정도로 좁고 긴 편도 터널이다. 게다가 조명시설도 되어 있지 않아 그 속에 들어갔을 때 정전된 피라미드에 갇혔던 긴장감이 되살아났다. 래프팅은 운치에서 출발하여 연포, 절매, 마하 마을을 지나 문산리를 거쳐 어라연에 도착, 만지동 거운리로 내려와 삼옥 둥굴바위까지가 완주코스다. 어제와 판이하게 날씨는 청명하고 햇빛은 강렬하다. 가시거리가 강 건너 수풀 사이 중대백로의 긴 목에까지 가 닿는다. 물가에는 하얀 왜가리 한 마리가 먹이를 찾는지 제그림자에 취한 것인지 물 속을 응시하고 있다. 제몸이 저렇게 눈부신 줄 이제야 알았을까. 강기슭 참나무 허리에 까막딱따구리가 파놓은 구멍들이 나무의 눈처럼 깊다. 저 캄캄한 구멍속 아늑한 보금자리에서 까막딱다구리는 무엇을 내다보고 있을까.

보트가 출발하면서부터 동강은 기다렸다는 듯이 신비로운 자태를 드러낸다. 강 사이 수직의 석회암 절벽은 삼라만상을 품고 거기 위태롭게 매달린 회양목들이 서로 부둥켜안고 있다. 아아, 갈라지고 터지고 부서진 절벽에서 나는 들소의 두개골을 보았다. 청금색 '눈의 여신'을 보았다. 폐허의 사원에 이끼 낀 석상을 보았다. 금강 역사의 불거진 눈을 보았다. 눈도 귀도 없는 부처를 보았다. 다물지 않는 악어의 입을 보았다. 악어의 입으로 드나드는 산까치를 보았다. 줄줄이 엮어진 짚신을 보았다. 짚신에 낀 낡고 짓무른 발들을 보았다. 허공에 비스듬히 기댄 구름의 벗은 몸을 보았다. 절벽과 절벽 사이 허공에서 한 그리움이 다른 그리움을 부르는 메아리를 들었다.

고성을 지나자 강줄기는 동강의 유명한 사행(蛇行)으로 접어든다. 연포 소사마을이 있는 덕천리 주변이다. 덕천리에서는 신석기 시대의 유적과 유물들이 대량 발굴되었고 훼손된 고인돌 한 기도 남아 있어 선사시대 집단 거주지역일 것으로 추정되고 있다. 연포마을은 동강의 절경 중의 절경으로 꼽혀 '연포에 가면 눈이 멀지 모르니 조심하라'는 말까지 전해진다. 우리는 뱀의 몸속으로 미끄러져 들어가듯 알 수 없는 침묵에 싸여 깊은 沼에 담긴다. 긴장감이 맴도는 물밑에서 무엇인가 울컥 솟아나올 것만 같다. 군데군데 소의 눈같은 물멍울들이 수면을 맴돈다. 그 눈을 피해 가는데 강 위로 거룻배용 쇠줄이 가로막는다. 낮은 것은 사람 몸에 부딪힐 정도여서 엎드리기도 하고, 재빨리 팔을 뻗어 머리 위로 넘기기도 해야 했다. 나중에 들은 이야기지만 물이 불었을 때에는 쇠줄이 물에 잠겨 모르고 지나가다가 배에 걸리면 장력에 의해 줄이 튕기며 귀가 찢어지

연포, 절매, 마하, 문희 마을에서 어라연까지 이어지는 뼝대(병풍처럼 둘러진 바위).
삼라만상을 품은 듯 온갖 형태가 연출된다.

기도 하고 목을 다치기도 한다는 것이다. 배는 서서히 백룡동굴 앞을 지난다. 천연기념물 260호로 지정되어 있는 백룡동굴은 1976년 발견된 동굴로서 총 길이가 1,200미터이며 내부의 종유석과 석순의 아름다움은 환상의 극치라고 한다. 동굴 안에는 장님굴새우, 물좀나비, 관박쥐 등 30여종의 생물이 서식하는 것이 확인되었다. 백룡동굴은 공개하지 않고 이곳 주민인 정무룡 씨가 지키는데 그는 이 동굴을 발견한 사람으로서 동굴에 대한 애착이 대단하다고 한다. 이곳 일대는 백룡동굴 외에도 하미동굴, 연포동굴 등 크고 작은 동굴들이 40여개나 있는데 아직 발견되지 않은 것이 얼마나 더 있을지 모른다고 한다. 이 모든 동굴들은 석회암으로 되어 있어 댐이 만들어질 경우 담수가 흘러들어가 지반이 약화될 우려가 높아서 댐 붕괴 위험이 크므로 현재 공사가 중단상태에 있다.

· · · · 수달의 발자국과 어름치의 산란탑

동굴앞을 통과, 절매마을을 지나자 50미터쯤 전방에 급류가 허연 이빨을 드러내고 기다리고 있다. 지형에 따라 물굽이가 180도로 역행하는 곳도 있다는 황새여울이다. 노를 젓던 팔의 고단함도 풀어줄 겸 물에 몸을 맡긴다. 바위에 걸리지만 않는다면…소용돌이에 휘말리지만 않는다면…. 급류를 넘기고 나니 긴장이 풀리며 시장기가 몰려온다. 오후 세 시가 다 되어 가는 시각. 아침식사도 제대로 하지 못한 채 노를 저으며 여기까지 온 것이다. 서둘러 마을에 내려 라면을 청한다. 청량한 물과 라면으로 기운을 차린 뒤 다시 보트에 오른다. 해는 저도 쉬러 갔는지 어디론가 사라지고 바람이 시원하게 맞아준다. 그야말로 순풍에 돛을 달고 ― 그러나 돛은 없었다. 진탄나루를 지나 어라연을 향해 부지런히 노를 저을 때 한평 정도의 부드러운 모래밭에 찍힌 수달의 발자국을 보았다. 금세 숨어버린 듯 물갈퀴자국만 선명하게 남겨 놓고 녀석은 어딜 갔을까. 털속에 파묻힌 조그만 귀로도 우리의 기척을 알아차린 것일까. 수달이 놀다 간 자리에는 어름치가 산란탑을 쌓는다던데…. 강

동강의 백미 어라연. 천애 절벽 아래 초승달 모양의 흰 자갈밭과
세개의 바위 삼선암이 엎드려 있다. 투명한 물속에서는 어름치와 쉬리,
연준모치들이 숨바꼭질 하듯 나타났다 사라진다.

은 여전히 산을 뱀처럼 휘감고 찰박찰박 노와 물이 부딪치는 소리
만 날 뿐 강의 숨소리도 들리지 않는다. 상류가 가까워질수록 한겹
한겹 적요함이 쌓이고 나는 가슴이 두근거린다. 휘모리 장단을 몰
아치듯 마지막 한 구비 강을 휘돌자 어라연 삼선암이 차례로 문을
연다. 오래 묵고 삭아 편안해진 거북 모습의 바위. 등에는 어린 소
나무들이 자라고 발 밑에는 하얀 백자갈들이 초승달 모양으로 오롯
이 깔려 있다. 강 양쪽 기슭 위 천애절벽에 금강송이 군락을 이루고
비단 같은 모래밭 강바닥에는 조개와 고동이 가만히 엎드려 있다.

투명한 물에서 천연기념물 어름치와 쉬리, 연준모치들이 숨바꼭질하듯 바위틈으로 나타났다 사라진다. 어라연은 옛날 이곳에 어라사(於羅寺)라는 절이 있어서 불리게 된 이름이라고 하는데 《신증동국여지승람》에 어라연에 대한 기록을 보면 "이곳에 큰 뱀이 있었는데 하루는 물가의 돌무더기 위에 허물을 벗어놓았다. 그 길이가 수십 척이고 비늘은 동전만 하고 두 귀가 있었다. 이곳 사람들이 비늘을 주워 조정에 보고하니 나라에서 권극하라는 사람을 보내 알아보게 하였다. 극하가 연못 한가운데에 배를 띄우자 갑자기 폭풍이 일어나면서 그 자취를 찾을 수 없었다. 그후부터 뱀도 보이지 않았다고 한다".

"이제 가야 합니다." 넋을 잃고 있는 내게 누군가가 말한다. 아, 가야 할 길이 남아 있구나. 이제부터는 내리막길. 동강에서 가장 물살이 빠른 된꼬까리가 도사리고 있다. 된꼬까리라는 이름은 아마도 떼꾼들이 이곳을 지날 때 호되게 당해서 붙인 이름일 것이라 한다. 우리의 보트 또한 되게 당하여 바위에 걸린 채 꼼짝할 수 없었다. 결국 몇 사람이 물에 들어가 배를 끌어내야 했고 바닥으로는 물이 스미기 시작했다. 된꼬까리를 숨차게 넘어 만지(滿池)에 이른다. 만지는 이미 오래 전부터 불리어 온 이름으로 마을 전체가 언젠가는 물에 잠길 거라는 예언적 뜻 때문에 이곳 사람들은 불안해 한다. 만지를 내려오는데 갑자기 천둥이 친다. 산 저쪽에서 폭포소리 같은 것이 들리더니 폭우가 진격해온다. 허공을 딛고 비가 게처럼 옆으로 걸어오는 것을 처음 보았다. 우리는 흠뻑 젖어 떠는데 이상도 해

라. 옆에 자갈밭에서는 한 사람이 불을 피우고 있다. 폭우는 하늘이 무차별로 쏘아대는 기관총같이 수면에 퍽퍽 내리꽂힌다. 튕기면서 반짝이는 물방울들이 우르르 쏟아지는 무수한 별들같아 한움큼 집으려니 스르르 흘러내리고 만다. 비의 난사에도 불구하고 무사히 거운리에 도착했을 때는 저녁 일곱 시가 다 되어 가고 있었다. 여덟 시간을 물위에 있은 셈이다. 예정했던 대로 삼옥까지 가기에는 날도 저물고 사람의 기운도 저물었다. 배를 접고 하루를 접고, 자동차를 기다리는 동안 하늘에서도 우리들의 옷에서도 뚝뚝 비가 내리고 있었다.

· · · · 아름다운 江의 원형

동강은 국립지리원에서 공인한 바에 의하면 강원도 태백시 창죽동 금대봉 기슭을 발원으로 창죽천, 골지천, 임계천, 송천들이 합해지면서 강을 이루어 정선을 지나는데 정선 사람들은 조양강(朝陽江)이라고 부르고, 이 조양강이 정선을 거쳐 영월에 이르면 영월 사람들은 동강이라고 부른다. 동강은 다시 영월 합수머리에서 서강(西江), 일명 평창강과 합해져서 남한강에 합류된다. 동강의 아름다움은 무엇보다도 강의 원형이 그대로 남아 있는 데 있다. 다른 강들처럼 댐으로 인하여 상처받은 부위가 없다는 얘기다. 그러므로 온전한 자연의 모습을 보고 느끼며 축복을 누릴 수 있는 소중한 장

나리재에서 바라본 나리소. 하얀 모래사장과 휘돌아치는 물굽이,
그리고 짙푸른 소나무가 어울려 모양과 색감이 아름답다.

소다. 또한 둥강 줄기에 십여 기가 넘는 고인돌과 신동읍 고성리의 고성산성(삼국시대 이전에 축성된 것으로 추정)은 역사적 고고학적으로도 의미가 크다. 지금은 송어양식장과 생활하수, 폐광지에 의하여 강이 오염되고 있으나, 아직도 호사비오리, 원앙, 수달, 어름치 등이 이곳을 떠나지 않고 있다. 동강의 운명이 어떻게 될 것인지 확실치 않지만 각계 각층에서 벌이는 동강 지키기운동은 십여년 동안 계속되고 있으며, 최근 정선과 영월에 지역 주민을 대상으로 실시한 여론조사에 의하면 전체 지역주민의 70% 이상이 댐 건설에 반대한 것으로 나타났다.

생명은 물에서 태어났다. 아름다운 강의 원형을 태고적부터 그대로 지니고 있는 동강은 온갖 공해로 오염된 현대인들에게 무엇과도 견줄 수 없는 축복의 선물이다.

늪
우포의 사계

· · · 봄

비를 맞으며 밭고랑을 걷다가 그를 만났다. 그는 온갖 육신의 고향을 거느리고 영녕(瓔寧)의 한가운데 들어앉아 있었다. 생성의 푸르름이 무르익은 수초들은 깊을 대로 깊어진 사유의 뿌리로 보이지 않는 늪의 바닥을 쓰다듬고 있었다. 가끔씩 첫방울의 핏빛 같은 벼슬을 머리에 인 쇠물닭이며 논병아리, 흰뺨검둥오리들이 짝지어 수초의 죽지를 들치고 나타났다 사라졌다. 그리고는 우거진 수풀속 어디선가 가르릉 가르릉 소리가 들렸다.

한낮의 적막 속에서 무엇인가 톡톡 수면을 차는 소리가 났다. 저 작은 곤충들은 물을 나꾸어 어디로 데려가는 것인지. 그 가벼움의

생이가래, 부평초, 쇠물닭, 댕기머리 물떼새 등 갖가지 동식물과 곤충의 거처인 우포.
쪽배도 여기서 산다.

발길이 내 무거운 어깨를 건드리며, 망초꽃잎을 튕기며 찔레덤불 사이로 멀어져 갔다.

저녁 안개가 서리기 시작했다. 멀고 가까움이 서로 등을 기대고, 하늘과 허공과 늪이 하나로 갈무리되고 있다. 가장자리를 맴돌던 낡은 쪽배도 마지막 한 줄기 햇살을 싣고 어디론가 떠나고, 날벌레들이 나를 쫓으려는 듯 온몸에 들러붙는다. 떠나야 한다고 생각하면서도 나는 손만 휘휘 저었다. 갑자기 수백장의 책장들이 펄럭이는 소리와 함께 노을을 등지고 한떼의 새들이 솟구쳤다. 나는 나를

놓아버리고 그 너울거림을 따라갔다. 없는 내가 흐드러진 망초 가
운데 한 줄기 쑥대머리로 놓여 있는 것이 아득히 보였다.

늪가
물억새 사이, 고랭이 사이,
눈뜨기 시작한 망초를 꺾어 주면서
"여린 꽃입니다
물을 갈 때마다 아스피린을 넣어주면
오래 살지요"
그가 말했다
아스피린? 꽃도 감기 걸리나?
파르르 떠는 창백한 얼굴
여윈 목을 안고서
나도 떨면서

그 가벼움의 무게마저 내려놓고
꽃가루 하얗게 떨어진다
떠나온 늪으로 가려는지
지상의 한 점이었다가
꽃이었다가 다시
점으로 돌아가려는,

— 망초

여름이 다가오며 뜬 풀들이 늪을 덮었다. 그것은 초록의 모포를 깔고 양떼를 기다리는 목초지처럼 부드러웠다. 목포 앞 우황산(牛黃山)의 털빛도 한층 깊어졌다. 장재마을 양지바른 둔덕에 산딸기가 붉어지고, 건너편 어둑한 늪에는 왕버들이 무릎까지 물에 잠겨 깊어가는 제 그림자를 내려다보고 있다. 물땡땡이, 물방개, 붕어, 남생이들이 분주하게 물살을 휘젓고, 수면을 가득 메운 개구리밥 틈으

논우렁을 줍고 있는 주민. 지금은 차츰 늪 가장자리가 경작지로 바뀌어 밭농사가
생업이지만 20~30년 전만 해도 물고기, 조개 채취 등 늪에서 얻는 소득이 더 컸다.

로 개구리가 불쑥 얼굴을 내밀었다. 개구리밥이 개구리를 겹겹이 둘러쌌다. 교미중인 실잠자리 한雙의 꼬리가 서로 맞물려 허공에 원을 그리고, 밀잠자리 한 마리가 허물을 벗으며 이삭 사초 끝에 아슬아슬하게 매달려 있다. 허물을 벗어버리려는 잠자리의 다리와 잎을 움켜쥐고 떨어져 나가지 않으려는 허물이 대롱거린다. 나는 목판 배를 타고 물 억새가 흔들리는 늪 가운데로 들어갔다. 수초들이 장대에 들러붙어 치근거린다. 배가 코를 들이밀자 뜬풀들이 스르르 밀려가 수군거린다. 저기, 으슥한 수풀 깊숙이 몸을 숨긴 무엇인가가 웅크리고 있으리라. 두근거리며 조심스럽게 한 자락 들치니 아, 거기 아늑한 둥지 속, 온몸이 눈인 알들이 올망졸망 누워 있지 않은가. 졸며 지키던 어미 물닭이 후닥닥 놀라 날개를 퍼덕인다. 잠시 한 컷, 셔터를 누르는 동안 물닭은 불안하게 주변을 맴돈다. 덩그렇게 남겨진 작은 생명들. 평화롭고 위태로운 여섯 개의 눈동자가 무심히 나를 본다. 하얀 알들의 배후로 지는 해가 붉게 나를 본다. 배를 타고 멀리 나간 한 사람의 뒷모습이 노을 속으로 스르르 빨려든다.

· · · 가을

폭우가 쏟아지기 시작했다. 비는 늪과 산, 강, 한반도 구석구석을 들쑤시며 게릴라전을 폈다. 도시 변두리가 침수되고 낙동강 댐이 방류되자 늪을 뒤덮었던 생이가래, 부평초, 자라풀, 꽃을

우포의 가을. 수면을 뒤덮었던 수초와 뜬풀들이 사라지고 늦은 초록에서 갈색으로 변해간다. 물살을 휘저으며 활개치던 철새들도 서서히 자취를 감추기 시작한다.

준비하던 가시연들이 흙탕물에 휩쓸려갔다. 장롱이며 냉장고, 급기야는 컨테이너까지 급류에 떠내려왔다. 속수무책으로 사람들의 마음도 함께 떠내려갔다.

아무 일도 없었던 듯 하루아침에 뚝 비가 그쳤다. 어딘가에 달라붙어 있던 질긴 생명들이 서서히 고개를 들고, 원앙, 왜가리, 중대백로가 돌아왔다. 죽은 줄 알았던 가시연이 꿈틀거리며 물을 뚫고 솟아올랐다. 긴 목에 돋은 암갈색 가시들이 수달의 털처럼 윤이 났다. 1미터나 되는 잎들이 아직 아물지 않은 늪의 상처를 부드럽게 핥아주고 있었다.

어느 날 늪에

낡고 삭은 것들 환한 늪에

한 마리 까치가 왔습니다

흑백의 정장을 하고

맨발로 왔습니다

늪에는 뿔쇠, 쇠물닭, 댕기머리 물떼새들이

떼지어 끼럭끼럭 물을 휘젓고 있었습니다

암놈을 따라가는 숫놈의 거친 목소리

도망치는 암놈의 가쁜 숨소리가

한낮의 적막을 흔들었습니다

내숭을 떨면서 도망치던

내 젊은 날의 눈썹 같은 깃털 날리며

새들의 발뒤꿈치를 따라가는 물살이

네 마음 다 안다 꿈틀거렸습니다

늪가에서 바라보던 까치는

깃털을 부풀리다가 창포줄기를 건드리다가

소나무 가지 사이 새들의 길로 날아갔습니다

까치가 날아간 물새들의 길에는

가시연꽃만 붉게

하늘을 적시고 있었습니다

— 우포 늪, 가시연꽃 붉게 물들 때

시베리아로부터, 북만주로부터, 철새들이 속속 도착하기 시작했다. 늪은 초록이 완전히 사라지고 갈색과 잿빛에 덮여 있다. 육지화된 곳곳엔 눈에 띄게 경작지가 많아졌다. 이제 누군가의 소유가 된 저 땅에 나는 함부로 발 딛지 못하리라. 자운영, 메꽃, 꽃마리도 피어나지 못하리라. 철새가 깨어나는 새벽녘 우포로 나가 새와 해를 기다린다. 어스름의 갈피 사이로 들려오는 잠든 온갖 것들의 숨결 같은, 뒤척임 같은, 가끔씩 비벼대는 깃털의 사스락거림 같은 미세한 소리들. 문득 토평쪽 산기슭으로부터 무수한 검은 점들이 몰려온다. V자 편대로 날아오는 기러기떼. 새들은 무어라 떠들어대면서 순식간에 목포쪽으로 날아간다. 한 무리가 지나가면 일정한 간격을 두고 또 다른 무리들이 줄지어온다. 먹이를 먼저 차지하려는지 간혹 뒤에 가던 놈이 선두를 추월하려고 밑으로 혹은 위로 스치면서 대열을 흐트러뜨린다. 그 재빠르고 정확한 동작의 경쾌함이 하늘을 가볍게 들어올린다. 한동안 잠잠하다가 늦잠을 잤는지 한가족인 듯싶은 여섯 마리가 황급하게 날아오고 얼마후 한쌍이, 그리고는 마지막 한 마리가 창공을 꿰어차고 유유히 다가온다. 나는 그 한 마리를 오래 바라본다. 기러기들의 부산함에 잠이 깬 참새들이 덤불 밑에서 눈 비비며 나온다. 이제 수백 마리 새들은 물 위에 날개를 접고 아침식사를 하고 있다. 저 싱싱한. 날것의. 비린. 무수한 생명들의 있고 없음이여.

우포의 겨울. 이사한 집처럼 겨울의 우포는 썰렁하다. 그러나 여백은 가득하다.
그 여백 곳곳에 시베리아로부터, 북만주로부터 수백 마리의 철새들이 날아와 겨울을 난다.

언 뺨을 비벼가며 일출을 기다리다 구름에게 해를 놓치고 저녁
무렵 목포로 나간다. 어느 틈에 저렇게 무르익었는지 제주산 오렌
지 같은 보름달이 물억새 한끝을 입에 물고 두둥실 떠 있다. 시려오
던 손발이 달빛에 녹아 나는 물가에 앉는다. 목포는 우포보다 물살
이 세다. 때마침 불어오는 바람을 타고 물결은 빠르게 내게로 온다.
그 속도에 실려 내가 넘실거릴 때, 어느 새 달은 중천에 떠올라 무
지개 빛 달무리 안에 아늑하게 담겨 있다. 그 아름다운 울타리에 싸
여 달은 고요하게 빛나고 몇 개 별들이 달의 귓가에서 달랑거린다.
나는 달빛의 파장으로 들어가기 위하여 동산으로 올라간다. 거기
몇 기의 무덤 주변에 누워 달의 얼굴 우묵한 곳에 정신을 집중한다.

내 마음이 삐그덕 대문을 열고 집을 나선다. 달은 점점 더 환하게 시방 삼세 제망찰해를 두루 비춘다. 물에 한 줄기, 내가 갈 수 없는 길을 내면서.

육지로 가는 아이들의 비상구

당금마을은 한 그루 저무는 나무 같습니다. 뿌리는 바다에 닿아 있지만 살갗은 건조합니다. 가지처럼 이리저리 뻗은 좁은 골목에 비슷비슷한 작은 집들이 서로 의지하려는 듯 다닥다닥 붙어 있습니다. 벌레 먹은 구멍같이 더러 벽이 숭숭 뚫린 집들도 있습니다.

당금마을에는 아이들보다 염소들이 더 많이 삽니다. 집을 짓지 않는 부처바위, 남매바위, 매바위, 까치바위, 촛대바위도 삽니다. 경작지 비탈진 곳에 염소들은 상장(喪章)처럼 붙어서서 사람이 다가가도 꼼짝하지 않습니다. 의심에 찬 호박화석 같은 눈으로 뚫어지게 바라볼 뿐. 마른 풀더미 사이를 지나가면 심심한 도꾸마리가 넓적다리까지 달라붙어 떨어지지 않습니다. 이놈들은 배를 타고 차를

대매물도 방파제와 선착장 주변. 매물도는 흰머리 고래떼가
불쑥불쑥 솟구치듯 파도가 하얗게 일어서는 남쪽바다 한가운데에 있다.

당금 뒷등 언덕 위의 폐가.
돌담에 묻혀 지붕만 빠꼼하게 보인다.
덩굴이 칭칭 벽을 감고 올라가
집은 통째로 포박당한 모습이다.

당금 마을 비탈. 비슷비슷한 집들이 서로
의지하듯 다닥다닥 붙어 있다. 아이들보다
염소가 많고, 집보다 빈 터가 많은 마을.

타고 내 집까지 따라올 기세입니다.

당금 뒷등 자갈밭은 몽돌밭입니다. 파도가 세차게 밀려와도 몽돌들은 몽돌몽돌 알몸을 비비며 서로 탁마(琢磨)하기를 그치지 않습니다. 몽돌 틈에 낑긴 풀들이 시계추같이 느릿느릿 흔들리고, 구름과 개미와 교회당 십자가의 오후 4시 그림자도 느릿느릿 흘러갑니다. 바닷가 언덕빼기에 사람이 버리고 간 집을 덩굴이 치잉칭 감고 놓아주지 않습니다. 집들은 납작하게 흙 속으로 묻혀가고 덩굴은 점점 하늘로 올라갑니다.

막다른 골목 막다른 집 한산초등학교 매물도 분교에는 다섯명의 학생들이 육지로 가는 비상구를 활짝 열어놓고 있습니다. 운동장 가득 지글거리는 햇빛 사이로 아직 바다를 건너지 못한 아이들의 나비가 담을 넘어갔다가 오고 왔다가 가면서 조금씩 벽을 허뭅니

한산초등학교 매물도 분교. 아이들이 하나 둘 육지로 떠나고 다섯명만 남아 있다.
뒷뜰엔 아이들이 모아놓은 가지가지 돌들이 저희끼리 달그락거린다.

다. 뒷뜰에 모아놓은 수십 가지 돌들이 내가 알 수 없는 아이들의 언어로 달그락거립니다. 풀잎이 여린 귀를 바짝 세우고 듣습니다. 고개를 끄덕거리기도, 갸웃거리기도 하면서.

매장해 줄 사람이 없는 당금마을에서는 사람이 죽으면 시체를 육지로 데리고 가 화장시킵니다. 한줌 육신의 가루를 싣고 배에서 내리는 사람의 얼굴이 꽃 진 자리처럼 어둑합니다. 멀어져 가는 배 뒤꽁무니가 가고는 다시 오지 않으려는지 뒤뚱거리며 손을 흔듭니다.

매물도는 흰머리 고래떼가 불쑥불쑥 솟구치듯 파도가 하얗게 일어서는 남쪽 바다 한가운데에 있습니다. 그 섬에서 집집의 수도꼭지와 남겨진 사람들의 헐렁한 단추 구멍과 바다에서 자주 막히는 길들이 함께 저물어갑니다.

다들 어디 갔을까

다들 어디 갔을까. 꿈틀거리는 것은 바다뿐. 마을은 쥐 죽은 듯 고요합니다. 낭떠러지 같은 바다와 눈을 찌르는 햇빛. 곳곳의 정적이 겹겹이 조여와 나는 숨이 찹니다. 큰 마을, 은거지, 집 너머, 살마끔, 진살미 마을은 모두 바람 드센 쪽으로 발뒤꿈치가 조금씩 들려 있습니다. 앞장펄, 쇠시랑장펄, 서금막펄, 외섬펄, 뒷띠갯벌들을 바다가 점점 잠식해 오고, 살아남은 바지락, 모시조개들이 가슴을 부풀리며 깊은 호흡을 합니다. 나는 바다로부터 마을 끝에 버려진 폐가를 돌아 황도초등학교를 기웃거립니다. 아무도 없습니다. 아니, 방학이 없는 의자는 있고, 서양 아이를 닮은 동상과 60년 역사와 60번째의 겨울도 있습니다. 나는 빈 운동장을 돌아나와 썰렁한 밭을 가로질러 당산으로 갑니다. 그곳은 홰나무가 무리지어 당

황도 큰마을 앞 경작지 건너 야산 밑에 집이 서너채 웅크리고 있다.
바다와 경작지와 집들이 한 선상에 놓인다.

숲을 이루고, 숲이 받치고 있는 하늘이 한가롭게 전선에 걸터앉아 풀풀 새털구름을 날리고 있습니다. 나무 아래 당집의 문패처럼 '붕기풍어제의 유래'를 오석에 새겨 놓았습니다.

"아주 오랜 옛날 안개가 자욱한 어두운 밤에 출어한 황도의 어선들이 항로를 잃고 표류할 때 지금의 황도 당산에서 밝은 불빛이 귀로를 밝혀 모두 무사히 귀향할 수 있었다. 황도 어민은 이

때부터 자신들을 보살펴 준 신성한 곳이라 하여 이곳에 당집을
짓고 제사를 모시게 되었다.”

예로부터 부유한 마을이라 '황금섬', '황도' 라 불리는 이
유도 영험한 당신(堂神) 덕분이라 여기는 이곳 사람들은 아이들에
게 '당쪽에 대고 오줌도 누지 말라' 고 이릅니다. 당숲의 홰나무들
도 '당나무' 로 섬겨 부러뜨리지도 않으며 썩어도 가져다 땔나무로

화나무가 무리지어 당숲을 이루고 있는 당산.
당집의 문패처럼 붕기풍어제의 유래를 새겨놓았다.

쓰지도 않습니다. 당집은 당숲 뒤편 돌담 안에 뒷짐지고 돌아앉아 있습니다. 화상(畫像)을 다섯 점 걸어놓은 '원당'을 화나무가 감싸고, 규모가 좀 작은 '소당'(산신당)에는 산에서 모셔온 산신이 호랑이 한 마리와 상주합니다. 소당 옆 허름한 건물은 고기를 보관하거나 처리하는 '육간'(肉間)입니다. 함석지붕 아래 벽은 있고 문은 없습니다. 원당에서는 성주 이하 다섯 장군을 포함한 열두 당을 모시지만 대부분의 주민들은 진대(뱀)서낭을 주신으로 삼아 뱀과 상극인 돼지는 기르지도 먹지도 않습니다. 돼지를 기르면 돼지는 잘되나 그 집의 식구가 죽거나 병신이 된다고 믿기 때문입니다. 당집에

서 좀 떨어진 곳에 '당샘' 혹은 '당너머 샘'이라 불리는 샘은 바위 틈에서 솟는 물이 아무리 가물어도 마르지 않아 이 샘 또한 신성하게 모십니다.

1960년대 중반, 한창때의 황도는 30여척의 중선을 소유했을 정도로 배 사업의 원고장이었으나, 서산 방조제 건설과 간척지 개간 사업으로 고기와 해초가 사라져 지금은 바지락 채취가 소득원이 되었지만 '붕기 풍어놀이'는 황도의 제일 가는 자랑입니다. 1977년 전국 민속예술경연대회에서 대통령상을 받은 붕기 풍어놀이를 지금도 해마다 음력 정월 초이틀로부터 초사흘에 걸쳐 치르며 일년간

황도 붕기풍어제의 뱃기.
붕기란, 길이 2~3미터 되는 대나무를 여러 갈래로 쪼개서 그 가지마다 조회를 매단 것이다.

의 풍어와 마을의 평안, 어선의 무사를 기원합니다. '붕기'(鵬旗)란 길이 약 2~3미터 되는 대나무를 여러 갈래로 쪼개서 그 가지마다 조화를 매단 것인데 붕기는 만선(滿船)한 경우 그것을 기념하여 다는 기로서 낮게 꽂힐수록 만선입니다.

어기 어차 뱃놀이 간다
한산 세모시 배포장 두르고
허리대 고장에 장화만 늘이고
이물대 고장에 붕기만 질렀다

붕기타령을 부르며 어민들이 행진하면 제주와 그 마을 무당이 붕기를 어민들 앞에 세워놓은 후 부복하여 제금을 차면서 부정굿— 어느 굿이든 첫머리에 하는 절차로써 굿판을 성화시킨다는 의미가 있다 —을 합니다. 부정굿이 끝나면 원당 앞에 자리를 펴고 원당고사를 지낸 뒤, 열두 굿거리를 치른 다음, 당집 주위에 매었던 금줄을 풀고 기를 뽑고 풍장을 치며 놀다가 물때를 보아 요왕제를 시작합니다.

또 다른 제(祭), '팽나무제'도 정월중에 지냅니다. 이 제사는 마을에서 가장 보기 좋은 나무, 팽나무를 위한 것입니다. 살마끔과 은거지 사이 잿봉에 있는 팽나무는 '마을의 인물나무'로 당나무와 마주보고 있으므로 '마진당' 혹은 '서낭'이라 부릅니다. 팽나무제는 제일은 정해져 있지 않으나 정월중에 깨끗한 날을 잡아 하고 싶은 사람이 제주가 되어 진행합니다. 여자들이 주동이 되며 남자들은 풍물을 쳐줍니다. 시끌벅적하던 제의가 모두 끝나면 황도는 언제 그랬느냐는 듯 다시 깊은 고요에 빠집니다.

곧 비가 퍼부으려는지 날은 어둡고 바람이 먹구름을 동쪽에서 서쪽으로 휙휙 몰아갑니다. 납작한 집들이 자라목처럼 더욱 움츠리며 지붕 밑으로 몸을 숨깁니다. 당나무, 홰나무 수많은 팔들이 아우성칩니다. 마을을 빠져나와 바다를 끼고 걸을 때 파도는 나를 단숨에 나꾸어버릴 듯이 으르렁거립니다.

바람이 회오리친다

회오리 속에 말려든 파도가 뿌리째 흔들린다

집들은 지붕 밑으로 납작하게 몸을 숨기고

깁다 만 그물이 혼자 뒤척이며 그래도

'쉬지 않고 인연의 천을 짜고 있다'

목까지 물차 오른 바위섬이 파도 한끝에 매달려

납빛으로 굳어간다

저 속을 누가 알랴 바람은 언제

제넋을 보내고 부르다 몸져눕는지

물살에 끌려가는 물풀들

산산이 머리 풀어헤치고 허우적거린다

미처 돌아가지 못한 작은 새 한 마리

발가락 오그리고 젖은 몸을 떨고 있다

우르르 쓸려온 모래 무더기가

마을쪽으로 털썩 주저앉는다

저녁 6시의 시계바늘이 물구나무 서서

물끄러미 보고 있다

— 풍경

따뜨 뜨밤 아시 (Tat tvam asi)
네가 바로 영원한 생명

··· 태백을 향하여

사북의 문풍지가 바람을 이리저리 몰고다닌다. 개천 위 서로 다닥다닥 기댄 판잣집 앙상한 다리들이 휘청거린다. 산기슭에 엎드린 슬레이트 지붕들. 납작하게 허물어져 가고 아무도 쳐다보지 않는 울긋불긋한 간판들이 휑한 거리에 우두커니 서 있다. 나는 태백으로 넘어가는 싸리재, 1,285미터를 숨차게 올라와 함백산 쉼터에서 커피를 마신다. 1월 15일의 거센 바람이 허공에 쉬익쉭 숨을 뿜으며 자동차를 흔든다. 창 밖의 세상이 두고 온 서울의 일상처럼 좌우로 기우뚱거린다. 한 시절의 흔적같은 검고 쓸쓸한 커피가 좁고 어두운 내 식도를 타고 내려와 창자의 끝 막장에 도달한다. 한줌의 땔감도 없이 온갖 불순물만 들러붙은 그곳에 한잔의 뜨거운 커피가 불을 지핀다. 고향집 눈 속에 타는 꽃등불처럼 나는 발화한다.

· · · ·용연(龍淵)동굴에 주유(周遊)하는 시간

　태백의 문간, **가는골과** 용소 사이 산등에 '용연(龍淵)동굴'이 입을 벌리고 있다. 백두대간 주봉 금대봉의 자궁같이 어둡고 축축한 구멍. 그곳으로 나는 태아처럼 웅크리고 들어간다. 이 동굴이 생성된 오르도비스기, 4억 4천만년 전의 시간이 우르르 몰려온다. 깊은 바다 속, 한쌍의 촉각과 미돌기를 흐느적거리며, 몸통의 씨줄을 당기고 놓으며, 허물을 벗으며, 삼엽충이 대륙붕 바닥을 기어다닌다. 해파리, 해백합, 산호들이 흐느적거리고, 원시 물고기 피카이아가 해초 사이를 헤집고 다닌다. 주유(周遊)하는 시간의 수억년 퇴적층을 뛰어넘어 네안데르탈인의 동굴곰도 보인다. 자기 살점을 뜯어먹고 있는 동굴곰. 잡아먹는 쪽도 먹히는 쪽도, 본질적으로 하나라는 근원적 생명 이미지로서의 동굴곰.

　그리고 이라크의 사니다르에서 발견되었다는 구석기시대 한 남자의 모습도 떠오른다. 강력한 힘을 지녔던 한 남자. 꽃이 얹힌 상태로 매장되었다는 한 남자. 그는 샤먼이었을지도 모른다고 했다. 더구나 그 남자 밑에는 두명의 여자와 한명의 어린아이 뼈가 있었다고 하니 그때 이미 순장이 행해지고 있었던 것일까. 걸어다니고, 대화

하고, 웃고, 사랑하고, 기쁘기도 슬프기도 했을 텁수룩한 한 사내가 지긋이 나를 보고 있다. 내가 아득한 시공을 더듬는 동안 동굴의 길은 '조스의 무덤'을 지나 '드라큘라 성'으로 진입한다. 오, 드라큘라 백작은 아직도 건재하신가. 그의 성채는 여전히 아름답고, 견고하고, 쓸쓸하다. 쓸쓸함이 비치는 흐린 불빛 앞에서 나는 잠시 머문다.

연못 속의 용이 승천하였다 하여 이름 붙인 용연동굴. 그러나 동굴은 공룡이 잔뜩 목을 빼고 있는 모습이다. 동굴 암벽에는 임진왜란 때에 이곳으로 피난왔던 사람이 그 내력을 적어 놓은 것이 있으며, 또한 동굴 깊은 곳에는 초동굴성갑충, 긴다리장님좀딱정벌레, 살아 있는 화석이라 불리는 옛 새우와 장님톡톡이 등 여섯종의 신종 생물이 발견되어 1966년 발굴당시 학계를 놀라게 하였다고 한다. 동굴 내부에는 유난히 커튼(베이컨 시트)과 동굴 산호가 많다. 동글동글 오톨도톨한 동굴 산호들. 건드리면 툭 터질 듯 잔뜩 부풀어 있다. 저 부풀음이 잉태한 것들, 어서 태어나거라.

동굴 밖 세상이 돌연 눈부시다. 해발 920미터. 많은 밝은 산(白山) 가운데 가장 큰 밝은산(太白山)이 있고, 한강, 낙동강의 발원지가 있는 고원의 도시. 그리고 지구상에 제일 먼저 출현한 절지동물인 삼엽충 화석의 보고인 태백의 청정한 하늘과 대기가 이마에 찡하다. 무엇이 나를 이곳으로 이끌었는가. 눈 쌓이면 보러 오는 태백산 주목(朱木)들의 꿈틀거림인가. 언제부터인지 주목은 내게 식물로서가 아니라 동물적 존재로 각인되어 버렸다. 울퉁불퉁한 근육질의 몸통. 끈끈한 목숨의 살 냄새. 그리고 고사목 가지들이 가리키는 지시적 언어.

그러나 이번 태백행은 전혀 다른 방향에서 이루어졌다. 어느 날 느닷없이 깊은 골짜기 은밀한 지성소(至聖所)와도 같은 샘 하나로 가고 싶다는 충동이 솟구쳤고, 그 충동은 점점 걷잡을 수 없는 욕망으로 가속되었다. 어쩌면 그러한 발상은 메말라가는 내 내면의 강줄기를 거슬러 올라가 그 발원의 자리를 찾아 거기 솟아나고 있는 무균의 물 위에 나를 비추어보고자 하는 내재적 욕망일 수도 있었다. '강', '발원'을 떠올리다가 '강의 발원지'로 연계가 되고, 강일 바에야 내 몸의 젖줄인 한강부터 시작해야 되지 않겠는가 생각되었다.

강에 대하여 무지한 나로서는 우선 도서관에 가서 자료를 찾아보았다. 그러나 정작 내가 의도하고 있는 한강의 발원지에 대하여는 문헌의 기록이나 향토사학자들의 주장이 일치되지 않아서 혼란스러웠다. 가령 《세종실록지리지》에는 오대산 금강연, 《동국여지승람》·《택리지》에는 오대산 우통수, 《세계백과사전》에는 대덕산 북쪽, 《국어대사전》에는 태백산맥 서쪽, 《큰사전》에는 삼척 하장면으로 되어 있는가 하면, 학계와 태백시에서는 태백시 창죽동 금대봉 기슭의 검룡소(儉龍沼)라 하고, 한국하천연구소의 이형석 씨는 금대산 북쪽 계곡 제당궁샘이라고 하였다. 발원지를 검룡소로 보는 태백 문화원의 김강산(金剛山) 씨의 주장을 보면 "강의 근원을 산등성이의 분수령으로 하느냐, 아니면 쉼없이 솟아나오는 수원지(水源地)로 할 것이냐 하는 것은 문제가 있다. 전자는 실질적인 강의 길이를 측정하는 방법일 수 있겠고, 후자는 일반개념 같다. 여기서 중요한 것은 후자이다. 왜냐하면 산등성이의 분수령(分水嶺)에서 흘러내린 빗물을 근원으로 삼고 싶은 것이 아니라 쉴새없이 솟아나는 샘물같은 것이 사시사철 흘러 곧바로 강과 연결될 때 그것을 강의 근원으로 보고 싶은 것이다. 따라서 큰 강의 연원은 샘의 규모보다는 용출량이 많은 소(沼) 정도라야 마땅하다."(1986. 4. 8, 1986. 5. 7 《강원일보》)라고 하였다. 반면 이형석 씨는 《하천문화》(河川文化, 1999. 2. 7)에서 "… 하장천(下長川, 한강 본류의 최상류를 하장천이라고 부르기도 하는데 그 까닭은 이 강이 강원도 삼척군 하장면 경내로 흐르기 때문이다)의 최상류에는 한강의 발원산인 금대산이 솟아 있고, 최장 발원샘은 제당궁샘이다. 금대산 기슭에 태백시에서 한강의 발원지로 잘못 소개한 검룡소란 호소가 있다. 그러나 한강 최장 발원지 입구에 있는 호소이므로 '최장 발원 호소'라고 불러도 큰 잘못은 아니다." 즉, 강의 발원지는 실질적인 강의 길이로 측정한 결과라야 한다면서 한강의 길이에 대하여도 "강화도 북단을 한강의 하구로 정하여 산출한 한강의 길이 514킬로미터는 일제의 오산이고, 하천법에 의한 법정 하구를 기점으로 계측한 결과 497.5킬로미터이며, 《국어대사전》 등의 기록은 오류"라고 하였다.

아무래도 좋았다. 발원지를 밝힌다는 것은 어차피 나의 몫이 아니며, 나는 다만 단순한 여행자의 입장에서 그것들을 보고 싶을 뿐이었다. 그 장소에 대한 흘림과 거기 도달하기 위한 생각의 갈래, 그리고 그곳과 나 사이에 놓인 온갖 생명의 생장수장(生長收藏)을 담지한 길 위에 내 고난의 풀무를 내려놓는 일이 중요했다. 그 길은 내가 10여 년 전에 썼던 "갈림길, 숲을 버린다 / 서늘함을 버린다. 늘 비켜가던 길 / 나무 없이 물 없이 진창도 없이 하늘로 / 가는 길만 가득한 풍경 안으로 들어"가는 길이거나, "강이 끝나고 산마저 다해 이제 길이 없으리라 했는데 / 버드나무 푸르고 꽃이 붉으니 또 한 마을이 나타나네"(山窮水盡疑無路 / 柳綠花紅又一村)라고 한 어느 고승의 길이기도 하다. 나는 기왕이면 양쪽이 다 주장하는 검룡소와 제당궁샘을 찾아보기로 하고, 거기에 보너스로 낙동강 발원지라고 하는 황지연못과 너덜샘을 추가하였다. 이 모두가 태백에 있으나 지도에는 표기되어 있지 않았다. 태백에 가면, 가서 묻고 물으면 알 수 있겠지. 그렇다면 골짜기가 훤한 겨울이 좋겠지. 이렇게 매듭짓고 겨울의 한복판에 태백을 향해 떠났다. 가뜩이나 눈 많은 고장에 폭설이라도 쏟아지면 어쩌나 염려하였으나, 집을 나서서 새벽 안개 속에 첫발자국을 디뎠을 때 밀려오는 기분 좋은 예감이 지난 밤 불안을 말끔히 씻어주었다.

· · · 금대산 골짜기 적막 속에 잠든 샘

금대봉 가는 눈길은 양모를 깔아 놓은 듯 푹신하다. 포근한 날씨 탓인지 양지쪽에는 버들강아지가 부풀고 줄줄이 늘어선 철쭉가지 끝에 촉촉하게 물기가 돈다. 옛날에 양(羊)이 철쭉꽃을 뜯어 먹고는 비척거리다가 쓰러져버려서 철쭉을 척촉화(躑躅花)라고 하였다는데, 철쭉이 한창일 때 이 길을 가면 나도 철쭉에 취해 비척거리다 쓰러지지나 않을까. 올라갈수록 바람이 강했으나 그 바람은 신선했다. 나는 눌러썼던 모자를 벗고 바람에 뺨을 부빈다. 바람은 젖은 내 머리카락 사이로 부드러운 손가락을 넣어 땀을 식혀준다.

'금대봉'은 정선군 고한리와 태백시 창죽동·화전동 사이에 있는 해발 1,418미터의 산이다. 이 산에는 검룡소와 용소, 고목샘, 제당궁샘 등이 있으며 주목을 비롯하여 각종 야생화가 가득한 창죽마을의 진산으로 알려져 있다. 금대봉(金臺峰)의 금대(金臺)란 말은 검대로서, 신이 사는 곳이란 뜻이며, 또한 이 산에는 금이 많다고 하여 금대라고 하기도 한다. 고생대에는 바다였다는 이 지역에 지금도 삼엽충 화석들을 어렵지 않게 볼 수 있다는데, 나는 빠듯한 일정 때문에 그것들을 찾아 볼 수가 없어서 아쉬웠다. 싸리재에서 1.5킬로미터 정도 올라왔을까. 금대봉 돌탑 쌓인 곳에 도달하니 한국청소년 연맹에서 세워놓은 하얀 표식목이 있고, 거기에는 "… 북동으로 흐르는 물은 한강의 발원이 되고, 남동으로 흐르는 물은 낙동강의 발원이 되어, 양강(兩江)이 이 봉(峰)으로부터 비롯되므로 이 봉을 양강 발원봉"으로 본다는 내용이 씌어 있다. 돌탑을 지나 내리막길로 들어서는데, 눈 위에 짐승 발자국이 찍혀 있다. 먹이를 찾아 마을쪽으로 내려간 모양이었다. 어떤 놈일까. 무심코 그 발자국을 따라간다. 어느 구간에서는 뛰기도 하고, 미끄러지기도 한 흔적이 보인다. 먹이를 발견했을까. 날이 저물었을까. 그 발자국을 따라가다 나도 미끄러진다.

눈길을 간다.
금대봉 귀밑머리가 희게 빛난다.
제당궁샘은 어디 있을까

층층나무 밑으로
무슨 발자국이 부호처럼 찍혀 있다
걷다가 뛰다가 미끄러지기도 한 그 발자국
따라가다 나도 미끄러진다
누워서 바라보는 無極의 하늘
아, 저게 샘이 아닌가

몸빛이 오색인 새 한 마리
샘물을 뜨러 온다
날갯짓에 허공이 펄럭인다
새는 뒷머리 붉은 띠로 쓰윽,
'了'를 긋는다

— 오색 딱따구리

<u>엎어진 김에 쉬어간다고</u> 꽤 오래 눈밭에 누워 있으면서

떠오른 구절들이다. 으스스 떨리는 몸을 일으켜 다시 돌탑 앞으로 간다. 아무래도 방향을 잘못 잡은 것 같다. 돌탑 앞에서 북쪽을 유심히 살피려니까 철조망이 있고 철조망 너머 참호가 파여 있다. 그곳을 건너자 언뜻 나뭇가지에 하얀 표식 리본이 구원처럼 나부끼고 있는 것이 아닌가. 기울어져 가던 마음이 팽팽하게 조여진다. 오랜 친구를 만난 듯 반가웠다. 표식 리본은 일정한 간격을 두고 제당궁 샘까지 이어져 있다. '제당궁샘'은 금대봉에서 북쪽으로 불과 150여미터 거리에 있었던 것이다. 그러나 길이 나 있지 않아 막연히 북쪽 계곡만 믿고 오다가는 길을 잃기 십상일 터였다. 나는 샘으로 달려가 눈 위에 뒹굴었다. 수십, 수백억의 눈의 눈들이 찌르듯이 나를

한국 하천연구소에서 한강의 발원샘이라 일컫는 제당궁 샘. 금대봉 북쪽에 있다. 샘 위로 두 개의 제당궁이 보인다.

본다. 얼어붙은 샘의 투명한 눈동자가 내 이마를 파고든다. 샘 옆에
는 사각의 검은 돌로 만든 표식판이 견고하게 박혀 있고 "한강의 발
원샘 : 금대산 제당궁샘, 1993. 11. 11 건립, 녹색신문사, 한국하천
연구소, 한강살리기 시민운동연합"이라고 새겨 놓았다.

　제당궁샘은 약초를 캐거나 치성을 드리는 사람들이 제사를 드리
는 샘으로서 한강 수계에서 가장 위쪽에 위치한 샘이라고 한다. 샘
위쪽 암벽 밑에는 제사 드리는 제당궁이 나란히 두 군데 있는데 그
안에는 정갈한 흰 천과 흰 실타래가 길게 드리워져 있고 타다 남은
향과 초도 있었다. 누군가가 끊임없이 다녀가는 것이 분명했다. 나
도 배낭에서 대추와 과일을 꺼내 제단에 차리고 절을 한다. 내가 부

제당궁 내부. 정갈한 흰 천과 흰 실타래가 걸렸고 타다 남은 향과 초도 있다.
이곳은 약초를 캐거나 치성을 드리는 사람들이 제사 지내는 곳이다.

르지 않아도 내 곁을 찾아와 이곳까지 무사히 인도해 준 어떤 존재에 대하여. 금대산 골짜기마다 넘치는 적막 속에 내가 놓인 분명한 사실에 대하여. 이럴 때, 이렇게 빙점의 고요가 내 무의식의 곳간을 가득 채울 때, 나는 피가 잘 돌아 문득 가벼워지고 알 수 없는 곳으로부터 무엇인가 다가오는 기척을 듣는다. 그것은 얼음 밑에 도사리고 있는 저 샘의 들숨 같기도 하고, 멀고도 가까운 내 심장의 북소리 같기도 하고, 북극성의 자미원(紫微垣)에서 울리는 새벽 종소리 같기도 하다. 그 소리들에 묻혀 얼마나 있었는지 무슨 신호처럼 산새소리 들린다. 어떤 새일까. 여기까지 날아와 나를 깨우는 저 새는? 나는 내닫던 연상의 꼬리를 거두어 살아가야 할 세계의 양극 사이로 나를 돌려세운다.

또 하나의 한강 발원샘이라고 언급되었던 '고목샘'은 두문동재 밑, 즉 금대봉골에서 정선군 고한리 두문동으로 넘어가는 재 아래에 있다고 하였으므로 이 지점에서 과히 멀지 않으리라 생각하고 북서쪽으로 진행하였다. 이 구간은 경사가 가파르고 미끄러워서 힘이 든다. 추울 것이라 예상하고 완전무장을 한지라 등줄기에 땀이 줄줄 흐른다. 잠시 쉬면서 어디 그럴 듯한 고목이 있는가 두리번거리는데 마른 가지들 사이로 예의 금대봉에서 보았던 하얀 표식목이 어른거린다. 배낭도 팽개친 채 급히 가 보니까 그 표식목에는 '한강의 발원샘 고목샘'이라고 적혀 있고 그 아래 조그만 샘이 '나 여기 있다'는 듯 빤히 쳐다보고 있다. 그러니까 이 샘의 위치는 제당궁샘에서 북서쪽으로 1킬로미터 남짓 떨어진, 해발 1,320미터 지점인 셈이다. 샘은 얼었으나 고목 바로 밑에 약간 고여 있는 물이 있어 겨우 떠서 한 모금 마시니까 입안이 싸하다. 이 샘을 발견한 이형석 씨가 쓴 답사기 《정신문화르포 / 한강, 낙동강 발원지 답사기》에 보면, 이 샘이 있는 금대산을 어룡산(魚龍山, 약초 캐는 현지인의 설명)이라고 하고, 샘은 약초 캐는 사람들이 오가며 마시는 고목나무 샘이라고 하였다. 그는 이 샘을 발견하고 샘물로 밥짓고 국 끓여 먹으며 가슴이 뭉클하였다고 한다. 고목은 수령 300년 정도 된 신갈나무다. 잎이 무성할 때면 상당한 그늘이 될 성싶었다. 믿어지지 않을 정도로 두 샘을 수월하게 찾고 나니 긴장이 풀리며 허기가 진다. 오후 네 시가 다 되어가고 있었다. 점심 대신으로 어제 석탄 박물관에서 먹다 남은 옥수수빵을 뜯어먹으면서 서둘러 산을 내려온다. 검룡소로 가야 하기 때문이다. 검룡소는 태백시 관광안내도에 상세히 표기되어 있고, 길 또한 거의 끝까지 포장되었다니까 별 염려는 없겠지. 다소 방심한 채 건너편 은대봉(銀臺峰)을 바라보며 금대봉(金臺峰)을 내려온다. 이름도 예쁜 금대봉, 은대봉. 금대봉에 '금구뎅이'가 많다 했으니, 은대봉에는 '은구뎅이'가 많은 건지.

··· 꿈틀거리는 검룡(儉龍)의 소(沼)

창죽천을 끼고 검룡소로 가는 길은 지극히 편안하다. 제당궁 샘을 찾느라 금대산 골짜기를 헤매던 것에 비하면 관광열차를 타고

창죽천을 끼고 검룡소로 가는 길.
함석지붕을 인 빈 집도 있고, 고랭지 채소밭, 송어 양식장도 있다.

가는 기분이다. 산비탈에 고랭지 채소밭이 썰렁하게 비어 있고, 송어 양식장도 비어 있고, 자갈밭에 녹슨 함석 지붕을 머리에 인 흙벽집도 비어 있다. 바람만 휙휙 경계없이 넘나든다. 태백문화원에서 발간한 검룡소에 대한 자료를 보면, "검룡소는 세집모테(옛날 서씨네가 살다가 천씨네가 살았고, 이씨네가 살던 터이다. 그래서 세집모테라 부른다. 모테는 모퉁이와 같은 뜻) 윗쪽에 있는 한강의 발원지이다. 제당궁샘과 고목나무샘. 물골(물이 나오는 골)의 물구녕 석간수와 예터굼(예터가 있는 골짜기. 예터는 검룡소 위쪽에 있는 넓은 밭으로 옛날 작은 암자가 있다고 하여 예터이다)의 굴물(예터굼 안쪽 절벽 밑에서 솟아나는 물)에서 솟는 물이 지하로 스며들어 검룡소에서 다시 솟아나와 514킬로미터의 한강 발원지가 되는 곳이다.… 둘레에 20여 미터의 깊이를 알 수

한강의 발원샘으로 알려지고 있는 검룡소. 이곳에서 용출되는 물이 암반으로 흐를 때 용이 용틀임 하는 모습과 흡사하여 검룡소라 부른다. 沼의 검고 깊은 눈을 들여다보고 있으면 들어오라고 부르는 듯하다.

없는 검룡소는 석회암반을 뚫고 올라오는 지하수가 하루 2천톤 가량 용출하고 있으며, 솟아나온 물이 곧바로 20여미터의 폭포를 이루며 쏟아지는 광경은 장관을 이루고 있다. 오랜 세월 동안 흐른 물줄기 때문에 깊이 1~1.5미터, 넓이 1~2미터의 암반이 푹 파여서 그리로 물이 흐르는데 흡사 용이 용틀임을 하는 것 같다. 검룡소의 물은 사계절 9℃ 정도이며 주위의 암반에는 물이끼가 푸르게 자라고 있어 신비한 모습" 이라 하였다(태백문화원《태백의 지명 유래》).

산그늘로 굳게 얼어붙은 빙판길을 올라가 沼에 다다른다. 연못 주변도 얼어붙었고 용이 승천할 때에 용틀임한 흔적이라는 층층바위를 뛰어내리던 물줄기도 얼어붙었는데, 沼의 한가운데 살얼음 밑

에서 어른거리는 저것은 무엇인가. 그것은 나를 부르고, 나는 그것
에게로 갔다.

붉은 달이 돋는 밤
굴렁쇠를 굴리며 儉龍의 沼로 가네
깊고 푸른 물의 단전
어둠의 회오리를 치잉칭 감고

춘분이되기전춘분이되기전에

붉은 달이 돋는 밤
청동방울 울리며 나는
그의 寂속으로 寞속으로

다라니다라니다라니 그의 아이 낳을 때
뿔달린 아이 낳을 때 비늘 번쩍일 때

붉은 달이 사라지네 천둥번개 몰아치네 沼가 꿈틀거리네
창궐하는 비바람 뚫고 儉龍이 솟구치네 허공이
비틀거리네 문득 동쪽 하늘이 뜨거워지네 흠칫
太白이 깊어가네

— 춘분이 되기 전에

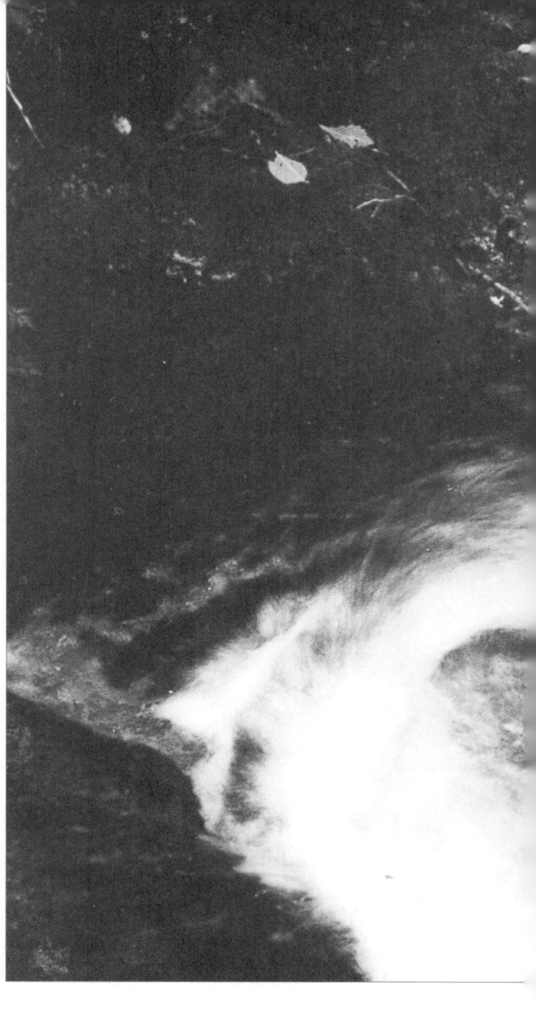

검룡소에서 솟아나온 물이
암반을 타고 흘러가는 모습.
용이 용틀임하는 모습과
유사하다고 전해진다.

동양의 천문도 이십팔수 중의 짐승 동청룡(東靑龍)은 춘분
날 저녁 여섯 시쯤에 어둑한 동쪽 하늘에 두 개의 뿔을 드러내기 시
작하여 여섯 시간에 걸쳐 가슴, 배, 엉덩이, 꼬리, 꼬리끝이 나타나
고, 완전한 용의 형태가 되기까지는 하지에 이르러서이며, 추분날

로부터 꼬리까지 물 속으로 잠기는 데에는 또다시 삼 개월이 걸리는 동지가 된다고 하니 그 유유자적함이 참으로 경이롭다. 재미있는 것은 용의 두 개의 뿔 중 하나를 서양에서는 처녀자리 페르세포네가 들고 있는 보리이삭이라 하여 '스피카'(spica)라고 부르는데

페르세포네는 지하세계의 왕 하데스에게 납치된 후부터 겨울 삼 개월 동안 지하에서 지내다가 지상으로 돌아온다니까, 용이 깊은 못 속에서 칩거하는 기간과 같다는 얘기다. 그렇다면 용의 뿔 하나 가 아름다운 처녀다? 내가 이런저런 몽상에 젖어 있는데 저무는 해 를 지고 한 사람이 다가온다. 아, 이제 나는 두고 온 집으로 돌아가 야 하는구나. 지금 저 한 사람이 지나온 길을 내가 가고 내가 왔던 길을 그는 가리라. 그 길들 위에 존재했던 우리는 그러나 사라지고 내딛는 걸음만이 확실한 현존일 뿐, 길은 시간과 시간을 헤아리는 생명들을 요약하며 강처럼 흐른다. 그 길을 따라 강을 따라 떠돌다 가 선회하는 내 발걸음이 무거울 때 — 원효는 "일마다 현현(玄玄) 한 곳에 들어가는 문이요, 곳곳이 모두 고향으로 가는 길"이라 했 으니, 내가 쉬고, 지치고, 잠들고, 꿈꾸며, 깨어났던 길 모두가 고향 아닌가.

내가 본 한강의 발원지는 조그만 沼이거나 샘이었다. 그러나 그 미미한 시작이 하장천, 골지천이 되고 조양강(동강), 남한강이 되고, 양수리에서 북한강과 합류하여 한강으로 흐르다가 임진강과 만나 조강이 되어 서해로 나아간다. '만법(萬法)이 귀일(歸一)된 바다' 그 무차별의 세계로. 나는 그 발원의 자리에게 이렇게 말해 주었다.

"따뜨 뜨밤 아시(Tat tvam asi) — 네가 바로 영원한 생명"이라고

강의 흐름, 시간의 흐름
섬진강 발원지에서 하구까지

···상추막이골 어둡고 축축한 곳에

'데미샘'은 상추막이골 어둡고 축축한 그곳에 고요히 누워 있었다. 탄생과 죽음을 수태하고 있는 자궁으로서의 그것은 히브리의 모세가, 아카드의 사르곤이 흘러온 유로(流路)이며, 수메르의 길가메시가 정화된 자리이며, 12세의 주몽이 초막을 지은 건국의 초석이며, 연오랑 세오녀의 일월신화(日月神話)를 엮은 매개물이기도 하다. 그것은 또한 나르시스의 호수이며, 공무도하(公無渡河)의 백수광부(白首狂夫)를 삼킨 죽음의 한 도형이기도 하다. 이 무수한 상징 앞에서 발레리는 "거기에 내가 팔을 내미는 그 고요한 물은 나를 끌어당긴다. 그 현란함에 대해 나는 저항하지 못한다"고 하였듯이 데미샘은 먼 곳에서 나를 불러 나는 돌밭을 헤치고, 잡목에 긁히며, 컴컴한 시누대숲을 건너 여기까지 왔다. "마음이 바라는 것은 항상 물의 형상으로 환원될 수 있다"는 믿음 때문일까. 나는 지금 한잔의 술을 올리며 샘의 여신과 교신중이다.

· · · 온몸이 입이고 자궁인 그녀

섬진강의 발원샘이라 일컬어지는 여러 장소 가운데 하나인 데미샘은 전북 진안군 백운면 신암리 상추막이골, 사람의 발길이 닿지 않는 외딴 곳에 없는 듯 있었다. 다른 강들의 발원지와 마찬가지로 섬진강 역시 발원지에 대한 의견은 구구하다. 《택리지》《한국지명총람》에서는 마이산으로, 《세종실록지리지》《동국여지승람》은 지리산, 《한국지명요람》《세계대백과사전》에는 팔공산, 《큰사전》《새한글사전》《국어대사전》에는 진안군으로 표기되어 있으며, 《조선지지자료》에 비로소 보다 구체적으로 전북 진안군 부귀면이라고 하여 현재 지리관계 서적이나 각종 사회과부도에 활용되고 있다. 그러나 나는 "한강의 발원지를 찾아서"에서 밝혔듯이 하천에 대한 전문가의 입장도 아니요 그럴 능력도 없는지라 무주군에서 섬진강 발원지로 규정하고 정비사업을 추진중인 데미샘을 찾아왔다. 데미샘이라는 명칭은 이 샘이 있는 산 이름이 천상데미라 하여 붙인 이름이라 한다. 사실 강의 발원지라는 것은 유로(流路)의 변동이

나 새로운 샘의 발견에 따라 달라질 수도 있는 가변성을 지니고 있
는 만큼 어느 것이 절대적이라고 볼 수는 없을 것이다.

　백운면까지는 일사천리로 달려왔다. 신암교회 못미처 작은 댐이
있고 그 아래 저수지 물이 은어떼처럼 반짝인다. 최양 선생 유허비
를 지나 섬진강을 끼고 상류로 상류로 올라올 때 가지마다 무성한
잎들이 계곡을 지붕처럼 덮고 있어서 물소리 아니었다면 계곡을 따
라오는 것인 줄도 모를 뻔했다. 찔레넝쿨 기어오르는 모퉁이 집 앞
에 소 한 마리가 물끄러미 나를 보다가 찔레쪽으로 고개를 돌린다.
햇볕에 후끈 꽃이 달아오른다.

　　복면을 하고 담을 넘고 있다
　　소 한 마리 그 광경을
　　천천히 씹고 있다
　　담 안쪽은 쥐 죽은 듯 고요하다

　　푸르르 떨면서
　　느릿느릿 담을 넘고 있는
　　저 시뻘건 찔레넝쿨

— 느림

　　임신마을이 끝나자 "이곳은 섬진강 발원지 마을 신암부
락입니다"라고 씌인 표지판이 나왔다. 나는 곧 샘이 나타날 것 같아

들뜨기 시작하였으나 정작 여기서부터가 시작이었다. 고난의 돌밭 길을 차도 사람도 헉헉대며 올라가는데 땡볕은 정수리에 목덜미에 사정없이 내리꽂힌다. 몇 번이나 차를 포기하다가 겨우겨우 올라가니까 개울에 무쏘 한대가 땀을 식히고 있다. 그 녀석도 꽤나 열 받았는지 아예 물 속에 네 발을 턱 담그고서. 그 옆에 차를 세우고 막상 샘을 찾아나서니 막막하다. 예상했던 것보다 훨씬 깊은 산골이었다. 도대체 물어볼 사람도 인가도 없다.

　도저히 종잡을 수가 없어서 우두커니 앉아 무쏘의 주인만을 기다린다. 이 지방 번호판이니까 알 수 있으리라는 마지막 기대를 가지고 땀에 젖은 몸을 말리고 있으려니 산 속에서 세 사람이 나타난다. 직감적으로 차의 주인 일행임을 알았다. 결정적인 순간에 구원의 손길이 뻗치는 경험을 여러 번 해본지라 '이젠 샘으로 갈 수 있겠구나' 싶었다. 알고 보니 그들은 무주군에서 발주하는 섬진강 발원지 데미샘 정비사업을 맡은 사람들이었다. 제대로 만난 것이다. 샘의 위치를 묻자 말로만 듣고서는 못찾아간다는 것이다. 길도 없는 데다 나무가 우거져 가지를 쳐가며 다녀왔다면서 톱칼을 내밀어 보인다. 거리가 얼마나 되느냐고 물으니까 700미터쯤 된다기에 실례를 무릅쓰고 안내해 달라고 졸랐다. 이럴 때는 이렇게 할 수밖에 없다는 것도 언제부터인가 알게 되었던 것이다. 결국 그 중 한 사람이 앞장선다(그는 정비공사를 맡은 건설업체의 대표였는데 융숭한 식사대접까지 받았다). 과연 길은 고약했다. 모자를 안 쓴 내 머리카락을 이 가지 저 가지가 희롱하듯 잡아당기는가 하면, 가시돋친 줄기들이

섬진강 발원지 데미샘.

팔 다리를 마구 긁어댄다. 누군가가 벗어놓은 허물 같은 그물이 길게 누워 놀래키더니 느닷없이 목에 벌레가 툭툭 떨어진다. 700미터가 왜 이렇게 먼지 숲은 나무로 빽빽하여 바람 한점 통하지 않고 흘러내리는 땀 때문에 눈조차 뜨기 어렵다. 가느다랗게나마 물소리 들리기만 고대하며 걸어간다. 금방 다녀왔다는 앞선 사람도 길이 헷갈려 한동안 왔다갔다 헤맨다. 이 더위에 다시 한번 와 주는 그 사람이 더욱 고맙고 미안했다.

드디어 샘에 도달하였을 때는 너무도 더웠기 때문에 그것이 데미샘이건 아니건 물을 만났다는 사실에 무턱대고 기뻤다. 한숨 돌리고 살펴보니까 포항제철 광양제철소 송암회에서 세워놓은 화강암

표석이 있다. 앞면에는 '섬진강 발원지 데미샘'이라 써 있고 뒷면에는 '섬진강 500리 맑고 푸르게'라고 적혀 있다. 1993년 제작으로 되어 있으므로 이곳을 발원샘으로 삼은 지도 꽤 되는 모양이다. 샘은 지름 1미터 남짓밖에 되지 않았으나 그것은 무한한 생명력을 내포한 채 아래로 아래로 그 힘을 실어보내고 있다. 물결은 얼마나 아른아른한지 건드리면 산산이 부서져버릴 것 같다. 바위를 뒤덮은 두꺼운 이끼는 짐승처럼 엎드려 있고 나무들은 홀연 솟아난 듯 신선하다. 여기서는 자연 아닌 것은 섞일 수가 없을 것 같아 나는 숨을 내뱉기조차 조심스러워진다. 상류로 거슬러 올라온 것은 결국 내 기억의 시간을 따라 거슬러온 것. 샘물에 비치는 얼굴이 나 아닌 듯 생경하다.

상추막이골
아무도 모르는 외딴 그곳에
그녀는 홀로 누워 있었네
나는 그녀의 창백한 입술에 입맞추었네
온몸이 입이고 자궁인 그녀

아른아른한 그녀의 막을 뚫고 내려가 보았네
고요의 바닥에 깊숙이 내통한
빛의 무늬가 꿈틀거리네
내 인연의 그물이 출렁거리네

미끌거리는 그 빛을 잡을 수 없네

흔들리는 그물을 건질 수 없네

그녀는 만질 수 없네 안을 수 없네

투명한 살갗 밑으로

날개 달린 시간과, 소멸되지 않는 아가미,

멈추지 않는 맷돌이, 사과나무가, 살구나무가,

상추막이골 은밀한 그곳에서

나는 그녀를 만났네 그러나

가질 수 없었네 잊을 수 없네

아무도 그녀를 가질 수 없다네

— 데미샘

컴컴한 시누대숲은 점점 더 어두워오고 구름도 몸빛이 바뀌어가고 하루분의 내 길의 양식도 바닥이 나 간다. 안내해 준 임 사장 말에 의하면 공사는 9월에 준공 예정이며 이미 도로정비사업에 착수하였다니까 한발만 늦었어도 데미샘의 참 모습은 볼 수 없을 뻔했다. 머지않아 이곳이 관광지화되면?

항상 힘겹게 찾아와 쉽게 떠나야 하는 것이 나의 상황이다. 조절적, 형성적이 되지 못하는 내 몸의 관성체계는 자꾸 나를 붙들고, 나는 머무를 수도 갈 수도 없는 외도(外道)에 길항한다.

내친 김에 《택리지》에 섬진강 발원지로 기재된 '마이산'(馬耳山)으로 올라간다. 마이산 역시 진안에 있다. 암마이봉(673미터), 숫마이봉(663미터) 불끈 솟은 두 봉우리가 말의 귀 같다 하여 마이봉이라 하지만 봄에는 해돋이봉, 여름에는 용각봉, 가을에는 마이봉, 겨울에는 먹물에 찍은 붓끝 같다 하여 문필봉으로도 불린다. 마이산은 1억년 전에는 호숫가였던 것이 4천만여 년에 걸친 지각변동으로 융기된 거대한 역암덩어리로서 진안읍에 들어서면 어디서나 말의 귀가 드러나 시끌벅적한 세간의 소리를 관음(觀音)하고 있는 것 같다. 멀리서 볼 때는 말의 귀다, 돛대봉이다 운운하지만 가까이 다가가면 그것은 엄청난 위력으로 압도한다. 산이라기보다는 하늘을 향해 도전하는 지상의 강력한 대응물 같기도 하고, 혹은 하늘에서 내려친 청천벽력 같기도 하다. 더욱 신기한 것은 포탄세례를 받은 것처럼 보이는 흔적이다. 이러한 지형을 타포니(Taponi)라고 하며 이 현상은 역암을 구성하는 자갈이 차별침식으로 빠져나가면서 만들어진 것이라 한다. 감히 접근해 보지 못할 정도로 신비롭고 위압적인 봉우리지만 암마이봉은 비교적 쉽게 정상에 오를 수 있다(숫마이봉은 전문 산악인이 아니면 어렵지만). 숫마이봉을 못올라가는 대신 나는 그 골짜기의 화암굴에서 약수로 아쉬움을 축이고 봉우리 아래 은수사를 거쳐 탑사로 내려온다. 태풍이 불어도 흔들릴지언정 무너지지는 않는다는 돌탑들은 기단을 원추형으로 둘러

화암굴에서 바라본 숫마이봉. 암마이봉은 정상에 올라갈 수 있으나 숫마이봉은
전문 산악인이 아니면 어렵다. 불끈 솟은 바위 덩어리가 신비롭고 위압적이다.

마이산 탑사와 돌탑. 돌탑들은
이갑룡 처사가 1885년부터 10여 년에
걸쳐 쌓은 것으로 80여 기에 이른다.
탑사 뒤에 두 개의 원추형 돌탑이
주탑인 천지탑.

돌덩이를 하나씩 포개 쌓은 외줄탑.
안정감이 없어 보이지만 태풍이 불어도
흔들릴지언정 쓰러지지는 않는다고 한다.

쌓은 위에 단석을 높이 쌓아올린 형태의 주탑인 천지탑을 비롯하여, 돌덩이를 하나씩 포갠 외줄탑 등 80여기에 이른다. 이 탑들은 1885년경부터 10여년에 걸쳐 이갑룡 처사가 인근의 자연석으로 쌓은 것이라는데 높이가 15미터나 되는 것도 있다. 이 탑의 조성방법에 대하여 추측이 무수하거니와 그 배치는 제갈량의 팔진도법(八陳圖法)에 따른 것이라고 한다. 아무튼 한 인간의 그 염력에 숙연해진다. 마이산과 돌탑의 조화는 분명 신묘함의 한 경지다.

섬진강은 전북 진안에서 발원하여 전라북도와 전라남도의 동부를 남류, 경상남도 하동군과 전라남도 광양군 경계에서 남해로 가는 길이 225킬로미터의 강으로 3개도 11개 면에 걸쳐 흐른다. 섬진강과 금강의 수분(水分)현상이 재미있는 것은 전라북도 장수읍에 위치한 수분리(水分里)마을 김세호 씨집의 용마루를 분수선으로 남쪽 처마 낙숫물은 섬진강으로, 북쪽 처마에서 떨어지는 물은 금강으로 흘러간다는 것이다. 나는 섬진강 줄기를 따라 임실, 남원을 거쳐 곡성으로 흘러온다. 전남 곡성군 압록리와 구례군 논곡리 경계에 보성강과 섬진강이 합류되는 '압록'에서 두 강의 각각의 모습과 합해진 모습을 보기 위해서다. 강은 압록 철교와 압록교, 그리고 압록국교의 세 개의 다리 밑 넓은 자갈밭 사이에 Y자를 이루며 누워 있다. 하나의 강이 된 두 개의 강은 본디 한몸이었던 듯 구별이 없다. 그 친연(親緣)의 관계에 나도 섞이고 싶어 다리 아래로 내려가다가 낚시하던 한 사람이 마침 은어 한 마리 낚아올리는 것을 구경한다. 빛처럼 튀어오르던 은어가 바늘에 꿰어져 할딱인다. 쨍쨍한 땡볕에 그래도 반짝인다. 의지할 곳 없는 허공에 매달려 버둥거린다. 나도 보이지 않는 내 안 곳곳에 찌르고 찔린 상처를 안고 저렇게 뒤채며 살고 있겠지. 잘라내고 꿰맬 수 없는 상처는 스스로 치유해야 하는 것, 분명한 이 명제가 생명 있는 모든 존재들을 슬프게 한다.

나는 위무받고 싶은 심정으로 곡성군에 있는 태안사로 발길을 돌린다. 보성강을 끼고 가는 길은 아름답고 조용하다. 수초들이 강 언저리를 포근하게 덮고 점점 보기 힘들어진다는 나비들이 공중을 이리저리 베어낸다. 어슬렁거려 보고 싶은 마을을 몇 지나 산문에 다다른다. 태안사 입구까지 차가 다닐 수 있을 만큼 길은 넓고 평탄하지만 물소리, 새소리, 바람소리 마다하고 굳이 차로 갈 이유가 없다. 1.5킬로미터 남짓 되는 거리이긴 하나 나무가 울창하고 계곡은 깊지 않아도 맑고 수려하여 한여름에도 지치지 않고 걸을 수 있는 길이다. 반야교, 해탈교를 건너면서 마음을 가라앉히노라면 '보행'은 어느덧 '포행'으로 바뀐다.

태안사의 첫 이미지는 특별하다. 계곡 위에 누각처럼 얹어 놓은 능파각(凌坡閣)과 먼저 대면하게 되기 때문이다. 다리 구실을 하는 긴 마루가 호화롭고도 운치가 있어 나는 몇 번이나 왔다갔다 해본다. 능파란 계곡과 물굽이가 어우러져 있다는 뜻. 능파각은 그러므로 '속세를 벗어나 도량으로 들어서는 문'이란 의미다.

'태안사'는 동리산 자락에 있는 신라말 구산선문 중의 하나다. 동리산(桐裏山)은 '학이 오동나무를 먹고 산다는 신성한 곳'이라 하여 부도비에도 "수많은 봉우리, 맑은 물줄기가 그윽하고 깊으며 길은 멀리 아득하여 세속의 무리들이 들어오는 경우가 드물어 승려들이 머물기에 고요하다. 용이 깃들이고 독충과 뱀이 없으며…"라고 기록되어 있듯이 지금도 선원에는 선승들의 발길이 끊이지 않는 사찰이다. 특이한 것은 경내 넓은 연못 가운데 있는 삼층석탑. 초파일

연못 가운데 삼층석탑에는 석가모니 부처님의 진신사리를 모셔 두었다. 초파일이면 수많은 연등이 물에 비치고 불빛 아래 펼쳐지는 춤이 물에 비치어 장엄한 한순간을 이룬다.

이면 탑을 중심으로 수많은 연등이 물에 비치고 불빛 아래 펼쳐지는 춤이 또한 연못에 비치어 장엄한 한순간을 이룬다니 얼마나 황홀한 광경일까. 나는 승무 대신 연못 위를 나르는 한 마리 새의 춤을 따라 너울거린다. 내 그림자는 보이지 않고 새의 그림자만 잔잔한 수면에 무늬진다.

연곡사로 가는 길에 진시황과 서불에 관한 전설이 깃들인 곳, '서시천'(西施川)을 지나칠 수 없다. 진시황이 동해 삼신산에 불로초가 서식한다는 말을 듣고 서복(徐福)으로 하여금 이것을 구해 오라 하였다. 서복은 9척의 배에 동남동녀 3천명을 태우고 출발하였다. 삼신산은 신선이 산다는 봉래, 방장, 영주의 세 산을 이르는데 우리나라에서는 금강, 지리, 한라의 세 산을 신비롭게 일컫는 말이다. 서복은 남해를 거쳐 지금의 섬진강인 다사강을 따라올라와 구례의 서시천을 거슬러 지리산에 들어간다. 그러나 불로초를 찾지 못하여 다시 섬진강으로 내려와 탐라로 갔다고 한다. 서시천은 서불천을 의미하며 냇물의 이름도 여기서 유래하였다는 것이다. 그 서시천은 가뭄으로 드러난 자갈과 모래가 천변을 메우다시피 하고, 고층 아파트며 자동차, 공사장이 북적대어 멀고도 먼 서불의 이야기를 떠올린다는 것이 무색할 지경이지만 상상의 날개는 종횡무진, 초고속이어서 나는 즉각 기원전 225년쯤으로 날아가 맑은 물이 흐르는 한적한 어느 냇가에 불시착한다. 한떼의 무리들이 왁자지껄 떠들며 물놀이를 하고 혹은 수렵을 하고 혹은 술과 음식을 먹으며 한나절을 보내고 있다. 어딘가 낯익은 그들의 생김새, 나는 슬쩍 끼어들어 이야기에 귀를 기울이지만 알아들을 수가 없다. 하릴없이 나무 그늘 아래 비스듬히 누워 나는 스르르 잠든다.

서시천을 건너서 토지면 내동리 천하제일의 단풍 골짜기 피아골을 따라들어와 '연곡사'에 도착한다. 걸음은 자연스럽게 '부도 중의 꽃'이라는 동부도(東浮屠) 쪽으로 먼저 내닫는다. 과연 꽃이라 부

동부도 하대석의 용.

북부도. 동부도와 형태가 비슷하나 보다 더 완곡한 느낌을 준다. 하대석에 용 대신 구름을, 탑신에는 사천왕상, 향로, 문살 등을 조각하였다. 상륜부에는 역시 가릉빈가 네마리가 날개를 활짝 펴고 있으며 연꽃을 장식한 보륜이 지그시 꽂혔다.

를 만큼 화려하고, 꽃이라 하기엔 생명이 긴 하나의 상징이 거기 있었다. 지대석 위의 기단부와 탑신부, 상륜부를 쌓은 팔각 원당형의 이 동부도는 탑신에 조각된 사천왕상, 팔부중상, 가릉빈가 — 불교에서 일컫는 극락조. 깃이 예쁘고 소리가 고우며 상반신은 사람의 모습이고 하반신은 새의 모습. 춤을 잘 춘다 하여 호성조(好聲鳥), 선조(仙鳥), 묘음조(妙音鳥) 등으로 불린다. 우리나라에서는 통일신라 시대에 이 새를 조각한 수막새 기와, 구리 거울들이 전해진다 — 그리고 하대석과 중대석의 용과 연꽃의 문양은 말할 수 없이 정교하고 아름답다. 누가 저것을 돌이라 믿을 수 있을까. 상륜부에는 몸만 있는 가릉빈가 네 마리가 머리를 찾아 막 날아오르려 하고 연꽃으로 치장한 앙화(仰花 : 탑의 바리때처럼 엎어놓은 부분, 복발위에 장식한 꽃잎이 위로 향하게 벌어진 모습), 보륜(寶輪 : 탑의 꼭대기에 있는 장식품)이 올라앉았다. 저 새들의 머리는 이미 극락으로 가버린 것일까. 가서 다시는 오지 않는 것일까. 기다리는 몸짓은 조금씩 솟구쳐 있다. 한쪽으로 쏠려 있다. 나는 늘 왼쪽으로 기울어진다. 내 그리움의 대상은 왼쪽에 있다는 듯. 북부도(北浮屠)는 동부도와 규모나 양식이 거의 유사하다. 이 부도들은 부도탑비의 탑신이 모두 사라져 주인을 알 수 없어 그 놓인 위치에 따라 동부도, 서부도, 북부도라 부른다. 다만 동부도는 신라, 북부도는 고려, 서부도는 조선시대라고 추측할 뿐이다.

환상의 19번 도로는 반짝이는 물결과 백사장, 여울, 줄배, 백로들이 어우러지는 풍경을 자근자근 풀어낸다. 이 길이 바로 곡성에서 구례, 하동으로 이어지는 하동 포구 80리. 연곡사 부도의 아름다움을 싣고 토지면에서 화개면 '화개장터'에 들어섰을 때 정오의 햇빛이 한여름 매미처럼 찌르르하다. 화개천은 바싹 여윈 채 나른하게 누웠고, 지리산 산나물과 하동 해산물, 구례 농산물이 모여 북적대던 화개장터는 버스 공용주차장과 택시주차장이 되어버렸다. 주변은 온통 식당. 입증이라도 하려는지 화개장터 기념비가 횟집 앞에 덩그렇게 서 있다.

하동읍으로 진입하기 전 악양면 평사리에서 잠시 쉰다. 박경리의 《토지》무대로 유명한 곳. 그 들판에는 소나무 두 그루 여전히 서 있고 청보리밭이 느리고 길게 물결친다. 보리밭에 펄썩 누워 멀건히 하늘이나 바라보면 참 좋겠다. 바람이 유혹하듯 귓불을 훑는다. 덩달아 내 머리카락이 목덜미를 간지럽힌다. 하지만 누가 기다리는 것도 아닌데 나는 일어나 부스스 옷을 턴다.

어느덧 섬진강 하구까지 이르렀다. 섬진교를 건너 두꺼비 네 마리를 찾으러 간다. 섬진강의 이름이 두꺼비에서 유래되었다고 만들어 놓은 '두꺼비 바위'. 섬진강은 원래 두치강(豆恥江, 豆置江), 모래가람, 모래내, 다사강(多沙江), 대사강(帶沙江), 사천(沙川)으로 불렀는데 고려 우왕 11년(1385년) 왜구가 섬진강 하구에 침입하였을 때 수

십만 마리의 두꺼비떼가 울어 광양쪽으로 피해 갔다는 전설이 있어 이때부터 두꺼비 섬(蟾)자를 붙여 섬진강(蟾津江)으로 부르게 되었다고 한다. 두꺼비 바위는 강가 도로변 작은 공원 안에 웅크리고 있었다. 두꺼비 모양을 지극히 기계적으로 깎아놓은 것에 불과했다. 두꺼비떼가 왜적을 물리친 전적을 쌓았다면 이 정도 대접이 소홀한 것은 아닐까. 강둑에 앉아 서너 척 떠 있는 나룻배와 속 다 드러내고 있는 강물, 황새의 죽지 같은 모래사장, 너울거리는 수초들을 보고 있는데 느닷없이 은빛 은어 한 마리가 튀어올랐다 내리꽂힌다. 감탄하는 사이 또 한 마리. 나는 벌떡 일어나 강가로 내려간다. 작은 물고기들이 튀어오르지는 못하고 숭숭 수면을 구멍 뚫는다. 백사장 가까이서 고기잡는 사람의 허벅지가 보이지 않는다. 나는 더 기운 센 은어를 한참이나 기다린다. 그러는 사이 해는 구름 속에서 뭉개더니 잠시, 아주 잠시 얼굴을 내밀다가 얄밉게도 능선 뒤로 깜박 자취를 감춘다. 강물이 점점 불어나 내 앞의 작은 바위들이 물에 잠긴다. 남해로부터 바닷물이 밀려오는 것이다. 고기잡던 사람도 어느새 가고 모래사장도 꿈같이 사라지고 강은 또 다른 모습으로 넘실거린다. 역시 현실은 '환'(幻)이며 우리는 '꿈의 재료'로 만들어졌는가. 그렇다면 이제껏 보아온 가시적인 것들과 지금 내가 서 있는 이 자리, 그리고 나 자신 또한 실재하지 않는다는 것인가. 부재의 세계에서 유일한 실재는 시간이라 했다. 그래서 '오늘은 오! ─늘'(常)이 되고 선(禪)은 '시간체험'이요 '스피드'라는 인식이 가능해지는 것인가.

갑자기 허공이 반짝 들린다

은장도 하나가 튀어올라 햇빛에

찰칵 부딪친다 수면에

이슬 같은 한 생애 맺히다 사라진다

이파리들은 여전히 햇빛에 담겨 반짝인다

가볍게 몸을 틀거나 뒤집기도 하면서

백사장이 점점 오므라든다

강물을 허벅지에 걸치고 고기 잡던 사내가

보이지 않는다 간신히

머리만 남겨진 수초들이 허우적거린다

초현실주의적 구름 밑으로

혓바닥을 내민 저녁 해가 나를

놓아주지 않는다 내가 딛고 온

작은 바위들이 사라져 나는 그만

강물에 갇힌다

— 은어와 밀물

섬진강 꼬리에서 묵계쪽으로 올라간다. 청학동에 가 보려는 것이다. 예부터 물 많고 산세 좋은 명당이라 하여 숱한 시인, 묵객, 은둔거사들이 찾아오던 곳이 바로 이 하동군 정암면 묵계리다. 내가 지금 가고 있는 청학동과 삼성궁이 지리산 한 자락 삼신봉 남쪽인 이 묵계에 위치하고 있다. 그러나 청학동이 세상에 알려지고 나서부터 '묵계' 라는 지명보다 '청학동 도인촌' 으로 불리게 되었다. '청학동' 은 고대로부터 이상향이라고 믿어져왔던 곳으로서 "청학동에 가서 석문을 거쳐 물 속 동굴을 10리쯤 들어가면 그 안에 신선들이 농사를 짓고 산다"고 하였다. 실제로 도로가 나기 전 백바위 석문이 있던 곳에서 청학동으로 가려면 계곡을 지나야 했으며, 양쪽의 높은 산들이 동굴 역할을 했다는 것이다. 또 정감록에 '진주 서쪽 80리, 하동 북쪽 60리, 함양 남쪽 120리 되는 곳' 이라고 한 지점이 청학동의 위치와 일치된다고 보기도 한다. 그 이후로도 청학동으로 지칭되는 곳은 사람에 따라 여러 곳으로 추측되어 불일폭포 부근, 피아골 혹은 세석평전, 악양면 등촌리, 청학 이골 등을 일컬어왔다. 역사 속의 인물들 가운데도 청학동을 찾아나선 사람들이 많다. 신라시대 최치원을 비롯하여 고려시대 이인로, 조선시대 김종직 들이 있으며 이들 중 이인로는 청학동을 찾아헤매다 돌아오는 길에 바위에 다음과 같은 시를 남겼다고 한다.

두류산 둘레에 저녁 구름 잠겼는데

일만 골짜기 일천 바위는 화계산을 닮았도다

지팡이 짚고 청학동을 찾으려 하니

건너편 굴속에선 원숭이 울음소리만 들리네

누대는 보일 듯 말 듯 삼산 밖에 아득하고

이끼 낀 네 글자만 희미하구나

묻노니 청학동이 어디메뇨

불일만 어지럽게 흘러 더욱 낙망하여라

　　　비와 나는 무슨 질긴 인연인지 길 떠나면 비 오고 바람 분다. 청학동 가는 길도 비가 마음까지 적셔 으스스 춥다. 단청이 아름다운 사당 옆에 '忌中'이라 써 붙인 민가 마당에 살아 있는 사람들의 핏빛같이 꽃이 붉다. 슬레이트 지붕 위에는 죽은 자의 넋인 양 까치 한 마리 비 맞으며 하늘을 바라보고, 허공으로 입을 열어 놓은 빈 소주병이 툇마루에서 몸을 포개고 있다. 차가 하동호(河東湖)로 들어서자 거대한 짐승의 혀 같은 수문이 클클클 물을 토한다. 나는 며칠 전부터 시큰거리던 눈에 맑은 물을 들이붓는다. 약이 따로 없지. 내 눈이 저 물을 다 빨아들일 것 같다. 묵계 근처 효성사에 아직 거두지 않은 연등이 그 옛날 화개장터같이 알록달록하다. 그 사이로 초등학교 아이들이 알록달록 뛰어간다. 아이들의 등에서는 빗방울도 흐르지 않고 톡톡 튄다.

　　버스도 숨이 차는지 헐떡이며 고개를 넘더니 청학동 주차장에 털썩 주저앉는다. 오후 4시와 5시 사이, 마주보던 산끼리 빛과 그림자가 확연히 양분되는 시각이다. 비는 그치고 지리산 드넓은 품이 와락, 나를 품는다. 나는 콱, 숨이 막힌다. 마을로 들어가는 개울건너 나무 밑동 한 토막을 관처럼 머리에 인 목장승 한쌍과 눈인사를 건네고 모심정(母心亭)에서 솔잎차를 한잔 마시면서 숙소를 알아본다. 현재 30여 가구 남아 있는 마을에 숙박업소나 식당을 운영하는 외지인이 10여 가구나 된다니까 원주민은 20여 가구 되는 셈이다. 찻집에서 알려준 민박집에 짐을 들여놓고 주변을 어슬렁거린다. 집들은 초가 또는 기와지붕에 황토벽이 대부분이며 더러 통나무집도 있다. 마당이 그대로 산이고 산이 그대로 마당이다. 쓰레기 소각장 주변을 지나다 보니 순한 소주 '참', 시원 소주 '클린', 깨끗한 '화이트', 까스활명수, 경옥고, 영비천, 솔의 눈, 금성 전자동 세탁기가 널려 있다. 물많은 고장에 와도 사람들은 여전히 갈증을 해소시킬 수 없는가 보다. 그곳에서 조금 떨어진 곳에 청학민속관이 있는데 문이 잠겼다. 사람은 없고 뒤뜰에서 풀 뜯던 염소 네 마리가 내 발자국 소리에 놀라 저만치 달아난다. 민속관 옆에는 지붕을 대나무로 엮어 얹은 역술원 마당에 흰색 액센트가 허연 엉덩이를 길 쪽으로 드러내고 있는 모습이 이채롭다. 평생 보지 못한 사주라도 한번 볼까 기웃거리자 주인인 듯한 사람이 나타나 잔뜩 의심스러운 눈으로 쳐다보는 통에 그만두고 만다. 계곡쪽으로 내려가니까 청학서원(靑鶴書院)의 대문이 활짝 열렸다. 그러나 방은 비었고 문틀마다 켜켜로 쌓인 먼지가 매캐하다. 둥근 벽시계는 10시 10분 전.

청학동 청학서원. 계곡의 올챙이, 피라미떼처럼 몰려다녔을 댕기머리 아이들이 다 떠나고
방마다 먼지가 매캐하다. 마당에는 타버린 나무토막, 숯덩이가 재를 날리며 바람을 맞고 있다.

서원의 돌담을 끼고 계곡으로 내려와 물 속을 들여다본다. 서원
뜨락에서 이리저리 몰려다녔을 아이들처럼 올챙이, 피라미떼가 쪼
르르 몰려다닌다. 내가 다가가자 일제히 숨는다. 돌 틈에 대가리만
박고 몸은 다 드러낸 채.

내가 다가가자 그들은 일제히 숨는다
몸뚱이는 빛 속에 다 드러낸 채
대가리만 돌 틈에 처박는다
돌 사이 어둠이 그들의 머리를 덮어씌운다
내가 저만치 물러나도 그대로 숨어 있다
물가가 갑자기 쓸쓸해진다

물을 업고 피라미 몇 마리가 헤엄쳐 온다

물의 길은 사방팔방 뚫려 있어

어디서나 훤하다

피라미들은 우선 멈춤없이, 일단정지없이

몇 번이고 급커브를 튼다

방향을 바꿀 때마다 반짝, 몸빛이 난다

쓸쓸하던 물가가 잠시 환해진다

환한 것들 뒤에서

물풀들 썩고 있다

바위들 무겁게 내려앉고

새 깃 치는 소리 허공 깊숙이 묻힌다

— 물 속

어둠이 스미면서 물살이 빨라진다. 발빠른 산의 어둠에 떠밀려 나는 숙소로 돌아온다. 그때서야 나를 위하여 저녁밥을 지어놓았을 민박집 아주머니가 생각나 걸음을 재촉한다. 쌀쌀하지만 툭 트인 평상에서 산과 마주앉아 밥을 먹고 싶었는데 하늘이 잔뜩 흐리다. 내일 많은 비가 온다고 한다. 저 으슥한 산모퉁이를 돌아 삼성궁에 가야 하는데.

아침 여섯시. 아주머니가 방문을 두드린다. 비가 곧 쏟아질 모양이니 어서 떠나라고. 여기는 비가 오기 시작하면 순식간에 물이 불어난다고. 문을 나서자 벌써 비가 뿌린다. 청학서원 뒤 계곡을 따라가면 삼성궁이 과히 멀지 않다 하여 차를 타는 것보다 그 편이 더 마음이 끌려서 걷기 시작하는데 빗줄기가 점점 굵어진다. 그만 둘까 망설이다가 속력을 내어 그대로 진행한다. 어제부터 마주친 사람이라고는 찻집 아가씨와 민박집 아주머니, 역술원 주인뿐이다. 얼마간은 좁긴 하여도 길이 나 있어서 안심하였더니 어느 결에 슬그머니 사라지고 만다. 나는 두려워 다시 또 머뭇거리다 약간 훤한 아래쪽으로 가본다. 아닌 것 같으면서도 심리적으로 컴컴한 대숲, 위쪽으로는 가기가 싫었다. 역시 이쪽이 아니었다. 남의 밭이었다. 깊은 호흡을 몇번 하고 쿵쿵거리는 가슴을 달래며 결국 대숲으로 들어간다. 보이지는 않는데 거미줄이 얼굴에 달라붙어 더욱 을씨년스럽다. 뛰다시피 얼마를 갔는지 갑자기 앞이 트이며 저 아래 찻길이 보이고 '삼성궁입구'라고 새겨진 커다란 바위가 우뚝 서 있다. 그제야 안도의 숨을 길게 내쉬며 진땀에 젖은 옷자락을 들썩거린다. 이젠 비도 문제가 되지 않는다. 그러나 평탄한 길도 잠깐, 길은 다시 계곡을 따라 산으로 이어진다. 배낭이 무거워 어제 먹다 남은 과일과 물을 돌탑 뒤에 놓아둔다. 초입부터 드문드문 서 있는 돌탑은 자연스럽게 길잡이가 되어 준다. 아담하던 돌탑들은 크레센도처럼 점점 규모가 커지더니 '삼성궁'에 다다랐을 때에는 제법 웅장한 돌탑들이 앞을 막는다. '민족통일대장군' '민족통일여장군'이라고 쓴 명패를 달고 장승 둘이 객을 맞는다. 그 옆에 징이 걸렸는데 "징을 세 번 치고 기다리라"는 안내문과 함께 "함부로 무단 출입하거나 음주흡연 고성방가를 할 경우 3천 3백배의 징계에 처한다"는 위협적인 경고문도 붙어 있다. 나는 징을 세 번 치고(한번씩 칠 때마다 그 울림을 음미하면서 사실은 계속 징징징징 울리고 싶었다) 기다렸으나 15분이 지나도 소식이 없다. 기다리는 '도사'는 나오지 않고 언제 왔는지 다람쥐 한 마리가 빤히 쳐다본다. 다시 징을 치니까 그제야 도복에 삿갓을 쓴 사람이 나타나 오라고 손짓한다. 그는 예상외로 20대의 젊은이였다. 무테안경에 예리하고 지적으로 생긴. 이곳은 숙박할 수 있는 곳이 아니라는 사실을 알고 왔으면서도 나는 여기서 묵어갈 수 있는가, 당신들이 하는 수행에 동참할 수 있는가 물어보았다. 그는 젊은 사람답지 않게 점잖게 그럴 수 없음을 설명한다. 그러나 미리 연락하고 오면 자기들 거처 한곳에 어떻게 마련해볼 수도 있다는 배려도 잊지 않는다. 원래 규정은 안내를 따라 허용된 범위 내에서 구경하게 되어 있으나 내가 혼자라서 그런지 천천히 둘러보라며 들어간다. 옳다, 잘됐다 싶어 화살표시도 무시한 채이리저리 멋대로 돌아다닌다. '소도 밝달길'을 따라 천궁에 이르러 환인천께 절을 하고 장승공원에서 갖가지 장승들과 웃고 찡그리고 낄낄대다가 '다물땅 쉼터'에서 연못을 보며, 연못에 떨어져 번지는 빗방울의 파문에 말려들어가 어지럼증을 느껴 '아사달' 전통찻집으로 들어가 당귀차를 청한다.

청학동에 사람들이 살기 시작한 것은 왜병과 싸우다 은거했던 임진왜란 때부터. 그후 일제시대에는 100여호까지 늘었다가 해방후 빨치산 토벌작전의 전화를 거치면서 폐허화되었다. 그후 전북 부안과 순창, 전남 광양 등지에서 사람들이 모여들어 다시 마을을 이루었다. 이들은 강대성(1890~1954, 전북 순창 태생. 39세 때 인생 무상함을 느껴 수도하던 중 이듬해 7월에 죽었다가 7일 후에 소생하여 도를 통했다고 함)이 창시한 유불선합일갱정유도(儒佛仙合一更正儒道)의 교리를 신봉한다. 선불은 내면적 가치를 추구하는 사상철학이요, 유교는 외면적 가치를 지향하는 철학으로, 현실생활 속에서 진리를 찾고자 하는 것이 그 목적이므로 청학동은 '생활종교를 실천하는 삶의 터전'이라고 그들은 믿는다. 그래서 청학동 사람들은 매일 아침 온가족이 모여 인류평화와 국태안민을 기원하는 치성을 드리고 24절기마다 마을 꼭대기에 있는 사당에서도 치성을 드린다. 외부세계와 차단한 채 댕기머리, 상투, 한복, 서당교육의 전통을 이어오던 청학동은 그러나 1980년대 이후부터 세상에 알려지면서 의식의 변화로 생활양식도 크게 달라져 예전의 도인촌과는 거리가 멀어졌다. 이에 염증을 느낀 한풀선사가 도인촌과 멀지 않은 이곳으로 옮겨와 삼성궁을 짓게 되었다. 삼성궁은 일종의 집단공동체 거주지역으로 궁의 모양은 고조선시대의 소도를 복원한 것. 현재 1,000여 개의 돌탑이 있는데 앞으로 3,333개를 쌓을 예정이라 한다. 이곳은 환인, 환궁, 단군 3

삼성궁 돌탑. 삼성궁에는 현재 1,000여개의 돌탑이 있는데
앞으로 3,333개를 쌓을 예정이다. 여러가지 형태의 탑가운데
이 탑은 인도의 스투파(탑)을 연상케 한다.

성인을 모신 배달민족의 성전으로써 오상의 도를 가르치고 육례를
연마하는 곳이며, 화랑의 정신으로 홍익인간, 이화세계를 실현하기
위한 것이 궁극적 목표이므로 매년 음력 10월중 길일을 택하여 개
천대제(開天大祭)를 올린다. 이날은 북 치고 말달리며 활 쏘는 시범과
전통무예를 일반인들에게 보인다. 또한 7~8월에는 우리 민족의 문
화와 무예를 가르치는 배달민족학교도 연다.

청학동이고 삼성궁이고 기대할 것도 실망할 것도 없이 나는 덤덤
히 묵계를 떠난다. '명당 중의 명당' 이라는 지리산 삼신봉 한자락에
하룻밤 기숙하였다는 사실을 품고. 그러나 그것이 또 무슨 대수랴.
어디고 등대고 누우면 그곳이 하룻밤 둥지인 것을.

과거와 미래의 꼭지점에서

· · · 내가 떠나온, 떠나갈, 주행불태의 길

휘익,

별똥이 하늘에 눈썹을 그리며

지구의 골짜기로 곤두박질 친다

하나, 둘. 그리고 얼마후 또 하나

카시오페이아 어깨 너머 안드로메다

사슬에 묶인 눈이 파르르 떤다

바다 괴물 세투스가 다가오고

그녀를 구하려는 페르세우스 근육이 꿈틀거린다

오른손에 치켜든 낫이 번쩍인다

움켜쥔 메두사가 쉭쉭 불을 뿜는다

내 몸이 경작을 멈추고 듣는
별들의 맥박소리 개구리떼 울음소리
부리를 닫은 새들의 곤한 숨소리
무덤 둔덕 쪽으로 돌아누울 때 철벅철벅
새벽이 캄캄하게 물 건너오는 소리

-별똥이 허공에 눈썹을 그리며

강가 백사장에 누워 하늘의 만다라를 본다. 황도 12궁의 별자리, 그것에 얽힌 신화를 떠올리며 나는 세상의 빗금 밖으로 팔을 내민다. '외롭고 느리고 차갑고 우울한 떠돌이별' 토성이 은빛 황도대로 나를 인도한다. 내 육신이 태어나기 전 혼으로써 들었던 '천체의 화음', 그 혼연한 울림이 가물가물 들려온다. 삼손이고, 알자바르이며, 오시리스인 오리온이 큰 개와 작은 개를 거느리고 나타난다. 사자가죽을 걸치고 곤봉을 휘두르는 모습이 금세라도 황소를 때려눕힐 듯 위풍당당하다. 그러나 시종 전갈이 노리는 그의 발뒤꿈치는 안전하지 못하다. 남반구 서쪽 하늘에는 헤라클레스가 죽인 네메아의 사자가 누워 있다. 머리털 사이로 사자에게 애인을 빼앗긴 티스베의 슬픈 스카프가 펄럭인다. '하늘의 강' 은하수에 베짜는 처녀와 소치는 총각이 7월 7일을 기다리며 글썽이고, '혼들의 길' 은하수에 1천억의 별들이, 만물의 혼들이 서로 스치며 떠돈다.

내가 떠나 온, 떠나 갈, 주행불태(周行不殆)의, 저 길 —.

　'해를 입은' 한 여자가 아이를 낳았네

　그녀의 하초가 아물기도 전

　붉은 용이 나타나 아이를 삼키려 하네

　달은 하현달, 지구가 태양을 등진 밤이네

　하늘의 터진 소매 사이로 손 하나 뻗어와

　아이를 들어올리네 달의 푸른 자궁 속으로

　아이가 빨려들어 가네

　붉은 용이 여자를 덮치네 여자가 물에 잠기네

　스르르 강바닥이 갈라지네 여자는 떠오르네

　달처럼 기우뚱 허공에 매달리네

　황도대 은빛 띠가

　하늘의 길을 물고 출렁거리네

　백양궁 0도, 지금은 물고기자리

　펄떡이는 아가미가 지구로 다가오네

　은하는 점점 우리에게서 멀어져가네

— 은하는 점점 우리에게서 멀어져가네

이슬에 젖어 무거워진 몸을 추스르고 의성포 마을을 조망할 수 있는 비룡산(飛龍山)으로 간다. 산은 높지 않아 오르기가 수월하다. 정상 못미처 길이 휘어지는 언덕에 종루가 보이는데 누각형태의 종루는 몸집에 비해 지붕이 크다. 종루 뒤가 바로 '장안사'(長安寺). 이 사찰은 창건연대에 대한 기록이 없어 정확한 시기를 알 수 없으나, 이규보가 29세 되던 해(1197년)에 장안사를 방문하고 지은 "19일에 장안사에 묵으면서 짓다"라는 시구로 미루어 고려 초로 추측하고 있다. 최근에 중수하여 옛날의 모습은 찾아볼 수 없고, 종루에 비스듬히 기댄 아름드리 벚나무가 옛 정취를 풍길 뿐이다.

1전망소에 다다르니 '의성포'가 한눈에 들어온다. 마치 계란 프라이를 해놓은 모습이다. 강이 350도로 마을을 휘감고 그 안에 하얀 백사장이 둥글게 원을 그리고, 원 가운데 노란 논밭과 아홉 가구의 집들이 옹송그리고 있다. 어디서 그림 한 장 뚝 떼어다 붙여 놓은 것 같다. 마을은 소백산 줄기의 끝부분에 해당되고, 의성포를 둘러싸고 있는 세 개의 산들은 태백산 줄기이며, 마을을 휘감은 내성천은 경북 봉화군 오전천을 원류로 하여 흘러오다가 하류에서 낙동강과 금천을 만나 三江, 三山이 어우러진 비경이다. 어느 해 학당에서 누군가 묏자리를 팠더니 학이 날아갔다는 이야기도 전해 온다. 그래서 이곳 사람들은 名山과 名江이 태극모양의 조화를 이루어 풍수지리학상 명당 중의 명당이라 믿는다. 이 전망소에서 1.2킬로미

소백산 끝자락에 있는 의성포 마을. 9가구에 17명의 주민이 살고 있는데 거의 노인들이다.
내성천이 마을을 휘감고 백사장이 넓어 마치 섬처럼 보인다.

터쯤 산길을 따라가면 원산성(圓山城)이 나온다. 예천에는 이 원산성을 비롯하여 어림성(御臨城), 흑응산성(黑鷹山城), 학가산성(鶴駕山城), 부로성(夫老城) 등의 산성들이 산재해 있는 것으로 미루어 예천 지역은 삼국시대의 국경선 내지는 접전지였을 것으로 추정된다. 이 가운데 원산성은 백제와 고구려의 충돌지역으로 성 주위에 고분군과 봉수대, 군창지도 남아 있어 상당기간 백제의 요새였던 곳임을 알 수 있다.

비룡산을 내려와 마을로 가기 위하여 백사장을 걷는다. 지금 막

몸을 씻은 듯 모래는 희고 부드럽다. 아직 아무도 근접하지 않는 거기, 나는 무엇으로 첫발을 디뎌야 할지 ….

강 건너 논밭 지나 마을로 데려다준다는 뿅뿅다리(구멍이 숭숭 뚫린 철판을 얹어놓은 다리)는 아무리 찾아도 보이지 않고 철판을 얹었던 쇠기둥만 앙상하게 남아 있다. 할 수 없이 바지를 걷고 강으로 들어간다. 물은 차고 맑은데 낯선 곳으로 가는 나는 열에 들떠 뜨겁다. 뜨거움을 식히려 몸을 담그고 바닥을 들여다본다. 그 많다는 고기들은 다 어디로 갔는지 모래들만 자욱하다. 처음에는 무릎 정도 잠기더니 어떤 곳은 갯벌처럼 빠지며 허리까지 차 오른다. 슬며시 두려움이 끼여든다. 어릴 적 강에 빠져 허우적대던 아픈 기억이 지난 밤 별똥처럼 스친다. 밑이 보이지 않는 어두운 곳을 피해 가며, 내 발자국에 모래가 깨어나 물이 흐려지지 않도록 조심하며 강을 건넌다. 나뭇잎 하나가 흔들려도 우주가 흔들린다 하였으니 이 수많은 모래들이 일어서면 상호 만물이 얼마나 뒤흔들릴 것인가. 강폭이 대략 50미터 정도인데 두려움이 그보다 훨씬 넓게 늘여놓는다.

강 건너 백사장을 지나 마을로 열린 길이 등꽃처럼 하얗다. 밭에는 붉고 푸른 고추가 매달렸고 논에는 벼가 노랗게 익어간다. 마을 어귀에 다다르자 집보다 먼저, 사람보다 먼저 감나무가 맞아준다. 따뜻한 감빛이 강물에 차가워진 내 몸으로 스민다. 땅에 떨어진 감을 하나 주워 먹으며 흙담을 끼고 좁은 골목으로 들어서는데 "어데서 왔니껴?" 갑자기 뒤에서 말소리가 들리자 나는 무엇을 훔쳐먹다 들킨 것처럼 당황한다. 감 먹던 입을 닦으며 "서울에서 왔습니다" 대답했더니 다짜고짜로 "무슨 일로 왔니껴?"하며 따지듯 묻는다. 주춤거리고 있으려니까 들어오라고 손짓한다. 집안은 밖에서 보기와는 달리 도시의 주택 실내처럼 실용적인 구조로 되어 있다. 내가 두리번거리며 둘러보는 동안 할머니는 냉장고에서 오렌지 주스를 꺼내와 권한다. 늘 보던 캔음료가 갑자기 낯설게 보인다. 무뚝뚝하던 인상과는 딴판으로 할머니는 친절하게 이런 저런 이야기를 들려준다. "그런데 다리는 언제 끊어졌습니까?" "지난 번 폭우 때 안 끊어졌능가? 그 다리도 작년에 논 긴데 그 전까지는 나룻배로 댕긴 기라. 나룻배도 올림픽 전까지는 없어서 강 건너 학교 댕기는 아들은 고무 다라이에 태워 보냈능기라." 옛날에는 수심이 깊어 인천항으로 들어온 소금배가 서해를 지나 낙동강 하류로부터 거슬러 올라오다가 마지막 선착장으로 이용해 오던 이 마을은 한동안 지명조차 없었으나, 낙동강 수심이 얕아지면서 인근 의성 상인들이 용궁면에서 열리는 오일장의 길목으로 소금배를 접안시키고부터 의성포라고 불리었다 한다. 나는 내친 김에 이것저것 물어본다. "저 강에는 주로 무슨 물고기들이 있나요?" "메기, 은어, 쏘가리, 피리(피래미), 꼴뱅이 들이지러." "채소들은요?" "고사리, 소이(송이)버섯." "새들은요?" "황새, 기러기, 굴뚝제비, 꿩, 노랑부리새. 그라고 무신 …." 얼마 전까지만 해도 담배 한갑 사려면 십리 길을 걸어나가야 할 정도로 오지였던 이 마을은 아홉 가구에 열일곱명의 주민들이 사는데, 대대로 경주 김씨 후손들이다. 할머니는 박씨로서 여기 시집 와서 산 지 50년이 다 되어가는 동안 남편은 돌아가고 자식들은 결혼하여 도시로 나가 살아서 조부 때부터 살던 이 집을 지키며 혼자 산다고. 그래서 외로웠던 걸까. 할머니는 놀다가 저녁 식사하고 가라고 권한다. 호의는 고마웠으나 쉴새없이 덤벼대는 모기 때문에 아까부터 일어나고 싶었다. 그리고 강가에서 바람에 나부끼며 손짓하는 들풀들에게로 어서 가고 싶었다. 인사를 하고 일어서자 할머니는 앞장서서 "골목을 잘못 가다가 남의 집 마당으로 들어가면 주인이 화를 낸다"면서 동구 밖까지 데려다준다. 그 따뜻함에 다시 한번 고개 숙이고 강가로 간다. 보이지 않는 수풀 속 어디선가 새들이 저마다 짝을 부른다. 높고 낮고 긴 소리들이 허공을 퉁긴다. 강 건너 풀밭에서 풀을 뜯던 소떼들이 돌아가고 있다. 소 모는 사람은 보이지 않고 저희끼리 느릿느릿 가고 있다.

해가 간다
터벅터벅 들을 지나 해가 간다
질주하던 대낮이 서쪽 능선에 걸린다
비어 있는 곳곳에서 피리소리 울린다
캄캄한 구멍마다 초저녁 별빛이 스민다
풀 먹던 소떼들이 뉘엿뉘엿 돌아간다
어둡고 축축한 축사가
눈을 껌벅이며 소들을 기다린다
한 마리가 대열에서 벗어나
길 아닌 길로 가고

소의 다리 사이로 들꽃이 하얗게 쓰러지고

나 돌아갈 길 어둠에 묻히고

— 나 돌아갈 길 어둠에 묻히고

<u>이렇게 쓰고 나니</u> 김용택의 시 〈섬진강·3〉이 떠오른다. "그대 정들었으리 / 지는 해 바라보며 / 반짝이는 잔물결이 한없이 밀려와 / 그대 앞에 또 강 건너 물가에 깊이깊이 잦아지니 / 그대. 그대 모르게 물 깊은 곳에 정들었으리" 그처럼 나도, 나도 모르게 낙동강 물 깊은 곳에 정들고 있나 보다. 그러나 가야 한다. 해 다 지기 전에, 어둠이 물길을 덮기 전에 건너야 한다. 그리운 주막은 아니어도 오늘은 따뜻한 한칸, 방이 그립다.

···삼강의 주막에 머물다 우망 마을로

<u>강물에 젖어 축축한</u> 꿈을 말리고 풍양면 '삼강'(三江)으로 간다. 삼강은 내성천, 금천, 낙동강이 합쳐지는 지점이다. 아침부터 비가 내렸고 길은 질퍽거렸지만 새로운 곳으로 가는 내 마음은 밝고 가볍다. 물안개 속에서도 강은 확연하게 빛깔이 달랐다. 마을에서 먼 쪽 산기슭 밑으로 흐르는 내성천과 금천은 푸르고 맑으며, 마을 앞쪽으로 흐르는 낙동강은 안동댐으로 인하여 탁했다. 물이 합해진다 하여도 각각의 강들은 자신의 모습대로 흐르고 있었다. 그

삼강(내성천, 금천, 낙동강)이 합쳐지는 지점에 있는 주막. 원래 조선조 말에
지어졌었으나 1934년 수해때 무너져 그해에 복원해 놓았다. 10여년 전까지만 해도
농선과 도선이 지나다녀 붐비던 곳이었지만 지금은 사람의 발길이 거의 없다.

래서 내 눈에는 합친 것이 아니라 그냥 함께 가는 먼 길동무처럼 보
였다.

나루터에는 방 한칸, 부엌 한칸, 청마루 한칸으로 짜인 15평 크기
의 전형적인 조선시대 주막이 있다. 이 주막은 원래 조선말에 지어
졌던 것이었으나 1934년 수해 때 무너져 그해 복원한 것이라고 한
다. 이곳은 문경새재와 연결되었던 장소였으므로 10여년 전까지만
해도 농선과 도선 두척이 강을 건너다녀 붐비던 곳이었지만 지금은
사람의 발길이 거의 없는 상태다. 청마루에 주모인 할머니와 주민
노인 한분이 있어 맥주를 청하여 잔을 건네며 이야기를 듣는다. 이
마을 주민은 모두 청주 정씨이며 예전에는 70가구였던 것이 지금

은 45가구 정도 살고 있다는데 주막의 문패에는 '유옥년' 이라 적혀 있다. 할머니는 그러니까 이웃 우망마을에서 이곳으로 시집 온 외지인으로, 16세에 옮겨와 67년째 여기 살고 있는 것이다. 이 마을은 동신목(洞神木)으로 세 종류의 나무를 섬긴다. 소나무는 산을 위하여, 노간주나무는 물을 위하여, 홰나무는 배를 위하여. 궁극적으로 사고를 예방하기 위한 치성이다. 그리고 보니 주막 바로 앞에 300－400년은 족히 됨직한 홰나무가 마을의 수문장처럼 버티고 있다. 할머니는 저 나무가 보호수로 지정되었으면 좋겠다며 군청 사람들에게 이야기해도 소용이 없다고 혀를 찬다. 나무를 위한 제례를 해마다 정월 열나흗날에서 보름날까지 지내왔는데 그때는 강물에 목욕재계하고, 모든 제기들은 해마다 새로 갖추며, 부정한 사람은 그 의식에 참여할 수 없었다고 한다. 그런 저런 일들이 이제는 다 사라지고 젊은이들은 하나 둘 고향을 떠나 늙은이들만 남았다고 노인은 적막해 한다. 나도 쓸쓸해져 술잔만 비우며 물살이 빨라지는 강물을 바라본다. 거기 빗속에 백로 몇 마리가 비를 맞고 있다. 예전에는 황새나 재두루미가 많았으나 어찌 된 셈인지 그 놈들도 다 떠나갔다고. 그러나 이웃 우망마을에 가면 백로 서식지가 있다는 말을 듣고 그것이 보고 싶어 나는 조바심이 나기 시작한다. 노인의 이야기야 밤새 들어도 끝이 없겠지만 내 마음은 벌써 우망에 가 있으니 일어설 수밖에. 비는 그칠 기미가 없이 주룩주룩 내리며 백사장 군데군데 굽이굽이 물길을 낸다. 새는 빗속에 있고 나는 비 밖에서 새를 본다.

큰 돌에 세 마리
작은 돌에 한 마리

다리 여덟 개
세 개는 접고
다섯 개는 뻗고

바람은 강물을 밀고
물살은 돌들을 휘감고

위태로운 외다리
발가락 벌겋게
힘주고 서서

— 새 세 마리

<u>'우망마을'은 지나온</u> 몇 개의 마을에 비해 풍요로워 보인다. 도로가 깨끗이 포장되어 있고 논밭이 넓으며 집들도 번듯번듯하다. 마을 입구에서 골목 모퉁이를 두어번 돌자 논밭 건너 소나무 숲속 나뭇가지 끝에 백로가 하얗게 눈에 들어온다. 흰빛은 햇빛 속에 눈부시고 빗속에 청초하다. 가까이 가서야 소나무가 아니라 잣나무인 것을 알게 되었다. 전에는 소나무에 서식하였는데 새의 배설물로 인해 소나무가 죽자 옆의 잣나무로 옮겨온 것이다. 그러면

머지 않아 저 잣나무들도 목숨을 부지하기 어려울 것 아닌가. 슬금슬금 접근하여도 놈들은 꼼짝 않는다. 사람들에게 무감각해진 것인지. 망원렌즈를 장착하고 때를 기다리는데 새들은 목을 둘둘 말아 몸 속에 틀어박고는 날개를 펼 기미가 없다. 그만 돌아서는 순간 어디서 재두루미가 한마리 날아온다. 민통선에서 보았던 그 우아한 재두루미. 그것보다 작은 듯했다. 백로 속에 섞여 어떻게 찍어볼 재간이 없다. 재두루미의 빛깔과 윤기도 아름답지만 날음새보다 걸음새에 더 반했었다. 기품이라는 것이 바로 저것이다 생각했었다. 그것은 부부끼리 아니면 새끼 한 마리, 그래서 둘 아니면 셋이 다닌다는데 암컷인지 수컷인지 새끼인지 한 마리뿐이다. 시간의 여유만 있다면 온종일 진을 치고 한 컷 건질 수도 있으련만 나는 방점처럼 또 아쉬움 찍어두고 떠난다. 용문사로 가야 하기 때문이다.

··· 옴마니팟메훔 ― 연꽃 속의 이슬방울이여

모처럼 단잠을 자고 나니 몸이 가뿐하다. 상쾌한 기분으로 용문산(龍門山) '용문사'(龍門寺)로 향한다. 용문사는 신라 경문왕(景文王) 10년(870) 두운선사(杜雲禪師)가 초막 한칸을 지어 살고 있을 때 고려 태조 왕건이 두운선사의 명망을 듣고 그를 방문하러 이곳에 이르자 갑자기 바위 위에 용이 나타나 절로 가는 길을 가리켰다고 해서 산은 용문산, 절은 용문사라고 이름지었다 한다. 용문사

는 조선시대 세조가 내린 '용문사교지' (왕의 수결이 있고 연대가 뚜렷한 희귀품)를 비롯하여 보물 제145호 '대장전', 국내에서 가장 오래된 '목불좌상' 및 '목각탱화', '윤장대' 등의 보물 네개를 간직한 유서 깊은 사찰이다. 절 주변에는 노송과 어린 소나무가 어우러져 한결 운치를 더해 준다. 몇해 전에 혹파리떼의 습격으로 나무들이 많이 상했다고 해도 오래 묵고 삭고 견딘 것에서 우러나는 깊은 맛을 무엇에 비하랴.

먼저 용문사 부지주 원공 스님을 만났다. 그는 매우 소탈한 모습

으로 내가 처음 마셔보는 무슨 중국 차를 대접하면서 어떤 맛이냐
고 묻는다. 고목 냄새 같기도 하고 흙 혹은 짚 냄새 같기도 한, 한마
디로 원초적인 그런 맛이라고 하였더니 거듭거듭 따라준다. 조지
윈스턴의 〈December〉가 흐르고, 들꽃이 휘늘어지고, 예사로워
보이지 않는 다기(茶器)들이 놓여 있고, 벽에는 고풍스런 그림과 글
씨가 걸린 그 방에서 예정보다 오래 머물렀다. 일어서려니 스님이
직접 그렸다는 〈심우도〉를 선사한다. 그림 속의 소와 아이는 눈을
지그시 감고 세상 저편으로 가고 있다. 아니, 이편으로 오고 있는지
도 모른다. 가고 오는 것에 무심한 그들 사이에 이분화된 나의 의식
이 부질없이 끼여든다.

  그들과 그렇게 가고 싶은 마음을 누르며 그 무심을 둘둘 말아쥐
고 뜰로 나서니 아, 뜰은 텅 비었다. 텅 비어 더욱 좋은 마당을 건너
대장전 앞으로 간다. 낡은 단청이, 맞배지붕의 전아함이 마음을 사
로잡는다. 월출산 무위사(無爲寺)의 고즈넉함이 되살아난다. 대장전
은 거기에 귀족적 화려함을 얹은 모습이다. 천장의 무늬와 색조, 문
에 새긴 조각의 섬세함 등 어느 것 하나 정성이 깃들이지 않은 것이
없다. 승주 선암사(仙巖寺)의 지극함과 유사하달까? 더욱이 대장전
은 보물 안에 보물을 품고 있으니 … 삼존불 뒤의 목각 탱화는 나무
로 만든 후불탱화로서는 우리나라에서 가장 오래 된 불교예술품이
고 대추나무에 불상을 정교하게 조각한 목각불상 역시 국내 최고(最
古)의 유물이다. 그리고 윤장대 — 윤장대는 불단을 중심으로 좌우
에 각 한좌씩 설치한 것으로 우리나라 900여 사찰 가운데 이곳 용

불경을 넣어두고 손잡이를 돌려가며 참회염불하는 윤장대.
문짝에 새긴 모란, 매화, 연꽃, 물고기 무늬가 아름답기 그지없다.
우리나라 사찰 가운데 이곳 용문사에만 있다.

문사에만 있다 —. 16세기 경에 제작된 이 윤장대는 안에 불경을 넣어두고 특별법회 때 손잡이를 돌려가며 참회 염불하던 장치이다. 한개의 기둥을 축으로 하여 팔각정 형식으로 되어 있는데 각 문짝에 새겨진 무늬는 아름답기 그지없다. 홍·백의 매화, 들국화, 모란, 붉은 연잎과 연잎 사이를 노니는 물고기들. 닥종이를 바르지 않은 꽃무늬 사이로 언뜻언뜻 보이는 불경. 특별법회 때에만 사용한

다는 윤장대를 돌려볼 수 있도록 배려받아 나는 옷매무새를 가다듬
고 정성껏 돌린다. 업장소멸을 빌며, 내세에는 부디 아무것으로도
태어나지 않기를 빌며(석가모니 부처와 같은 공덕을 쌓아야 가능하다는
데 감히!). 그러나 남은 생을 다 돌려도 내 업장은 소멸되지 않으리
라. 그리하여 다음 생에 그 무엇인가로 태어나 오른손의 길에서 또
다시 헤매리라. 선(禪)을 찾는 늑대처럼, 나선형의 운동을 짊어진 달
팽이처럼. 댓돌에서 발을 기다리는 내 신발의 구멍이 문득 캄캄하
다. 내 아킬레스건을 물어줄 한 마리 뱀은 어디 있는가.

집에 돌아와 나는 김영동의 〈침묵·대답〉을 윤장대 돌리듯 거듭
돌린다. 단선율로 반복되는 계속저음, '옴마니팟메훔'. 과거와 미
래의 꼭지점인 현재가 '옴' 아래 스러진다. '옴옴'.

봉우리와 골짜기 사이 혹은,

· · · 출구는 없고 입구만 있는 일상의 터널

"잡았다!" "어디어디?" 청기천변에서는 온종일 이런 소리가 공중전파처럼 쏟아진다. 투망을 하는 사람, 루어 낚시, 견지 낚시, 뜰채…. 무심의 세계에 유심의 그물이 던져진다. 햇빛은 금빛 그물을 강바닥 깊숙이 드리워 크고 작은 바위들을 나포하였으나 끌어올리지 않고 물살과 함께 흔들거린다. 정오가 되어가면서 햇빛이 던진 그물은 더욱 더 찬란해지고 낚시꾼들의 살림망은 두둑해진다. 그 속에서 물고기들은 서로 엉켜 몸을 뒤챈다. 비늘을 번쩍이며 비틀다가 꼬리를 부르르 떨다가 모로 눕는다. 누운 채 황망히 허공을 응시한다. 꺽지, 버들피리, 모래무지, 먹치, 개피리, 피래미…. 꺽지

청기천변의 아늑한 풍경.
맑은 물에 물고기와 수초들이 일렁이고 구름이 내려와 몸을 적신다.

란 놈은 무슨 국가대표선수라도 되는 양 이마 양쪽에 태극마크를 달고 들썩인다. 출구는 없고 입구만 있는 저 일상의 터널 —.

이 천변에는 70~80명쯤 족히 쉴 만한 그늘이 있다. 왕느티나무의 그림자. 거기서 여자들은 물고기를 튀기거나 매운탕을 끓인다. 남자들은 고기를 잡고, 아이들은 텀벙거리고, 일촉즉발의 물고기들은 싸악싹 물살을 가른다. 수초들은 바위를 쓰다듬고, 귀도 코도 다 문드러진 바위들은 결가부좌를 풀지 않는다. 그런 바위를 껴안고 다슬기들 또한 요지부동이다. 가끔씩 원시의 하늘과 백치의 구름이 물에 내려와 몸을 적시기도 하고, 버드나무 가지들이 가늘고 긴 손가락으로 물을 휘젓기도 한다. 무슨 소식을 실은 듯 나뭇잎 하나 빠

르게 흘러간다. 아, 나는 수렵시대로 돌아가 여기 부드러운 모래밭
에 벌거벗고 눕고 싶다. 해진 발바닥을 잊고, 시큰거리는 허리를 잊
고, 시비를 잊고, 편안함마저 잊고 속이 빈 나무처럼 바람 불 때마
다 피리를 불면서.

> 햇빛이 던진 그물이 출렁인다
>
> 그물에 걸린 이끼 낀 하늘, 물풀들, 잠시 멈춘 길.
>
> 하얗게 졸고 있다. 송사리떼
>
> 물속 하늘에 길을 내고, 그 길을 늘리며
>
> 나뭇잎 하나 무슨 소식처럼 실려 온다
>
> 물의 귀를 당기며 바람이 길게 휘파람을 분다
>
> 휘파람에 감겨 일어서는 물살들
>
> 천변 언저리 모래밭 깊은 평화 속에
>
> 삭은 나무등치가 비스듬히 누워 있다
>
> 그 해진 발바닥, 구멍나고 여윈 몸
>
> 바람이 구멍을 지날 때마다 피리가 된다

— 그렇게 맑은 날

<u>오후 서너 시가 되자</u> 그늘이 시끌해진다. 낚시에 지친 남
자들과 물놀이에 싫증난 아이들이 집으로 돌아오듯 나무 아래로 모
여든다. 여자들이 불을 피우고 먹을 것을 준비하느라 그늘이 후끈
해진다. 남자도 여자도 아닌 축에 속한 나는 다리 건너 마을로 간

119

다. 일암초등학교와 보건소 입구로 들어가는 초입에 고풍스런 집이 한 채 있다. 아까 낚시터로 갈 때 차안에서 흘낏 보며 지나갔던 그 집이 궁금하여 계속 오금이 저렸다. 얼핏 보아도 한 200년은 족히 넘었음직한 고옥(古屋)이었는데, 대문앞 안내판에 '…임진왜란 때 공을 세운 오극성 선생의 둘째 아들인 오익 선생이 지은 정자 청계정(淸溪亭)…' 이라 씌어 있으니 300년이 훨씬 넘은 집인 셈이다. 문이 잠겨 들어가 볼 수는 없었으나 목조건물을 반쯤 뒤덮은 덩굴들과 기와지붕 위의 이끼, 바래가는 대문과 허물어져 가는 담장이 서로 기댄 채 자늑자늑 저물어가고 있다.

목조 건물을 뒤덮은 덩굴들과 지붕 위의 이끼, 허물어져가는 담장들이
서로 기댄 채 자늑자늑 저물어가고 있는 청계정(淸溪亭)

어느 농촌이나 마찬가지로 마을은 텅 빈 듯 조용하고 폐가의 담 위로 하늘나리가 사람 없는 행간을 채우고 있다. 길은 몸통이 굵은 흰 뱀이 몸을 쭉 펴고 하얗게 하늘쪽으로 가고 있는 듯 하다. 저 길의 미혹에 흔들리면 나는 또 해가 지도록 돌아가지 못하리라. 걸음을 멈추고 하늘나리쪽에 서서 시조새의 화석 같은 구름이 서서히 와해되고 원시적인 포유류, 가시두더지가 몰려오는 것을 보며 다리를 건넌다. 저 두더지떼가 사라지면 몸이 털인 성성이가 출현하리라.

마을 뒷편 언덕 위의 길 몸통이 굵은 흰 뱀이 몸을 쭉 펴고 어디론가 가고 있는 듯하다.

봉화의 끝, 아니 시작이기도 한 청옥산 산막에 몸을 부린다. 청정한 대기의 기운이 곧바로 살과 뼈를 뚫고 들어온다. 계곡으로 나가 맑고 차가운 물에 찌든 내 장기(臟器)들을 헹구는데 누가 산천어를 잡았다고 떠든다. 졸지에 포로가 된 산천어가 납작한 코펠에 담겨 이리저리 부딪는다. 펄떡이는 아가미, 튀어오르는 필사의 몸뚱이가 바닥에 탁탁 던져질 때마다 작고 검은 점들이 소용돌이친다. 그릇이 흔들리고 땅바닥이 흔들리고 내 눈이 어찔어찔하다. 어디서 나타났는지 칼을 쥔 한 남자가 산천어를 집어 쓱쓱 벤다. 조용히, 천천히 피가 번진다. 생과 사의 간극에서 치열하게 몸부림치던 하나의 존재는 고요해지고, 구경하던 몇몇 사람들이 덤덤하게 돌아선다. 그 남자는 사람들에게 피묻은 살점을 권했지만 아무도 먹지 않는다. 산천어는 쓰레기통으로 던져진다. 펄떡이던 산천어의 모습이 한동안 내 망막에서 어른거린다. 있다가 없는 것. 없이도 있는 것. 그런 것인가. 현존과 비현존의 경계는. 나의 존재론적 안전함과 실존적 불안이 상충적으로 작용한다. 아니 길항한다.

어둠에 묻히며 계곡을 따라 올라가 본다. 숲속 곳곳에 반딧불이가 반짝인다. 살아 움직이는 보석들. 한 마리를 잡아 손바닥에 놓고 한참 걷는 동안에도 그것은 도망하지 않는다. 그래, 안심하거라. 회를 치거나 구워먹지는 않을 테니까. 너희들은 그래도 물고기에 비하면 복 받은 놈들이야. 반딧불이를 놓아주고 허전해진 손바닥을 비비며 발길을 돌린다. 이곳은 해발 896미터의 고지대다. 여름은 아랫동네에만 머물고 여기는 봄 지나면 가을이다. 구별의 상관자인 시간도 이런 곳에서는 훌쩍 담을 뛰어넘는가 보다. 도약을 발판삼지 않더라도 한번씩 일상의 담을 넘을 수 있다면 삶은 잠시라도 간결해질 수 있을 텐데.

· · · 북지리 마애여래좌상

산막에서의 하룻밤을 지내고 봉화 물야면에 있는 국보 제201호 봉화 '북지리 마애여래좌상'을 찾아간다. 신라시대 유물인 이 좌상은 본래 감실 안에 조성된 것이었으나 감실의 돌 벽이 무너져 지금은 보호각이 설치되어 있다. 불상은 파손이 심하여 형체가 분명치 않지만 네모난 얼굴 윤곽이나 어렴풋한 미소, 삼각형의 코, 그리고 오른손의 시무외인(施無畏印)과 왼손의 여원인(與願印), 발까지 덮어내린 소박한 옷자락 등이 지나치게 엄숙하지도, 완벽하게 아름답지도 않아 친근감이 든다. 특히 정수리에서 왼쪽 코 언저리까지 금간 틈새가 깊은 상처 같아서 더욱 인간적인 면모를 풍긴다. 유심히 보면 감실이었던 불상 뒷면 바위에 새겨진 화불(化佛)들이 눈에 띄는데 선정인(禪定印)을 하고 단정하게 앉아 있다는 것 외에는 알아볼 수 없지만, 전체가 곡선으로 이루어져 부드럽고 편안한 모습이다.

국보 제201호 봉화 북지리 마애여래좌상. 신라시대 만들어졌으나 훼손이 심하여
형체가 분명치 않지만 지나치게 엄숙하지도, 완벽하게 아름답지도 않아 친근감이 든다.

이 마애여래좌상에서 50미터 남짓 떨어진 곳에 또 하나의 '마애 감실불상과 탑'이 있다. 이곳에는 원래 신라 진성여왕 때 지림사(智林寺)를 위시하여 27개의 암자가 있어서 500여명이 수도생활을 했다는 이야기도 전해진다. 커다란 바위에 4구의 불상과 탑이 양각되었는데 마모가 심하여 윤곽만 알아볼 정도다. 3구는 나란히 배치되었고, 중앙과 우측의 불상 사이에는 1미터 가량 높이의 작은 불상이, 동쪽에는 높이 1.5미터 가량의 삼층탑이 마치 전나무처럼 서 있다. 기단부는 거의 파손되었으나 옥신과 옥개는 뚜렷하다. 일정한 비율로 새겨진 탑신부는 안정감은 느끼게 하나 이렇다 할 특징이 없다. 전체적으로 이 불상과 탑은 파노라마 촬영처럼 한눈에 주르륵 읽힌다.

···청량산 12봉 품안에

선돌이 있는 마을에서 '청량사'(淸凉寺)까지의 산길은 변덕스럽지 않고, 숨가쁘지 않으며, 사람을 지치게 하지 않는다. 그러면서도 어느덧 깊은 산중에 서게 되는 것이다. 공들여 마음 깊은 곳에 도달해 보았을 때와 같은 지극함으로 법당에 오른다. 향은 다 타지 않은 채 꺼져 있고, 참나무통 맑은 소주 비닐봉지에 공양미가 하얗게 세속의 때를 벗고 있다. 목탁은 있고, 스님은 없다. 부처의 상(像)은 있고, 부처는 없다. 진공묘유(眞空妙有). 내 안의 부처를 나는 왜 영접하지 못하는가. 복잡해지는 생각의 가닥을 추슬러 석탑 기단에 묶어 놓는다. 그러나 나는 탑은 보지 않고 그 너머 첩첩의 봉우리와 겹겹의 골짜기에 마음을 얹는다. '낭중지추'(囊中之錐) — 뛰어난 것은 속 깊이 감출수록 드러나기 마련 — 라는 청량산의 연화봉을 축으로 정상인 의상봉을 서쪽으로 바라보며 금탑봉 암봉을 좌우로 거느린 청량사는 그 터가 명당 중의 명당으로서 육육봉(12봉우리) 연꽃잎의 수술자리. 신라 문무왕 3년(663)에 원효대사가 창건한 이 청량사에는 보물 두개가 있다. 공민왕이 쓴 유리보전(琉璃寶展)이라는 현판과 지불(紙佛). 유리보전은 약사여래를 모신 곳이며, 지불은 종이로 만든 부처로(지금은 금칠을 했다) 국내에서 유일한 것. 퇴계 이황은 청량사 밑에 당시는 초막이었던 오산당(吾山堂)에 머물면서 청량산에 매료되어 이러한 시구를 지었다 한다.

淸凉山 六六峰을 아는 이 나와 白鷗
白鷗야 暗辭하랴 못 믿을 손 桃花로다
桃花야 떠지지마라 魚舟子 알까 하노라

— 淸凉山歌

백구와 나만이 아는 청량산 육육봉의 은밀함이 세상에

알려질까 두렵다는 것. 그는 쇠약해진 몸을 명아줏대 지팡이에 의지하여 산수를 즐겼다고 전해진다. 이곳을 좋아한 사람들은 퇴계뿐만이 아니라 신라시대의 명필 김생을 비롯하여 최치원, 주세붕이 있으며, 공민왕은 홍건적의 난을 피하여 청량산에 들어와 산성을 쌓고 오래 머물렀다. 지금 남아 있는 것은 청량사뿐이지만 중흥기에는 크고 작은 사찰과 암자가 27개에 이르렀다는 기록으로 보아 이곳이 당시 불교의 요람이었음을 짐작케 한다.

유리보전 앞에 삼지송(三枝松)이 있는데 여기에 얽힌 이야기가 하나 있다. 청량사를 짓고 난 얼마 후 남민이라는 사람의 집에 뿔이 셋 달린 송아지가 태어났다. 그 송아지는 몇달 만에 낙타만한 덩치로 자랐으며 성질 또한 거칠고 사나워 골치를 앓던 중 마침 마을로 탁발하러 온 청량사의 스님이 그 소를 줄 수 있겠느냐 물었다. 주인은 잘됐다 싶어 얼른 내주었다. 소는 절로 온 뒤부터 유순해졌을 뿐만 아니라 어찌나 힘이 센지 짐을 도맡아 나르며 청량사 중창공사에 큰 몫을 다했다. 공사는 일사천리로 진척되어 무사히 끝나게 되었는데 소는 그때 자기의 소임을 다 마친 듯 숨을 거두었다. 사람들은 소의 공덕을 기려 유리보전 앞에 묻어 주었더니 소의 넋인 듯 그 무덤 위에 세 개의 가지를 뻗은 소나무가 솟아나 삼각우총(三角牛塚)이라 부르게 되었다고 한다. 나무 한 그루, 돌멩이 하나에도 뜻없는 태어남이 있을까마는 그 모습이 아름답거나 기이한 것에는 이러저러한 이야깃거리가 깃들이게 마련이다.

탑을 끼고 내려가면 전통찻집 '바람이 소리를 만나면'을 만난다.

그 안에서 내다보는 경관이 또한 별경(別景)으로 창유리 하나에 꽉 들어차는 기암절벽이 가히 위협적이다. 바깥에서 전체를 조망할 때와는 달리 주변을 제거하고 수직의 바위 하나와 화두처럼 대면하게 되는 것이다. 주지 스님 이야기에 의하면 눈 쌓였을 때 이곳의 풍치는 말할 수 없이 아름답다 한다. 문학에 뜻이 많다는 스님은 찻집 이름도 직접 지은 것이라고. 나는 눈을 감고 잠시 눈 덮인 바위며, 북극곰의 발가락 같은 나뭇가지, 흰물떼새의 깃털 같은 절집의 지붕을 상상해 보지만 역시 실제와는 괴리감이 있는지 별 감흥이 일어나지 않는다.

눈을 털 듯, 연상의 꼬리를 털어버리며 오산당을 거쳐 '김생굴'로 간다. 해동의 왕희지라고 불리는 김생(金生)이 10년 동안 서도를 연마하였다는 김생굴은 층층절벽 아홉 층의 금탑이 햇빛 속에 찬란한 금탑봉 계곡을 따라 올라가다 마주치는 직각 암벽 바로 밑에 있다. 네모꼴의 입구 안쪽에는 촛불이 두 개 켜져 있고 주인은 잠시 출타중인 듯 온기가 느껴진다. 동굴에 들어갔을 때의 서늘함이 없다. 굴 밖에서 마을 주민인 듯한 여자들이 식사를 하다가 낙숫물을 마시는 나에게 밥 먹고 가라고 한다. 사실 나는 갈증도 나고 배도 고팠지만 갈 길이 바빠 인사만 한다. 오늘따라 항상 넣고 다니던 물통 하나 챙기지 않고 사진기만 달랑 들고 왔다. 마침 바위틈에 사탕이 몇개 놓여 있어서 그거 하나 입에 물고 자소봉으로 올라간다. 욕심 같아서야 며칠을 두고 의상봉, 보살봉, 연화봉, 향로봉, 금탑, 연적, 경일, 축융봉 등 육육봉 두루두루 가보고 싶지만 한정된 시간은

김생굴. '해동의 왕희지'로 불리던 신라시대의 명필 김생이 10년 동안
서도를 연마하던 곳이다.

늘 내 발목에 제동을 건다. 참으로 오묘한 것이 청량산은 어느 지점
에서 바라보아도 조망이 탁월하다. 덩치라야 총면적이 23.6평방킬
로미터에 지나지 않는데 그 품에 12봉(峰), 12대(臺), 8굴(屈)이 안겨
있다. 또한 가장 높은 봉우리 의상봉의 높이가 870미터이니 대청봉
이나 천황봉에 비하면 어림없으나 산줄기가 끝없이 이어져 보이는
것이 더욱 아득한 느낌이다. 청량산이란 이름이 중국의 화엄영산(華
嚴靈山)에서 따왔다는 그 불연(佛緣)의 깊이 때문일까. 특별히 우뚝
솟은 것도 없고, 유독 빼어난 것도 없다. 그러므로 청량산은 행원(行
遠)의 수고는 있어도 등고(登高)의 어려움은 없다. 산은 혼자 있을 때
와 둘이 혹은 여럿이 있을 때의 맛이 사뭇 다르다. 말할 것도 없이

12봉, 12대, 8굴을 품고 있는 청량산. 끝없이 이어진 봉우리가 아득하다.

혼자일 때 가장 높고도 깊다. 몸은 산을 오르는데 마음은 밑으로 내려가 올라갈수록 바닥에 가까워진다. 그래서 산은 높고도 깊다!

나는 이제 아껴 두었던 '응진전'(應眞展)으로 간다. '외청량' 혹은 '하청량'이라고 불리는 응진전. 그곳에 이르는 길은 새나 넘나들 수 있는 조도(鳥道)라고 했다. 층층절벽의 금탑봉 사이를 빠져나가야 하기 때문이다. 나는 지레 겁을 먹고 주춤거리며 왔다갔다 하다가 표지판 하나를 발견한다. 금탑봉을 끼고 뒤로 돌아가는 길이 있는가 보다. 그리로 가면 날개없는 것들의 길로 갈 수 있겠지. 길은 얼마간

올라가다 곧바로 가파른 내리막이 계속된다. 이런 곳은 으레 으슥하기 마련이어서 가슴이 점점 두근거린다. 걸음은 자연히 빨라지고 숨이 차다. 이럴 때는 경치고 뭐고 속히 목적지에 도달하는 수밖에 없다. 얼굴이 확확 달아오르고 머리가 띵할 때쯤 마법의 세계처럼 없던 하늘과 구름, 봉우리 울울한 나무들이 한순간에 펼쳐진다. 그런데 응진전은 세상에! 절벽 위 비좁은 공간을 아슬아슬하게 비집고

절벽 위 비좁은 공간에 옹골차게 올라 앉은 응진전.
수직의 벼락같은 금탑봉이 뒤에 버티고 있다.

옹골차게 올라앉아 있는 것이 아닌가. 배후로는 수직의 벼락같은 금탑봉을 세워놓고. 그 바위 꼭대기에는 두꺼비 형상의 동풍석(動風石)이 바람에 굴러떨어질 듯 간당간당 쪼그리고 있다. 그러니까 응진전은, 쓸쓸하고 조그만 이 절집은 봉우리와 골짜기의 집점(集點)으로서, 견성을 도모해 주는 돈독한 자각의 자리로서 만물의 상생적 결합을 상징하고 있는 것이다. 나는 맞배지붕 한자락 가피 아래 서서 내게로 돌아가야 하는, 사타구니 같이 어두운 골짜기를 비틀비틀 내려간 길을 무겁게 바라본다. 극에 달한 벌 한 마리가 귓전을 맴돌더니, 그 말씀 새기기도 전에 나리꽃 한 꽃잎에 골몰한다.

나리꽃은 十方으로 열려 있다
벌 한 마리가 까만 꽁지를 치켜들고 꽃판에
머리를 깊숙이 처박는다
빙빙 원을 그리며 돈다
꽃판이 빙글빙글 벌을 돌린다
꽃과 벌이 점령하고 있는 허공 한 귀퉁이가
따라서 돈다 벌의 다리가 움직일 때마다
꽃잎은 젖혀지거나 구겨진다
꽃은 착 발린 채 몸을 다 내어주고
벌은 골똘히 꽃의 생각을 파고든다
노란 꽃가루가 재빨리 다리에 들러붙는다
꽃잎은 젖혀지거나 구겨진 채로 있다

벌이 머뭇거리는 왼쪽 봉오리 하나가

아까보다 조금 더 벌어져 있다

— 빙글빙글

이 산의 이름처럼 청량하던 하늘이 불온해진다. 불온한 소식의 진원지는 멀지만 전해져 오는 속도는 빠르다. 연화봉 언저리를 맴돌던 먹구름이 순식간에 금탑봉 어깨 위에 걸터앉는다. 홀린 듯 잠시 엿본 혼연(混然)한 그 무엇이 가물가물 사라져간다. 나는 이제 수많은 길들이 얽히다 겹치며 쓰러진 길의 무덤을 지나 "바라볼 얼굴, 존중할 얼굴, 어루만질 얼굴들이 존재"하는 세계로 가야 하는 것이다. 허망감이 홰를 치는 나의 왕국으로.

로젤의 비너스가

··· 무엇으로 이 산을 넘어야 하나

1998년 11월 18일, 사자좌 부근에서 유성우(流星雨)가 쏟아진다는 밤. 나는 별을 주우러 구럭을 메고 산으로 간다. 새벽 4시. 밀양 얼음골에서 출발한 천황산 등반은 초입부터 너덜지대로 시작되어 걸음은 더디고 가파른 비탈은 별을 보려는 내 시선을 자꾸만 밑으로 잡아당긴다. 후드득, 동쪽 하늘에서 별똥 하나가 신호처럼 골짜기로 내리꽂히더니 기다렸다는 듯이 사방에서 휙휙 몸을 날린다. 저 골짜기의 무엇이 별들을 부르는가. 그 가볍고 신속한 죽음 앞에서 내가 어리둥절해 있는 동안 앞서가던 사람들 사라지고, 나는 순식간에 어둠 속에 혼자 남겨진다. 무엇으로 이 산을 넘어야 하

나. 나뭇잎들 짐승소리로 울고 너덜바위들은 디딜 때마다 불편한 관계처럼 삐끗거린다. 바위들, 나무들, 봉우리들 모두 나를 덮치려는 듯 복면을 하고 다가온다. 차가운 바람이 식은 땀 사이로 파고든다. 더 이상 별똥도 떨어지지 않는다. 어딘가 의지할 곳이 필요해. 무작정 별이 많은 쪽으로 가다가 커다란 바위에 뚫린 구멍을 본다. 불빛을 비추니 제법 깊다. 선뜻 들어서지 못하고 있을 때 바람이 등을 민다. 내부는 열명쯤 앉을 만한 작은 굴이다. 머뭇거리는 나에게 먼저 들어와 누운 마른 잎이 사스락거리며 말을 건다. 그 작은 잎새들 속삭임에 다소 마음을 가라앉히고 자리를 잡는다. 자세히 보니까 굴의 목젖이 발갛게 부었다. 밤새 울기라도 한 것일까. 노래라도 부른 것일까. 머리 위로 누군가 헛짚은 발에서 돌 구르는 소리가 들리는 것 같았지만 그러나 아무도 오지 않는다. 온갖 잡념과 불안이 들끓는 가운데 프랑스 로젤의 너럭바위에서 발견되었다는 〈로젤의 비너스〉가 선명하게 떠오른다. 오른손에 들소의 뿔을 들고, 왼손은 자신의 배에 얹은 주술적인 여성. 들소의 뿔에는 열세 개의 칼자국이 있었는데 그것은 초승달부터 보름달까지의 밤의 수효이며, 배에 얹은 왼손은 월경의 주기와 달의 주기 사이의 공통점으로써 우주의 생명주기와의 연관성을 나타낸 것이라 하였다. 지금 이때, 어떻게 그 구석기의 여인이 돌연 내 앞에 나타난 것일까. 아, 별이 된 그녀는 별로써 나를 보호하러 시공을 질러 여기까지 온 것이 분명하다. '위험이 가까울 때 구원 또한 가까우니…' 믿음이 생기자 마음이 다소 편안해진다. 그제사 배낭에 들어 있는 여벌의 옷과 보온병의

뜨거운 커피와 약간의 술이 생각났다. 이럴 땐 술이 제일이지. 나는 정성을 다해 술을 따라 그녀에게 경배의 잔을 올린다.

나는 아직 잠 속인데. 내 영혼은 돌아오지 않았는데.
누가 나를 두드린다 조용히. 그러나 다급하게.
내 잠이 빗장을 열까 말까 망설이는 동안에도.
내 몸이 세상밖으로 나갈까 말까 머뭇거리는 동안에도.
사람도 아닌. 짐승도 아닌.
그 무엇도 아닌 무엇이. 맥박같이. 입김같이. 숨결같이.

깜빡 잠들었었는지 나를 잠재웠던 정적이 아니 로젤의 비너스, 그녀가 나를 깨운다. 온몸이 시리다. 감각이 둔해진 팔다리를 주무르며 바깥을 내다본다. 새벽 안개 속에 뿌옇게 세상이 어른거린다.

밤길을 갔다
별만 보고 갔다
어느 한 별이 힘을 주었다
밤이 되자 그 별이 내게로 왔다
별을 껴안고 잤다
별은 둥글고 따뜻했다

골짜기 동굴 속을 별빛이 비추었다

쓸쓸함이 파랗게 빛났다

산도 바위도 옷을 입지 않았다

나도 안팎을 벗고 잤다

물 위에 뜬 것 같았다

하늘이 열리고 있었다.

가장 높은 봉우리가 먼저 눈을 떴다

아랫마을 사람들의 불빛이

하나씩 눈감고 있었다

— 별과 함께

해는 구름 뒤에서 엿보듯 세상을 내다보고 있다. 재약산 수미봉에 도달할 즈음이면 석류처럼 그 붉은 잇몸을 드러내며 환하게 웃어주리라. 어서 주봉에 올라가 나도 활짝 웃으며 해를 맞이하고 싶다. 억새들이 터놓은 길은 부드럽고 포근하다. 바람이 날개를 펄럭일 때마다 억새들은 수백, 수천억의 물고기들이 몸을 트는 것 같다. 곤두서는 비늘들, 지느러미들, 만어사(萬魚寺) 일만개의 바위들은 동해의 물고기가 化한 것이라던데 이 무수한 억새들도 혹 어느 바다 물고기들이 떼지어 올라와 억새가 된 것은 아닐까. 250만 평 억새 군락지, 이 평원에는 어떤 가시적 장애도 없다. 평온에 휩싸여 나를 결박했던 지난밤의 아픈 기억도 사라져간다. 노자(老子)

는 "텅 빔에 이르름을 극진히 하고, 고요함을 지킴을 돈독히 하라" 했으니 이 순간은 얼마나 소중하며 지금의 나는 또 얼마나 행복한 지. 잠시라도 나의 본성으로 돌아가 한 번만이라도 '현묘하고 현묘 한 홀황'(惚恍)의 세계를 느낄 수 있다면….

빛나는 아침의 성찬을 배불리 먹고 있는데 멀리서 아랫도리는 보이지 않는 한 사람이 흔들흔들 억새를 타고 온다. 나의 두려웠던 지난밤을 그는 어디서 지새우고 여기까지 온 것일까. 다소라도 온기가 남아 있는 이 자리에서 저 사람도 쉬어 가면 좋을 텐데. 얼마나 있었는지 등줄기가 서늘해진다. 멀리 왔으니 되돌아가야 하는 것이다.

···작은 생명들의 팽팽한 힘이,

이제부터는 내리막이다. 일상으로 가는 길은 늘 내리막이다. 그 길은 때로 곤두박질치는 길이며, 상처가 나는 길이며, 다리가 후들거리는 길이기도 하다. 850미터 고지에 내려서자 '고사리 초등학교' 팻말이 보인다. 거기 가면 몸을 좀 녹일 수 있겠지. 띄엄띄엄 고사목 마른 가지들이 무슨 지표(指標)처럼 한 방향을 가리킨다. 바야흐로 저 나무들은 잎 다 떨구고 그의 궁극으로 돌아간 것일까. 나무는 죽어도 쓰러지지 않는다. 태어난 곳에 그냥. 그렇게. 있다. 우두커니. 그러므로 나무는 언제나 현재생(現在生)이다.

고사리초등학교 교실에는 사람들이 웅성웅성 모여 앉아 라면이

나 커피, 막걸리 등을 먹고 있다. 이 학교는 원래 산동초등학교 사자평 분교로서 이곳 산간마을 주민들의 자녀들을 위하여 세워졌으나 학생수가 점차 줄어들자 1966년에 폐교되어 지금은 등산객을 상대로 간이식당처럼 사용되고 있다(그러나 10개월 후 1999년 가을에 다시 가 보았을 때는 학교 건물마저 완전히 사라지고 '산동초등학교 사자평분교 터. 1966년 4월 29일에 개교하여 졸업생 36명을 배출하고 1996년 3월 1일에 폐교되었다'고 씌어진 교적비와 단풍나무 한 그루만 덩그러니 남아 있었다. 유난히 잎이 풍성하고 붉은 단풍나무 품으로 까마귀들이 수십 마리 파고들다 날아갔다. 아이들이 떠나갔듯이). 나는 썰렁한 운동장을 한 바퀴 돌면서 고사리같은 아이들을 혹시 만날 수 있으려나 기대해 보았지만 삭은 잎들만 이리저리 뒹군다. 교실로 들어가 뜨거운 국물을 마시고 나자 속은 풀렸으나 나른해지며 눕고만 싶어진다.

그러나 계곡은 깊고 날은 춥다. 처지는 걸음을 다그치면서 무거워지는 눈꺼풀을 비비면서 '층층(層層)폭포'에 도착한다. 이 폭포는 서너 단계의 폭포로 이루어졌기 때문에 멀리서 보아야 한눈에 들어온다. 가장 위쪽의 폭포는 높이가 35미터나 되는데 모두 얼어붙어서 폭포의 역동성보다는 결빙의 완강함이 빛난다. 여기서 1.4킬로미터 더 내려가자 또 하나의 폭포, '홍룡'(紅龍)이 기다린다. 거대한 암벽에 물줄기는 하얗게 얼어붙은 채 긴 호흡을 멈추고, 바닥에는 단숨에 뛰어내려 분출된 에너지의 총량처럼 액정의 흰 물질이 응결되어 있다. 하긴 내가 이렇게 생각하든 저렇게 생각하든 폭포는 그저 폭포이고, 다른 무슨 이름을 붙였다면 또 그것일 따름. 내 의식의 편견이 기호화된 언어로써 자의적인 해석을 한들 거기 무슨 가당찮은 작위를 할 것인가.

표충사까지 50분 남짓 남았다. 거기 가면 방전되어 가는 기력을 충전시킬 수 있을 테지. 물소리 끊어진 계곡은 적막하다. 팥알 만한 잔돌들이 흘러내리는 소리가 골짜기를 울린다. 그래서 이 초기 조건에의 민감한 의존성을 누구는 "히말라야의 나비 펄럭거림이 북경에 비바람을 몰고 올 수도 있다"고 하였던가.

신라 진덕여왕 8년에 원효대사가 창건한 표충사.
당시는 죽림사였는데 사명대사의 사당을 건립하고부터 표충사로 부른다.
대광전을 비롯한 건물들이 당당하고 기품있는 선비같다.

물소리 끊어진 산을 내려온다

바닥이 드러난 계곡에 잔돌들이 여위어 가고

나무뿌리에서 새어나오는 밭은 기침 소리가

잎을 자주 깨운다

비탈 양지쪽에는

바위들 금간 이마 사이로

작은 가지 하나 흔들리며 추위를 견디고

어디서 툭 삭정이 부러지는 소리

무심코 뽑은 풀뿌리에 매달려

따라오는 작은 생명들
그 속으로 당겨지는 팽팽한 힘이
나를 일으킨다

식은 땀 위에 찬바람이 스치고
바람 사이 불길한 소문이 들린다
마을로 가는 무거운 내 걸음은
점점 어두워지고

— 작은 생명들의 팽팽한 힘이,

신라 진덕여왕 8년(654년)에 원효대사가 창건하였다는 '표충사'는 원래 죽림사였는데, 후에 흥덕왕의 셋째 왕자가 이곳의 약수를 마시고 풍병을 고쳤다 하여 영정사로 개칭되어 불리다가, 조선 헌종 5년(1839년)에 사명대사의 충혼을 추모하기 위한 사당을 건립하고부터 표충사(表忠寺)라 불린다. 대광전(大光展)을 비롯한 건물들은 당당하기 기품 있는 선비 — 선비의 여러 덕목 가운데 '현재에 서 있으면서 먼 과거와 긴 미래를 회고하고, 전망하며, 현실에 살고 있으면서도 초월과 개방을 일삼아 그 무엇에도 얽매이지 않는' — 의 풍모를 풍긴다. 더욱이 치솟은 산이 아니라 품이 넉넉한 천황산을 배면에 두어 더욱 기개가 넓어 보인다.

보물 제 467호 화강암 '삼층석탑'은 통일신라시대의 것으로 기단이 단층인 것이 특이하다. 그리고 각층의 옥개석이 만나는 모서

리에 작은 풍탁을 달 수 있는 구멍이 뚫려 있는데 2층의 네 모퉁이
에는 지금도 풍탁이 달려 있다. 불교용품을 파는 매장도 얼마나 정
갈한지 신을 신고 들어가기가 민망할 정도다. 나는 주석에 약사여
래를 조각한 작은 목걸이를 하나 산다. 몸이 아프면 이렇게 다닐 수
도 없을 것이므로. 마침 예불시간이 되어서 동참해 볼까 하다가 너
무 고단하여 단념한다. 이젠 그림자도 지쳤는지 점점 웅크리며 내
안으로 들어오려 한다. 함께 걷고, 쉬고, 숨쉬는 내 그림자가 그러
나 들어오지 못한다. 영원히 내가 내 자신에 대해 이방인이듯이 내
것이 아닌 내 그림자. 생각해 보면 이 세상 어느 것 하나 내것인 것
이 있으랴. '지심귀명례'(至心歸命禮) — 목탁소리, 독경소리. 나 갈
길 앞서간다.

길은 산으로 휜다,
아니다 다시 바다로 열린다

· · · 금산은 성채와도 같이

"여기가 금산 입구라요." 버스가 빗속에 나만 달랑 부려 놓고 달아난다. 나는 휑한 도로에 서서 우산도 펴지 않은 채 버스 꽁무니를 좇다가 주변을 두리번거린다. 주인도 뵈지 않는 구멍 가게가 둘, 투박하게 생긴 여관이 둘, 썰렁하게 있다. 차차 눈높이를 높이자 중세 유럽의 성채 같은 바위들이 금산 정상에 어른거린다. 나는 길을 건너 조금 높은 곳으로 올라가 바라본다. 그것은 비바람과 안개에 휘감겨 바그너의 오페라 〈트리스탄과 이졸데〉의 무대로 변해 간다. 빛의 동기, 사랑의 초조와 환희의 동기, 운명의 동기가 소용돌이치는 가운데 트리스탄과 이졸데가 부르는 '아! 우리들을 묶어라. 사랑의 밤이여!' 가 빗줄기를 가르며 들려온다. 그러다 그것은 곧 파도에 휩쓸려 헛되이 사라지는 트리스탄의 시체와 그 위에 쓰러지며 부르는 이졸데의 '사랑의 죽음' 으로 아일랜드 해안을 무겁게 뒤덮는다.

오페라의 막이 내리듯 밤이 내리고 신기루 같던 성채도 사라지고, 금산은 거대한 짐승의 등뼈처럼 어둠 속에 길게 눕는다. 황망히 나는 여관의 흐린 불빛 안으로 들어선다. 선택의 여지도 없이 들어간 제두장여관은 텅 비었다. 주인 여자는 귀찮다는 듯 슬리퍼를 찍찍 끌며 방으로 안내하고는 숙박계부터 내민다. 저녁식사를 주문하려다 말고 간식이나 하려고 밖으로 나왔으나 가게는 문을 닫고 사방이 깜깜 절벽이다. 오늘 저녁은 거르는 수밖에. 그러나 저러나 내일 산행을 하려면 비가 그쳐야 할 텐데….

· · · · 쌍홍문을 거쳐 보리암에

새벽 5시 20분. 비는 그쳤으나 하늘은 여전히 우울하다. 천둥 번개 없는 것만도 다행으로 여기며 좀더 밝아지기를 기다리다가 7시에 여관을 나선다. 소나무 숲은 아직 잠이 덜 깨었고 등산로 입구에 매표소는 있으나 사람은 없다. 내가 산으로 들어가는 것을 본 사람이 없으니 혹시 조난을 당한다 하여도 아무도 구하러 오지 않겠지. 구원받지 못하는 순간이 지금뿐이랴. 삶은 얼마나 자주 조난의 순간이며, 극기의 현장이며, 칼이며 번개인가. 이런 날씨에 처음 가는 산을 무작정 올라가고 있는 내가 참 무지스럽다. 그러면서도 되돌아서지 못하는 나여! 비만 그쳤을 뿐 땅도, 공중도, 하늘도 눅눅하다. 뜨거운 다리미로 서너 번 쓰윽, 문질렀으면. 지난밤 비바람에 떨어졌는지 애벌레들이 여기저기 널브러져 있다. 아직 연둣빛도 채 되지 못한 희멀건 어린 생명. 세상에 금세 굴러온 듯 어리둥절해 있다. 어리둥절하다 가는 것. 그게 生이 아닌가. 청개구리 한 마리가 돌멩이를 타고 넘지 못해 자꾸 미끄러진다. 그에게는 절벽인 작은 돌 하나. 집어 올려주려는 내 손 또한 개구리 등에서 미끄러진다. 올라갈수록 나무들이 빽빽하다. 나도밤나무, 팽나무, 노각나무, 당단풍나무, 개서어나무 둘레에 나무토막을 잇대어 울타리를 쳐 놓은 모습이 주름치마를 입혀 놓은 것 같다. 까투리가 돌아오지 않는지 숲 속 어디선가 장끼는 자꾸 부른다. 1킬로미터쯤 올라왔을까. 음수대로 만들어 놓은 돌 거북 두 마리가 입으로 졸졸 물을 흘린다. 나도 졸졸 받아먹으니 조그만 두 눈이 빤히 나를 본다. 단순한 구멍 두 개가 이렇게 맑은 눈이 되다니. 나는 벌집 모양의 등을 한번 쓰다듬어 주고 다시 배낭을 추스르고 마음을 추슬러 걸음을 재촉한다. 내 오른쪽 겨드랑이 아래쯤 바다가 누워 있을 텐데 나는 아직 나무들 가랑이 사이에서 헤어나지 못한다. 보리암은 아직도 멀었는지 목탁소리 들리지 않는다.

　여전히 두려움이 앞서 가다가 '사선대'(四仙臺) 앞에 멈춘다. 해상사호(海上四虎), 동서남북에 흩어져 있던 네 신선이 이 암봉에서 모여

놀았다는 곳. 신선은 人이 아니고 仙이라 높은 암봉에서 유유자적하였나 보다. 바위 앞의 나무는 신선들을 유혹하기라도 하는 듯 미끈한 다리를 잔뜩 꼬고 이파리를 살랑살랑 흔들어대고 있다.

사선대를 지나자 커다란 구멍이 두 개 뻥 뚫린 동굴이 불쑥 나타났는데 뿌연 안개 속에서 그것과 마주쳤을 때 나는 너무 놀라 쇠난간이 없었다면 굴러떨어질 뻔하였다. 동굴은 수천년 굶주린 아귀의 비틀린 얼굴 같기도 하고, 득도하지 못한 채 수만년 수행중인 어느 수도자의 일그러진 모습 같기도 하다. 탈색될 대로 되어 더 이상 色이라고는 있을 수 없는 이마에는 쭈그러지고, 패이고, 갈라터진 온갖 근심의 골짜기가 모이고 그 이마 아래 퀭한 두 눈은 심연처럼 아

남해 금산 38경 중의 제 1경인 쌍홍문.
뻥 뚫린 두 개의 커다란 구멍은 수천년 굶주린 아귀의 퀭한 얼굴 같다.

득하다. 나는 감히 굴속으로 들어가지 못하고 밖에서 기웃거리기만 한다. 해골처럼 속은 텅 비었고 오른쪽으로 계단이 보인다. 저 계단을 올라가면 무엇이 있을까. 나는 주변을 서성이면서 이미 읽은 설명문을 또 읽는다. 이 굴은 '쌍홍문'(雙虹門). 남해 금산 38경 중의 제 1경이다. 이곳에서 먼 옛날 석가 세존이 석주(石舟)를 타고 인도로 가던 중 앞을 가로막고 있던 웅장한 바위에 무지개 구멍이 생기면서 길을 열어 그곳을 통과, 남해 미조리의 도톰바리(울룩불룩형의 반도)를 밟고 세존도를 지나 인도로 갔다는 전설이 있는 곳이다. 쌍홍문 바로 옆에 장군암이 버티고 있는데 쌍홍문을 지키는 장군이라 하여 일명 수문장이라고도 한다. 그 바위에 가느다란 송악의 줄기들이 아교로 붙인 듯 찰싹 달라붙어 있다. 이 송악은 200여년 전 어느 고승이 심었다는데 줄기마다 많은 기근이 나와 기어오르면서 바위를 잠식해 가고 있다. 덩굴식물들이 얼마나 무섭게 자라 거대한 바위들을 그물처럼 씌워버리는지 나는 그것을 볼 때마다 섬뜩했었다. 저 장군도 언젠가는 덜컥, 갇혀버리겠지.

아무래도 안되겠다. 그만 저 아귀의 뱃속으로 들어가야겠다. "호기심으로 가는 통로에는 두려움의 함정이 기다리고 있다" 하지 않던가. 들어가라, 들어가라, 내 내면의 파이드루스, 선(禪)을 찾는 늑대가 나를 부추긴다. 막상 들어와 보니 어둡지도, 냉랭하지도 않다. 누가 이 거대한 두개골을 다 파먹고 엎어놓았는지 속이 텅 비었다. 오른쪽 계단을 올라가니까, 아, 이게 곧장 보리암으로 연결되는 통로였다. 통과제의처럼 이 계단을 지나야만 길이 열리는 것이다. 절묘하지 않은가. 하나의 상징처럼 쌍홍문이 있고 그것을 통과하여 절집에 다다른다는 것이.

목탁소리 들리자 나는 그제야 줄줄이 흐른 진땀을 닦아낸다. 보리암에 올라가 만난 낯선 사람들이 이렇게 반가울 수가. 주변 경관이 빼어나고 기도가 잘 이루어진다 해서 전국 각지에서 모여드는 불자들, 관광객들로 항상 붐빈다는 '보리암'. 그러나 어제 그제 내린 비 때문인지 한산하다. 예상 밖으로 경내가 비좁다. 어쨌든 3대 기도도량 중의 하나라는 곳까지 왔으니 잠시 예불에 참석해 보려고 방석을 깔고 앉는다. 아까부터 쉬지 않고 거듭거듭 절을 하는 옆사람을 슬쩍 넘겨다본다. 그 남자는 수건으로 연신 땀을 닦아가며 절하기를 그치지 않는다. 저 초발심의 자세. 나는 무엇을 빌어볼까 생각해 보아도 빌 것이 너무 많은 것도 같고 없는 것도 같다.

보리암 앞뜰 해수관음상이 있는 주변은 눈만 주면 바다요, 산이다. 이런 절경에 절을 지은 원효는 역시 혜안이다. 금산은 원래 보광산(普光山)인데 태조 이성계가 이곳에서 백일기도를 마친 후 등극하게 되자 보광산을 비단으로 두르고자 했다는 의미로 '금산'(錦山)이라 고쳐 부르게 되었다 한다. 관음상 옆에 높이 1.8미터의 화강암 삼층석탑이 있다. 이 탑은 김수로왕의 비 허태후가 인도에서 가지고 왔다는 파사석(婆娑石)의 석재를 원효가 보리암 앞에 세운 것인데, 상륜부 이상은 결실된 채 복원되어 있다. 파사석 하니까 김해 허황후능에서 보았던 진풍탑이 떠오른다. 허황후가 풍랑을 잠재우기 위하여 싣고 왔다는 진풍탑은 마모가 심해 탑이라고는 볼 수 없

보리암 앞뜰의 해수관음상과 삼층석탑. 수평선 너머 또 다른 세계를 넘나드는 듯 해수관음은 고요히 먼 바다를 내려다보고, 석탑도 명상에 잠긴 듯 요지부동이다.

는 돌덩이였지만, 그것이 지닌 내력 때문에 어부들이 조금씩 떼어 가 그나마 더욱 초라한 모습이었다. 구지산 기슭 양지바른 곳에 자리잡은 허황후의 능은 조용하고 따뜻했다. 까치가 한 마리 저만치 가다가 오고 왔다가 갔다. 그리고 허황옥이 머나먼 뱃길을 헤쳐와 도착한 망상도와 별포나루터, 비단바지를 벗어 산신에게 바쳤다는 비달치고개, 수로왕릉 정문의 수수께끼같은 한쌍의 물고기 쌍어문 (雙魚文)이 스쳐갔다. 나는 계속 김해로 내닫는 마음을 붙들어 남해 로 데려다 놓는다.

보리암에서 볼 때 오른쪽 해안에 금산에서 가장 크고 아름다운

3대 기도 도량 가운데 하나인 보리암.
기도하기 위하여 전국 각지에서 모여드는 사람들로 항상 붐빈다.

'상사바위'가 있다. 어느 부잣집 하인이 주인의 딸을 사모하다 죽고
말았는데 그 혼이 뱀이 되어 딸의 몸을 칭칭 감고는 떨어지지 않았
다. 온갖 수단을 써도 뱀은 떠나지 않아 애태우던 중, 어느 날 한 노
인이 나타나 금산에 있는 높은 벼랑에서 굿을 하라 하여 이 바위에
서 굿을 하였더니 뱀이 서서히 물러가 벼랑 아래로 떨어져 죽고 말
았다. 그후로 이 바위를 상사바위라고 불렀다 한다. 그런가. 사람의
질긴 염원은 바위도 되고 꽃도 되고 뱀도 되고 새도 되고…. 이렇게
존재들은 상호관계의 의미망 속에서 서로 삼투한다. 전신(轉身)한다.
　바다는 잠든 것인지 삼매에 든 것인지 고요하다. 그 가운데 무수
한 섬들 사이 연꽃 봉오리처럼 끝이 뾰족뾰족한 세존도가 수려하

다. 이제 산에서 내려가면 나는 어디로 갈 것인지 눈으로 해안을 따라가며 물색중인데 언제 왔는지 한 사람이 옆에 와서 섬들에 대하여 이야기해 준다. 욕지도, 미조도, 조도, 호도, 세존도, 소리도, 미조항, 상주해수욕장, 통영으로 열리는 길, 여수로 빠지는 길 등을 짚어주더니 남해의 끝 미조항에 가보라 한다. 나는 금산쪽으로 파고든 오메가 모양의 상주해안을 점찍어 두었는데 현지인의 말을 듣기로 생각을 바꾸고 내려가기 전에 다시 한번 경내를 둘러본다. 해수관음은 여전히 바다 멀리 수평선 너머 또 다른 세계로 넘나들고, 나는 그 눈길을 따라가다 수평선에 걸려 되돌아온다.

이제는 정말 내려가야겠다. 어제 저녁부터 오늘 오후 두 시가 다 된 시각까지 아무것도 먹지 못하고 산행까지 하였더니 뱃속에서 불만이 대단하다. 오던 길과 반대로 주차장 가는 길로 접어든다. 모퉁이 불교용품 파는 가게에서 누구에게 줄지 모를 고동색 바탕에 황금빛 글자가 수놓인 주머니를 두개 산다. 주차장까지는 잘 닦아놓은 도로로 800미터 거리다. 거기서 더 아래 북곡 주차장까지 보리암 ↔ 주차장 간을 오가는 미니버스가 운행중이다. 그만큼 보리암을 찾는 사람이 많다는 이야기다. 주차장에 도착해 보니까 트럭에 차려놓은 간이 매점에서 컵라면을 판다. 컵라면이 이렇게 맛있는 줄 처음 알았다. 배가 찼으니 기운을 내야지. 누가 기다리기나 하는 것처럼 서둘러 미조항으로 향한다.

바다를 끼고 달리는 도로는 그야말로 환상의 드라이브 코스다. '썰어드립니다' 청아횟집, '방 빌려드립니다' 파도횟집, 초곡 마을 지나 두모 마을 지나 미조면에 들어선다. "파도가 출렁출렁 춤을 추누나, 갈매기가 너울너울 앞장을 서니…"라는 미조면가가 새겨진 물고기 석상이 마중나와 있다. 멀리 은진미륵같은 등대가 보인다. 함석지붕이 은총처럼 빛나는 미조교회도 보인다. 조선소 부근에 부서지고, 갈라지고, 터지고, 찢어지고, 찌그러진 온갖 폐기물들이 낡은 시간을 껴입으며 고색창연해지고, 수초들은 물에 버려진 폐타이어들을 휘휘 돌리며 좀체로 오지 않는 어느 승자에게 씌워줄 월계관을 촘촘히 짜고 있다. 바다로 길을 트다 만 방파제 위에는 노랗고 푸르고 검은 그물이 겹겹이 덮여 있다. 융단보다 더 푹신한 그물을 밟고 가도 그물은 나를 사로잡지 않아 나는 물고기의 왕이 된 기분·이다. 방파제 끝에 하얀 등대가 삿갓을 쓰고 우두커니 서 있다. 나는 등대에 기대 새들이 서서히 소나무 숲속 그들의 둥지로 돌아가는 것을 본다. 새들은 일찍 귀가하는구나. 다른 곳에 들르지 않고 곧장 집으로 가는구나. 기척없이 조용하던 바다에 바람이 일자 물결이 파르르 떨면서 그들도 어디론가 흘러간다. 나는 돌아갈 집이 없어 느릿느릿 일어나 하나 둘 불이 켜지기 시작하는 사람들의 골목으로 걸어온다. 내 키의 두 배로 늘어난 그림자를 앞세우고 식당 앞을 기웃거리다가 촌놈식당에서 밥을 먹을 때 혼자 있는 것이 안됐는지 주인이 말을 걸어온다. 그는 대단한 애향심을 가진 사람으로 책을 펼쳐가며 남해의 문화유적에 대해 열심히 들려준다. 덕분에 나는 이곳저곳 들러볼 소재를 얻어 가지고 여관방으로 돌아온다. 베개를 가슴에 고이고 오래간만에 수신인도 없는 편지를 써본다.

> 보리암 해수관음 발등 아래서 바다를 봅니다.
> 물빛은 한빛깔이 아니어서 더욱 오묘합니다.
> 모래 빛, 수국 빛, 살구 빛, 재두루미 빛,…
> 커다란 삿갓을 쓰고 정박해 있는 섬들을 벗어나
> 나는 관음의 눈길을 따라 먼 바다로 나갑니다.
> 세존도, 호도, 조도, 고도, 욕지도를 지나 내 시야의
> 막다른 끝, 수평선에 깃든 몇몇의 섬,
> 가끔 구름에 얹혀 둥둥 하늘에 뜨기도 하는
> 그 몸에 나는 오래 머뭅니다.
> 목탁소리 그치고 자갈밭 오가던 무수한 발자국
> 물소리에 잦아들 때 노을을 지고 산을 내려와
> 남해의 끝 미조항으로 옵니다
> 바닷가에는 집으로 돌아가는 새들의 날갯짓 부산하고
> 조는 듯 고요하던 물살이 빠르게 노를 저어 어디론가 갑니다.
> 방파제 위에는 고기들을 모두 놓아버린 그물이 편안하게
> 누워있습니다.
> 아직 집으로 돌아가지 않은 물새 두 마리가 도곤거리다가

소나무 숲속으로 사라지고 날은 어두워집니다.

어둠이 덮치기 전에 바람이 몰아치기 전에

외로움이 파랗게 눈뜨고 기다리는

낯선 처소로 나는 느릿느릿 돌아옵니다.

뒤채는 쓸쓸함을 옆에 뉘고 눈을 감습니다.

바람이 창문을 거세게 흔들어 나는 머리까지 그리움을

뒤집어쓴니다.

내 체온으로 덥혀진 따뜻한 그리움이 나를 덮혀줍니다.

· · · 한 꽃송이

해뜨기 전 어스름 물안개 가운데 솟은 그것은 세상에 없는 거대한 한 꽃송이 같았다. 그것은 영락없이 수미산의 봉우리를 상징하는 앙코르와트의 사원과 닮아 있었다. 앙코르가 처음 내앞에 나타났을 때에도 안개 속이었고 어렴풋이 어른거렸으며 그래서 더욱 신비스러웠었다. 때로 '꿈같은 현실'과 '현실 같은 꿈'이 혼돈스럽듯이 '현존'과 '비현존'의 사이에서 나는 물안개같이 몽롱해진다. 나는 지금 어제의 침울했던 기분을 털어 내고 '세존도'로 가고 있다. 그곳에 가까워질수록 파도가 높아지자 갑판에 나와 있는 나에게 난간을 꽉 잡으라고 선장이 몇번이나 주의를 준다. 배는 지상의 가난한 집 한 채처럼 기우뚱거리고 나는 속이 울렁거린다. 응취

되고 흩어지는 파도, 인력(引力)과 척력(斥力) 사이에 솟구친 바위섬 그것, 세존도의 가운데에는 길쭉한 마름모꼴의 구멍이 나 있다. 이 구멍은 세존이 쌍홍문을 통하여 이 섬의 한복판을 뚫고 지나갈 때 생긴 동굴로 가뭄이 심할 때 이곳에서 기우제를 지내면 반드시 비가 내려 주민들이 신성시하는 장소다. 그 구멍은 보드가야에 있는 불족석(佛足石)과 흡사하여 내 날개 달린 기억의 편대는 곧바로 붓다가 성불한 보드가야 보리수 가지 위로 날아간다. 나무 아래 금강좌 앞에서 오체투지로 예배를 올리는 순례자들, 거대한 마하보디사원과 붓다가 마지막 고행을 끝내고 몸을 씻은 니르자나강, 강을 적시던 노을이 밀착사진처럼 동시에 전개된다. 불족석에는 노란 꽃잎이 붙어 있었고, 우주를 돌아와 퉁퉁 부은 발가락 사이로는 무수한 시간의 물줄기같은 푸르스름한 흔적이 있었다. 파도는 관능적인 여자처럼 꿈틀거리며 세존도의 아랫도리를 끊임없이 적신다.

· · · · 패총과 지석묘와 용문사와

초기 철기시대의 것으로 추정되는 '도마리 패총'은 서도마 마을 뒷산 구릉에 있다 해서 갔지만 조개더미는 보이지 않고 논밭뿐이다. 밭으로 들어가 보니 군데군데 조개껍질들이 있긴 했으나 이건 도저히 패총이라 볼 수 없었다. 분명 이곳이 그곳인데 콩밭, 파밭, 고추밭이 완전히 점거해 버린 것이다. 모기에게 뜯기기만 하고 실망한 채(실망도 한두 번 해본 것이 아닌데 뒷맛이 씁쓸하다) 여기저기 막다른 골목과 부딪치다 빠져나와 고현면 도마리의 '성산성'(城山城)으로 간다. 한동안 헤매다 찾은 산성은 성안의 동네가 개인 소유로 된 후 급격히 훼손되어 토성은 거의 붕괴되고 소나무밭, 옥수수밭 주위에 3~4단 정도의 석성만 일부 남아 있었다. 이곳은 신라시대 현의 소재지였으며 축성연대는 1404년경으로 잡고 있다. 지금도 돌도끼, 토기편, 와편, 소뿔 달린 항아리 토기 등이 채집된다고 한다.

고현면을 떠나 이동면 다정리 지석묘를 보러 간다. 지석묘는 마을 입구 논밭 가운데 널려 있었다. 대략 2~4미터의 간격으로 약 15기 정도인데 규모는 평균 상석이 장축 길이 4미터, 단축 길이 2미터 가량. 전형적인 남방식이다. 그 중 표지판이 세워져 있는 지석 밑에 까

다정리 지석묘.
지석을 타고 덩굴 식물은 솟아오르고 죽은 까치 한 마리 흙 속에 납작하게 묻혀가고 있다.

귤나무 울타리 안의 다정리 삼층석탑. 일층은 매몰된 것으로 보인다. 이곳 탑골 사람들은 이 탑을 절 대신으로 여겨 지금도 이곳을 찾아와 불공을 드린다.

치 한 마리가 죽어 있다. 길바닥 아무곳에서나 죽고 싶지는 않았던 모양이다. 지석을 타고 덩굴식물은 솟아오르고 까치는 납작하게 묻혀 가고 그 옆에 염소 두 마리가 웅크리고 있다. 이곳이 거처인 듯이 꾀죄죄하고 꺼칠한 노숙자의 몰골이다. 가까이 가도 꼼짝 않고 멀뚱하게 쳐다만 본다. 또 다른 고인돌에는 똑같은 크기로 돌을 잘라낸 흔적이 깊이 파였다. 누가 이렇게 남의 지붕을 떼어갔을까.

지석묘에서 얼마 되지 않는 거리에 '다정리 삼층석탑'이 논밭 가운데 무덤들 사이 숨은 듯 있는데, 가시가 유난히 날카로운 귤나무들이 탑을 보호하듯 둘러서 있다. 구전에 의하면 원효가 신라 신문왕 때 이곳에 다천사(茶川寺)를 창건하고 탑을 건립하였으나 다천사보다 더 좋은 땅이라는 용문사에 합사(合寺)함으로써 탑만 남게 되었다고 한다. 원래 이 탑은 삼층석탑으로 되어 있지만 일층은 매몰된 것으로 보이며 이층과 삼층의 탑신부, 그 위에 세 개의 보주(寶珠)가 있다. 마을에서는 이곳에 탑이 있다고 하여 탑골이라고 부르다가 다천(茶川), 화정(花丁)들 혹은 화정 등으로 불려오는 것으로 보아 다른 명칭인 화정사의 사지로도 추정한다. 용문사로 합사한 후 이곳 탑골 사람들은 이 탑을 절 대신으로 여겨 지금도 불공을 드린다. 탑이 주는 상승 이미지와 달리 이 탑은 하강 이미지를 풍긴다. 하대석이 없기 때문일까. 뭉툭하기 때문일까. 오히려 그런 느낌이 신선하다. 저 탑이 매몰되고 나면 흙은 아무렇지도 않게 그 자리를 덮고 말겠지.

'용문사' 역시 이동면에 있다. 절로 올라가는 호구산(虎丘山) 계곡의 물이 희고 맑다. 일주문을 지나 좀더 올라가다 천왕각이 나타나는데 그 앞에 조그만 돌다리가 놓였고 자갈이 소복이 깔려 있다. 천왕각은 말 그대로 사천왕을 모셔놓은 곳이다. 나는 눈을 부릅뜬 사천왕을 외면하고 아치형 돌다리 앞에서 잠시 쉰다. 자갈밭이 누가 건드리지도 않는데 저희끼리 자갈자갈 몸을 부딪는다. 대웅전 안팎은 용문사라 그러한지 용머리 조각이 많다. 단청은 낡았으나 조각과 장치들이 화려하면서도 기품이 있다. 현종 5년 1666년에 창건하였으니 절집의 연수로는 그리 오래된 편은 아니나 당시 용문사는 호국 사찰로서 많은 대중이 모였으므로 의식 때에는 괘불탱화를 당간지주에 걸어놓고 사용하였다고 한다.

대웅전옆 봉서루에는 나한상이 하얗게 홀로 빛나고 있다. 화강암 위에 흰색 횟가루를 덧칠한 것이긴 하여도 보관을 쓰고 영락비천(瓔珞臂釧)을 장착한 모습이 온화하고 사랑스럽다. 이 좌상은 임진왜란 종전 30년 후 용문사 재건시에 경내 마당에서 출토되었다고 한다. 봉서루 앞에 아담한 뜰에는 보기 드문 상사화(꽃은 잎을 못보고 잎은 꽃을 못본다고 하는)가 나부끼고 연분홍 꽃잎 아래 밥풀 만한 청개구리가 가만히 엎드려 있다. 내 발자국에 놀란 것일까. 눈도 깜박이지 않는다. 손등에 올려놓으니 팔을 타고 꼬물꼬물 올라온다. 쬐끄만 것이 그래도 개구리라고 몸이 차갑다. 겁에 질려 할딱이는 것 같아 놓아주고 서둘러 가려던 내 마음도 놓아주고 돌담에 기대앉는다. 앉아서 올려다보는 대웅전 지붕 모서리 용머리 조각이 더욱 호사스럽다.

· · · 무늬로, 물결로, 하나의 화두로 이입되는 상주석각

이동면에서 더 남쪽으로 내려와 상주면으로 들어오면 금산이 있는 곳이다. 금산 안에 '석각'(石刻)이 있는 곳이다. 석각은 바위에 음각된 고문자. 그 바위는 '서불과차'(徐不過此)라 불리며 부소암으로 오르는 등산로에 있다. 등산로 입구에 도달했으나 상수도 수원지라고 하여 진입로는 폐쇄되고 출입시는 300만원 이하의 벌금이 추징된다는 경고문이 붙어 있다. 돌아서려다가 에라 모르겠

바위에 음각된 상주석각.
아직도 해독되지 않는
고문자다. 그 곡선과
직선들은 하나의
화두처럼 물결친다.

다, 담이라도 넘어야겠다고 독하게 마음먹고 쇠창살로 된 문을 밀어보니 마침 잠겨 있지 않았다. 이게 웬 횡재냐 싶어 얼른 안으로 들어간다. 불안하긴 하여도 여기서 물러설 순 없다고 다그치며 올라가는데 이곳 주민인 듯한 아주머니가 손을 홰홰 내저으며 내려온다. 가라는 뜻인 줄 알고 쭈뼛거리려니까 벌집이 땅에 떨어졌다고 울상이다. 그 무슨 벌이라던가, 매우 독한 침이 있다는 것인데 모르는 것이 약이라고 나는 벌집을 훔쳐보며 살그머니 지나간다. 20여

분 걷자 쇠난간으로 보호막을 쳐 놓은 바위가 눈에 띈다. 바위는 두 꺼비 비슷한 평범한 형체다. 거기 한쪽 끝에 주문처럼 이상한 글자가 새겨져 있다. 꽤 선명하여 암호만 풀면 쉽게 해독될 것 같아 보인다. 사진을 찍으려고 패인 부분에 떨어진 솔잎들을 쓸어내고 부채질을 한다. 묘하게도 글자 있는 부분 바로 옆에 소나무 한 그루가 그것을 보호하는 듯 가지를 쭉 뻗고 있다. 전설에 따르면 진시황이 삼신산 불로초를 구하기 위하여 서불이란 시중을 보냈는데 영산으로 알려진 이곳 남해 금산을 찾아와 불로초는 구하지 못하고 한동안 수렵 등으로 놀다가 떠나면서 이 글자를 남기고 갔다는 것이다. 서불 이야기는 내가 섬진강에 대하여 쓸 때 언급하였거니와, 그의 자취는 이 일대 곳곳에 남아 있는 모양이다. 나는 이쪽에서, 저쪽에서, 비스듬히, 정면으로 알 수 없는, 알 수 없어 더욱 신비로운 글자들을 구경한다. 그 곡선과 직선들은 무늬로, 물결로, 하나의 화두처럼 내게 이입된다.

· · · '꿈꾸던 자' 로부터 '살아가는 자' 로 돌아서기

이제는 내 마지막 기착지, '가인포 공룡발자국' 이 있는 곳으로 떠난다. 남해 남단 상주면에서 북단 창선면으로 이동하는 것이다. 바다에 몸이 시퍼렇게 절 것 같다. 이때 엘가의 첼로협주곡이나 프랑크의 바이올린소나타 혹은 볼프의 아나크레온의 무덤을

들으며 간다면 더 바랄 것이 없겠다. 가인포 못미쳐 상동면 지족리와 창선면 지족리 사이 지족해협에 죽방렴이 펼쳐져 있다. 죽방렴(竹防簾)은 빠른 물살이 지나는 좁은 물목에 조류가 흘러들어 오는 쪽을 향하여 부채꼴 모양으로 참나무 말뚝을 박아놓은 것이다. 보통 10미터 가량의 길이에 300여개를 양쪽으로 발처럼 쳐 놓은 뒤, 빠른 물살에 헤엄칠 힘을 잃은 물고기들이 말뚝 안으로 들어와 점점 좁아지는 원통형 대나무 발 속으로 모이게 되면 가두어 잡는 방법으로 죽방렴 혹은 대나무어사리라고도 하는 원시어업이다. 군데군데 25개쯤 설치되어 있는데 원시적인 구조물과 대조적으로 어느 죽방렴 끝에는 삼색 비치 파라솔을 펴놓은 모습도 보인다.

죽방렴. 빠른 물살에 헤엄칠 힘을 잃은 물고기들을 대나무발 속에 가두어 잡는 원시어업이다. 부채꼴 모양으로 박아놓은 참나무 말뚝이 요새처럼 보인다.

창선면으로 진입하는 창선대교를 건너면서 죽방렴도 끝이 나고 길은 바다로 사라진다. 아니, 산으로 휘어진다. 그러나 불과 20여 분 만에 길은 다시 바다로 열린다. 가인리 마을 끝에 제방이 보이면서 바다가 그 푸른 이마를 드러내는 것이다. 편편한 바위는 차라리 맨발이 낫다. 득시글거리는 벌레가 신경 쓰이기는 하지만. 여기? 저기? 어디? 두리번거리며 녀석의 발자국을 찾는다. 도망자라도 추적하는 기분이다. 그러나 이 상고의 족적은 주도면밀하지 못한지라 금세 탄로가 나고 만다. 첫 번째로 눈에 들어온 것이 제일 커서 움푹 파인 자리에 물이 찰랑찰랑 고여 있다. 그것을 필두로 바다 쪽으로 30여 개 줄지어 있는데 발길이가 60~100센티미터, 뒷다리 길이 3~5미터인 초식형 이족 보행 용각류인 이놈들은 몸길이가 30미터에 무게가 30톤이나 되고, 발가락이 세 개인 초식성 이족 보행 조각류는 발길이가 40센티미터 가량이다. 그리고 육식성 이족 보행 수각류는 20~30센티미터의 작은 발을 가졌지만 육식을 했기 때문에 발톱이 날카롭고 공격적이며 보폭이 큰 것으로 미루어 빠르게 걸었을 것으로 추정한다.

신기한 것은 공룡 발자국 옆에 나란히 사람 발자국과 거의 유사한 자국이 있는 것이다. 사람이 공룡을 데리고 간 것일까. 공룡이 사람을 데리고 간 것일까. 바닷속으로 사라진 그들의 흔적을 따라가다 놓치고 나는 멍하니 바다만 바라본다. 고성 덕명리에서도 그랬었다. 브라질, 캐나다와 더불어 세계 3대 공룡 유적지로 꼽히는 경남 고성군 하이면 덕명리 바닷가에는 무려 3,000여개의 발자국

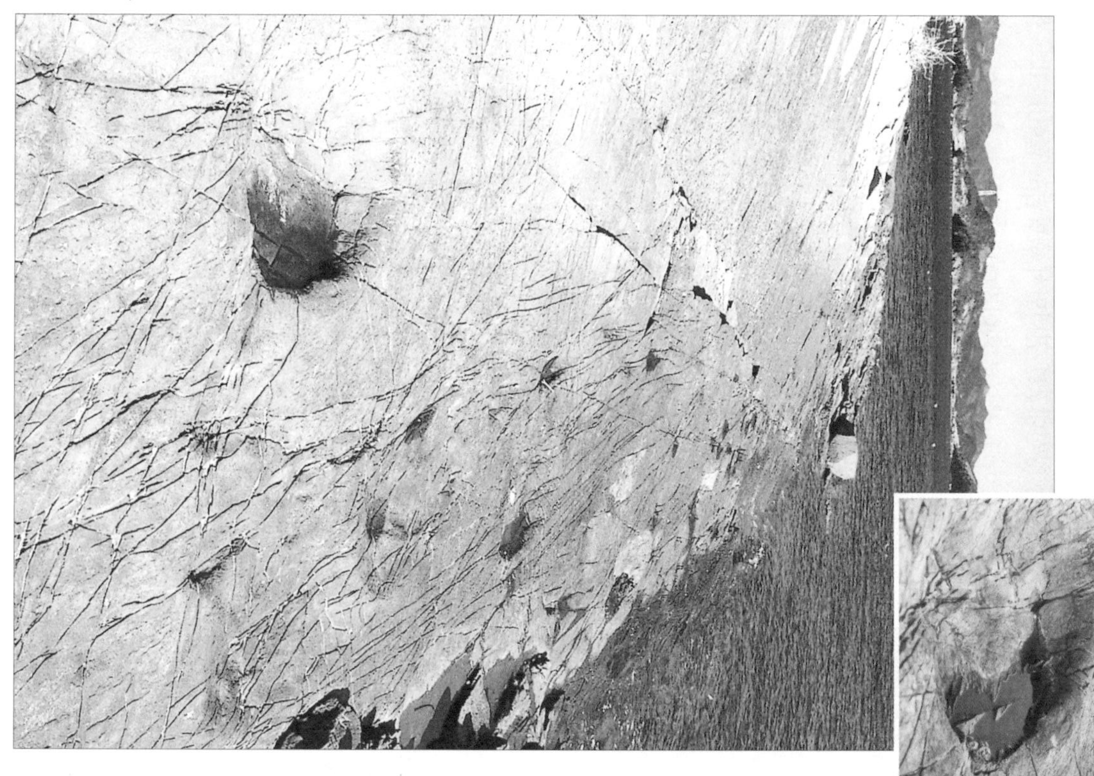

바다로 사라져간 공룡발자국.
어떤 곳에는 사람과 나란히 걸어간 듯 사람 발자국 모양도 찍혀 있다.

이 흩어져 있다.

물 빠지기를 기다려 절벽 하나를 돌아간 곳에는 공룡가족이 집단 서식했을 법한 동굴도 있었다. 그 안에서 서성일 때 파도가 들이쳐 나는 물맞으며 떨었었다. 이 일대가 백악기 전기, 약 1억 1천만년 전에는 지금의 사천, 하동을 둘레로 하는 경상분지였을 것으로 미루어 가인포나 덕명리 그 인접부근의 발자국들은 같은 족속이었을 것이라 한다.

나는 바다로부터 시선을 돌려 처음부터 예사로워 보이지 않던 바위를 관찰한다. 나무화석 물결무늬들은 엊그제 새겨진 듯 선명하다. 어느 부분은 빗방울이 지금 막 떨어지고 있는 듯 구멍이 퐁퐁 뚫려 있고, 또 다른 부분은 멕시코 테오티우아칸 유적지의 케찰코아틀신전 벽 한면을 뚝 떼어다 놓은 듯하다. 비의 신 트랄록의 깊은 눈과도 같은 아득한 구멍이 나를 응시하는가 하면, 브라질 인디언 카드베오족의 안면도식 무늬인 소용돌이, 십자형, 완자 모양 같은 문양들이 눈을 어지럽힌다. 빛깔 또한 청보라 빛, 비둘기 빛, 노을 빛, 먹구름 빛 등 무어라 표현할 수 없이 다양하고 오묘하다. 돌덩이 전체가 하나의 또 다른 우주 같다. 아름다움은 이렇게 낯설고 설레이는 것. 그 아름다움을 베고 태고의 한 공간에 현생 인류인 내가 누워 밤을 기다린다. 별들과 새롭게 조우하고 별빛에 기화되어 버리기를 소청하면서.

멕시코 케찰코아틀 신전의 벽면같은, 비의 신 트랄록의 깊은 눈 같은,
인디언의 안면도식 무늬같은 갖가지 문양이 신비로운 바위.

그런데 하나의 분명한 현실, 무수한 벌레들이 다리를, 팔을 깨문다. 이상하면 쳐다나 볼 것이지 맛으로 보아야 하나? 아니면 느닷없이 침입한 하나의 오염 물체를 추방하려는 시위인지도 모르지. 저들의 공동묘지인 양 바위틈에 빈틈없이 다닥다닥 붙어 있던 징그러운 모습이 떠올라 더 이상 있을 수가 없다. 감각기관이란 이렇게 의

식의 넘나듦을 차단하는 것이다. 유일한 '내 것' 이었던 몽상을 두고
나는 '꿈꾸던 자' 로부터 '살아가야 하는 자' 로 돌아선다. 그러나 이
장소는 내 삶의 효모로써 각인되었다. 어쩌면 나는 남해에 이 바위
하나 품으러 온 것인지 모른다.

쉿!

동굴 안에 두 사람이 포개고 있어

나이든 여자와 젊은 남자야

그들은 말이 없어

살과 살이 부딪치는 소리도 없어

머리맡에는 부싯돌이 정전 중이네

먹다 버린 조개껍질들이 달그락거리고

팔랑, 꽃잎 하나 고요 속으로 날아드네

절정의 날들도 빛나는 상찬도

온갖 미혹의 소용돌이도 벗어버리고

그들은 뼈와 뼈로 누워 있네

동굴 밖에는 공룡의 거대한 발자국 소리 들리네

그 발자국 지평선을 끌며 지구 밖으로 가고 있어

어디서 화르르르 따스한 재가 피어오르네

허공이 몸을 풀며 아른아른 떨리네

— 발자국

하늘재

관음리 수막새골 울창한 사과밭에서 길을 놓는다. 이리저리 얼크러진 가지들이 하늘의 투명한 시선을 가리고 발갛게 달아오른 사과들이 뿌리칠 수 없는 유혹처럼 얼굴을 건드린다. 한입 버석 베어 문다. 달콤하다. 상큼하다. 아삭하다. 에덴의 사과가 이러했을까. 사과나무 숲에 갇혀 있으면서도 나는 왕이 된 기분으로 사과의 우주 하나를 다 먹어치운다. 우주는 둥글고 붉다. 축축하고 부드럽다. 사과밭을 겨우 빠져나와 '약사여래입상'을 찾아다닌다. 허허벌판 어디서 여래는 아픈 중생을 기다리고 있을까. 이럴 때는 돌덩이보다 사람부터 찾는 편이 낫다. 벌판을 잠시 두고 산 가까이 붙어 있는 몇 채의 집쪽으로 간다. 으레 그렇듯이 집집마다 사람은 없고 개는 있다. 누렁아, 너는 아냐? 약사여래, 아니 돌부처…. 개는 코를 벌름거리며 모호한 표정으로 나를 본다. 하긴 내가 개이던가, 네가 사람이던가. 집집을 기웃거리며 한 바퀴 돌아 건너편 사과밭으로 가다가 사과 따는 한 아낙네를 만난다. 가르쳐주는 그 말도 불분명하거니와 가리키는 손가락 끝도 가닥을 잡을 수가 없어 한참을 헤매다가 그냥 발길을 돌린다. 하늘재는 멀고 시간은 벌써 두 시가 넘었다. 너무 오래 사과나무에게 붙들렸던 것이다. 다시 큰길로 나와 문막마을로 들어간다. 문막마을은 신라와 고구려가 대치하던 시대, 저녁이 되면 일반인들의 통행을 막았다 하여 붙인 이름이다. 늦었지만 못찾은 약사여래입상 대신 반가사유상이라도 보아야 서운한 마음이 가실 것 같다. 여전히 집들은 멀리 있고 사과나무가 먼저 객을 맞는다. 첫 집을 지날 때 황소 한 마리가 문턱에 턱을 고이고 나를 보며 무어라 한 소리 한다. 소의 얼굴과 목소리가 저렇게 근엄하다니. 나는 꼭 꾸지람을 듣는 것 같아 잔뜩 쫄아서 걸음을 빨리 하지만 그 모습이 뒤통수에 자꾸 걸린다. 막다른 집을 지나다 보니 창고에서 사람들이 사과를 담고 있다. '반가사유상'의 위치를 비교적 상세하게 알려주어 이번에는 수월하게 찾으리라 생각했지만, 표지판도 없고 기준이 될 만한 구조물도 없는지라 몇번을 왔다갔다 하다가 가시덤불 속에서 조그마한 불상을 발견한다. 오른손으로 턱을 고이고 웃고 있는 모습이 볼이 통통한 동자승같다. 나도 턱을 고이고 마주앉아 한동안 올려다본다. 오래 머물다 보면 그 손을 내려 내 어깨를 툭툭 칠 것 같다. 억새들이 서로 가려운 등 긁어주며 내 발목을 근지럽힌다. 먼 길을 남겨 두고 마냥 앉아 있으면 어떡하냐

볼이 통통한 동자승같다. 오른손으로 턱을 고이고 웃으며 맞아준다.

고 사유하던 그가 눈짓한다. 하늘재로 가면서 곰곰 생각해 보니 사점마을의 옹기 가마터도, 약사여래상도 버스에서 놓쳤다. 멈칫거리던 기사가 그곳을 지나쳐 내려주었던 것이다. 이제 되돌아갈 수도 없고 아쉬움을 떨쳐버리려고 부지런히 걷는다.

하늘재는 기록에 의하면 신라시대 아달라이사금(阿達羅己師今)이 개척한 한반도 최초의 도로다. 그는 고구려의 남진에 대항하여 156년에 하늘재(당시는 계립령)를 뚫고, 이어 158년에 죽령을 뚫었다. 이 도로는 그러니까 당시 신라와 고구려의 중요 요충지였으며 문경새재가 개척되기 전까지 교역로였고 백두대간을 넘는 간선도로였다. 나는 1500년 전 이 길 위에 말이 달리고, 깃발이 휘날리고, 병사들의 함성이 자자하고 말발굽에 길마저 들썩였을, 그리고 옹기장사, 방물장사들이 무거운 등짐을 내려놓고 쉬면서 조그만 돌탑을 쌓았을 흔적을 따라 걷는다. 그러나 지금은 아스팔트가 쫙 깔린 호사스런 길이다. 그렇긴 해도 문경새재와 이화령이 있으니 차들은 이쪽으로 들어오지 않는다. 탄탄대로가 텅 비어 적막은 더욱 활개를 친다. 나는 그 적막의 날갯짓에 흔들리면서 재를 넘는다. 문경 관음리에서 충주 미륵리로 닿는 하늘재. 남쪽에서 북쪽으로, 현세에서 미래로, 관음세계에서 미륵세계로 넘어가는 하늘재는 삶의 시작이며 끝이다. 나는 지금 현세에 있지만 곧 내세로 넘어간다. 길 안의 길은 이렇게 고요한데 길 밖은 혼돈이다. 문득 生이 춥다. 적막을 한겹 더 껴입는다. 주흘산, 포함산이 나를 길 밖으로 내어주지 않을 듯 감싼다.

단풍은 '붉기'보다 '노랗기'다. 길은 점점 하늘로 다가가고 공중

가득한 단풍은 눈을 어지럽힌다. 베바위가 아니었다면 어디 기댈 곳도 없을 뻔했다. 포함산은 베를 짜서 널어놓은 것 같은 암벽이 펼쳐져 있어 베바우산이라고도 불렀다는데 베바위는 문경 포암마을에서 충주 미륵리까지 장쾌하게 이어진다. 우람한 바위덩어리에 나무들이 섬모처럼 삐죽삐죽하다. 바위가 꾸역꾸역 나무를 낳아 기르는 것 같다.

이제 다 와 가는지 집 한 채가 보인다. 그 집은 집들의 무리에서 벗어나 혼자 뒷짐지고 서 있다. 뒤뜰 웅덩이에 오리들이 흙탕물을 휘젓고 다닌다. 웅덩이에 찍힌 시간의 눈금이 자기들의 발목을 조금씩 조여오는 것도 모르고. 이 집을 경계로 길은 아스팔트에서 흙으로 바뀌면서 관음리는 고단하고 힘겨웠던 한 세계를 접는다. 나는 돌아서서 지나온 길을 본다. 내가 걸어온 길 같지 않게 낯설다. 이제부터 가야 할 길인 듯 새삼스럽다. 미륵리로 가는 길은 어둡고 구부러진 산길. 나는 지금 내 창자의 어디쯤 지나온 것일까. 나도 단풍들었는지 얼굴이 후끈후끈하다. 아꼈던 물을 다 마신다. 미륵리 산길의 빽빽한 저 소나무들이 나를 적셔주겠지.

겹겹의 발자국 첩첩의 시간이 고갯마루에서 웅성거린다
먼 곳의 먼 것들이 몰려와 허공에 나부낀다

저기 다리를 절며 앞서가는 나의 날들
결코 자결하지 않는 어제가

신발창에 질겅질겅 들러붙는다.

뱉을 수도 없는 시간을 꾸역꾸역 삼키며 재를 넘는다

내 몸을 밀고 당기는 건

이 길의 전송과 저 하늘의 시선이다

그림자를 끌고 다람쥐 한 마리가

느릿느릿 길을 건넌다

다람쥐도 나도 그림자가 무거워 등이 굽었다

우르르 적막이 천둥친다 쿵,

서기 156년의 곡괭이가 하늘재에 꽂힌다

— 서기 156년의 곡괭이가

<u>미륵리 세계사를 지나</u> 마을로 들어온다. 하얗게 달이 떴다. 할머니 틀니 같은 하현달. 물레방아 도는 식당에서 나는 달을 안주 삼아 목을 축인다. 편안히 쉴 여관은 없고 민박뿐이지만 달이 좋고 별이 가까워 여기서 자야하겠다.

서천은 붉다. 아니 푸르기도 하다

・・・ 안개를 헤치며 서천으로

새벽 5시. 안개가 서울의 아침을 열어주지 않는다. 시흥을 거쳐 서해안 고속도로에 진입했을 때에도 안개는 먼저 달려와 도로를 지우고, 표지판을 지우고, 내 시력을 지운다. 안개에 취한 나무들, 전신주들, 논밭의 나락들, 몽롱하게 서 있다. 방향감각을 잃었는지 새도 날지 않는다. 예산 지나 보령 언저리에서 안개는 잠시 흩어지더니 개미 포도밭, 참새 포도밭, 털보 포도밭, 영웅 포도밭을 헤쳐나와 간치역 언덕을 넘자 또 다시 전열을 가다듬어 몰려온다. 안개 잠깐 비낀 사이 보이는 해, 감히 쳐다볼 수도 없던 해가 발육이 더딘 아이처럼 조그맣고 창백하다. 도착지에 가까워질수록

안개의 층은 이 세계의 벽처럼 두꺼워지고 나는 舒川이 아닌 西天
으로 가고 있는 듯 막막함에 놓인다.

····일몰을 안개에게 저당잡히고

　　　"여기서 삼십년을 살았어두 이런 안개는 처음이어유. 일
몰은 틀렸구먼유." 마량 포구 서해안 횟집에서 늦은 점심을 먹을 때
주인 아주머니가 안됐다고 혀를 찬다. 서해에서 일출과 일몰을 함
께 볼 수 있는 곳. 수령 400여년의 동백 85주가 군락을 이루고 있
는 곳. 충남 서천군 서면 마량리. 일몰 전에 독살(갯가에 돌담을 쌓아
밀물에 든 고기를 썰물 때 잡는 일종의 돌그물)을 보려고 부랴부랴 물
빠진 시간에 대어왔으나 안개 때문에 그 바람마저 유실되고 만다.
"독살, 그거 바루 조오기 있어유, 맑은 날엔 이 자리에서도 빤히 뵈
는디…." 몇 가지 찬을 더 내오며 아주머니는 자기가 미안해 한다.
술도 밥도 당기지 않는다. 안개는 어쩔 수 없어도 꽃은 볼 수 있겠
지. 그마저 안개가 심술을 부린다면 안개 속에 손을 찔러 꽃을 따리
라. 포구에서 1킬로미터 남짓 위쪽에 있는 동백나무 숲으로 가면서
나는 짐짓 도전적이 되어 있었다. 천연기념물 제169호로 지정되어
있는 '동백나무숲'은 400여년 전 마량리 수군 첨사가 바다를 안전
하게 다니려면 제단을 세워 제사를 지내야 한다는 계시를 받고 이
곳에 제단을 만들고 동백나무를 심었다고 한다. 85그루의 아름드

리 나무에 주렁주렁 꽃이 달렸다면 숲은 온통 핏빛이리라. 이쪽은 다행히 안개가 걷혔으나 동백보다 먼저 나타나는 서천 화력발전소 건물이 경관을 해친다. 그 뒤로 야산을 메우다시피 동백의 치맛자락이 치렁치렁 땅에 닿아 있다. 그러나 꽃은 없었다. 4월이 되어야 만개한다는 꽃봉오리가 입을 굳게 다물고 있을 뿐. 지난 12월에 와서 꽃을 보았다던 사람의 말만 믿고 무턱대고 여기까지 온 내 무지를 탓하며 산마루턱 동백정(冬柏亭)으로 올라간다. 동백정은 원래 한산면 한산읍성 내 관아(官衙) 건물이었던 것을 1965년에 이곳으로 옮겨 동백정으로 개칭하였다고 한다. 누각은 2동으로 되어 있고, 사면에 간결한 난간을 두른 뒤 팔작지붕을 얹어놓았다. 거기서 내려다본 바다는 아직도 안개 속에 오리무중이다. 그래도 혹시나 하여 포구로 가서 해지는 시각까지 기다렸지만 안개는 점점 더 허공을 조여온다. 안개 속으로 들어가면 다시는 빠져나오지 못할 듯, 헤쳐나와 뒤돌아보면 다시는 들어서지 못할 듯. 폭풍의 신 보레아스여! 부디 안개를 몰아가다오.

· · · 홀로. 처연하게. 수장되는 자동차

서해에서 가장 아름다운 일몰을 결국 안개에게 저당잡히고 갯벌이나 통쾌하게 달려보자고 춘장대로 간다. '춘장대' 는 갯벌을 승용차로 달릴 수 있는 곳이다. 바닷가로 들어가는 좁은 길목에 안개를 뒤집어쓰고 희끗희끗 해송들이 줄지어 있다. 안개가 아니었다면 솔냄새가 향그러울 텐데 어딜 가도 비릿한 안개 냄새뿐이다. 갯벌에는 조개를 채취하는 마을 사람들이 몇몇 보이고, 잔물결을 찰싹이면서 바다가 서서히 돌아오고 있다. 바다는 어느 먼 곳을 맨발로 떠돌다 오는 것일까. 피곤한 듯, 느릿느릿, 그러나 아름다운 연꽃 무늬를 어룽거리며. 그런 바다를 끼고 물결 자국이 울퉁불퉁한 갯벌을 전속력으로 달린다. 2월의 싸늘한 바람이 목덜미를 후려쳤지만 창 밖으로 어깨를 내밀고 바람의 안부(鞍部) 깊숙이 들어간다. 진공청소기처럼 바람은 나를 빨아들이고 나는 내 몸 밖으로 스르르 빠져나간다. 바람의 중심은 둥글고 따뜻했다. 투명하고 고요했다. 바람은 그러니까 어느 한 곳의 중심을 축으로 자신의 자장 안에서 지구의 안팎을 질서 있게 운행하고 있는 것 같았다.

"공허들의 공허…바람은 남쪽으로 분다. 그러다가 바람은 북쪽으로도 분다. 바람은 끊임없이 돈다. 그리고 같은 회전을 또다시 시작한다." 지중해 연안 그리스 신전에서 바람의 여신 에올로에게 테이젯트산의 말들이 봉헌되는 모습이 보인다. 말들은 이미 자신의 운명을 감지한 듯 서로 엉덩이를 부딪치며 순순히 제단 앞으로 걸어간다. 지중해 건너 허무의 바다 저편에서 '온갖 바람들을 가지고 돛폭을 만드는' 니체도 보인다. 그는 파멸의 무의미성으로부터 도피할 길을 찾으며 새 아침이 동트기를 소망하였지만, 그에 견줄 수 없는 나는 다만 어떻게든지 맑게 갠 내일의 새 아침이 밝아오기를 바라는 소박한 마음뿐이다.

갯벌에서 조개를 채취하는 주민들. 안개에 싸여 어느 먼나라 풍경인 듯 어렴풋하다.

바람에 실려 바람과 함께 날아다니는 동안 춘장대 끝까지 온 모양이다. 어스름 속에 산기슭이 돌연 가로막는다. 어렴풋이 바위도 보인다. 그런데 저게 무엇인가. 물 속에 무슨 시커먼 뿔 달린 짐승 같은 것들이 삐죽삐죽 머리를 내밀고 있는 것이 아닌가. 깃털 같던 마음이 순식간에 철렁 내려앉으며 오싹 소름이 끼친다. 카마이라? 스킬라? 차에서 내려 가까이 가 보니 닻이었다. 십여개의 닻이 모래바닥에 꽂혀 반쯤 물에 잠겨 있는 모습이었다. 그러나 어둠과 안개 속에서 그것은 영락없는 괴물들로 보였다. 두려움은 오해를 불러오고 오해는 두려움을 증폭시킨다. 닻의 정체를 알고 나서도 두근거림이 가시지 않아 급히 돌아나오다 보니 웬 승용차 한 대가 바다쪽으로 기울어진 채 움직이지 않는다. 갯벌에 빠져버린 바퀴를 잠식하며 바다가 몰려오는 데 차 주인은 보이지 않는다. 영화 〈사이코〉

에서 늪에 가라앉던 자동차의 모습이 떠오른다. 저 차도 잠시 후 그
렇게 수장되리라. 어둠에 묻혀. 홀로. 버려진 채. 처연하게.

나는 곧 수장되리라

바다는 나를 지상에 없던 내 고향으로 데리고 가리라
내 어머니의, 내 아들의, 모든 생명의 씨방인 거기,
금요일의 물고기가 기다리고 있으리라
부활의 신의 체액을 먹은 물고기
태양원반을 두른 물고기. 영생의 물고기.
나는 그걸 배불리 먹으리라

— 돌아가라 그대 북쪽의 악어여
돌아가라 그대 남쪽의 악어여
심연의 어둠을 흔들며 내 심장을 관통하며
홍해의 파도가 솟구칠 때
어제였던, 오늘이던, 내일일 내가
내게로 돌아오리라
낯익은 이 갯벌, 핏빛의 동백숲
처형의 땅으로 나는 다시금 유배되리라

— 나는 곧 수장되리라

안개 속을 헤매던 어제의 몽롱함을 털어버리고 아침 일찍 해를 맞으러 나온다. 다행히 안개는 걷혔으나 구름이 잠복해 있다. 멀리 고기잡이배가 서너척 보이고, 재갈매기 무리가 방파제 가까이에서 먹이를 쪼고 있다. 갈색의 작은 얼룩무늬 날개와 상아색 부리, 붉은 부리끝이 부지런히 물 속을 드나든다. 어젯밤 내가 먹은 날 것의 먹이를 삼키는 갈매기의 아침과, 먹이를 찾아가는 고깃배의 아침, 그리고 먹이를 썰고 끓이는 몇몇 집의 아침이 한곳에서 만난다. 나는 그 틈새에서 오래 전에 읽힌 낡은 책처럼 먼지를 뒤집어쓴 채 우두커니 꽂혀 있다. 생각이 풍경을 지우는 사이 해가 아랫도리는 구름으로 가린 채 발그레한 이마를 살폿 내밀더니 한겹한겹 옷을 벗듯 천천히 구름을 벗으며 아름다운 자태를 드러낸다. 빛나되 눈부시지 않고, 붉되 타오르지 않는 하나의 원소. 서해의 일출은 이런 것이다. 동해에서처럼 불끈 솟는 장엄과 다른 은밀의 표상이다. 해는 완전히 떠올라 그 진홍빛 몸빛으로 수면에 곧게 길을 낸다. 수평선으로부터 내가 서 있는 방파제 앞까지. 그 길은 내가 해독할 수 없는 하나의 불립문자로 반짝이면서 어떤 메시지를 강력하게 쏘아보낸다. 물길이며 불길인 저 빛의 길로 나아갈 수 있다면. 몸 섞을 수 있다면.

붉고 뜨겁고 물컹한 한 몸이 솟구치더니
허공을 움켜쥐고 매달리더니

마량포구의 일출. 해는 아름다운 여인이 한겹한겹 옷을 벗듯 천천히 구름을 헤치며 진홍빛 몸을 드러낸다. 마량포구는 서해에서 일출과 일몰을 함께 볼 수 있는 곳이다.

울컥, 피를 토하며 지지직

바다 위로 한 소식 쏘아 보낸다

멀뚱하게 서 있던 내가

그 빛에 감전된다

마음이 몸뚱이를 찾아 허둥거릴 때

방파제 끝에 와 닿은 붉고 뜨거운 그 빛을

재갈매기 한 마리가

콕콕 쪼아 본다

— 일출에 대한 어떤 光化學반응

 충남 서천 · 서천은 붉다, 아니 푸르기도 하다

 나는 오래오래 서 있었다. 끝내 그 언어의 파편을 한 조각도 줍지 못한 채 육지의 길로 돌아선다. 내가 닿을 수 없는 아득한 존재에 대한 허망함 때문일까. 시끌벅적한 장터로 가서 주저앉고 싶어진다. 기웃거리며 무얼 좀 먹고 싶어진다.

마량리를 빠져나와 금강 하구둑으로 철새를 보러 가는 길에 도둔리에 있는 부사 방조제를 지난다. 이 방조제는 서면 도둔리~보령시 웅천읍 독산리 간을 잇는 총 길이 3,474미터의 방조제로 춘장대 해수욕장과 무창포 해수욕장을 연결하는 구실을 한다. 이른 아침부터 낚시하는 사람들이 보인다. "나는 그물을 던지는 자요, 낚이는 고기이다." 13세기 페르시아의 한 범신론자가 했다는 말이 떠오른다.

서천읍으로 가는 도중에 서면과 바로 이웃한 비인면에 서천 '성북리 오층석탑'(비인 오층석탑)이 있다. 이 탑은 백제의 옛 땅이었던 이 지역에서 백제의 향수를 달래기 위하여 고려 시대에 발원한 탑이라는데 부여 정림사지 오층석탑을 쏙 빼닮았다. 하긴 부여 무량사 석탑이나 익산 왕궁리 석탑도 정림사지 석탑을 충실히 모방한 것이 아닌가. 성북리 오층석탑이 위치한 이 지역은 풍수지리적으로 코끼리의 코가 늘어진 끝부분에 해당되어 이곳에 사찰을 세웠으나 고려 말 왜구의 침입 때 소실되고 지금은 탑만 남은 것. 그것은 마을에서 비껴나 황량한 밭 가운데 썰렁하게 서 있다. 그 쓸쓸함의 무게가 돌의 무게보다 더 무겁게 느껴진다.

성북리 오층석탑.
백제의 향수를 달래기 위하여
고려시대에 발원한 탑으로
원래 사찰도 있었으나 소실되고
탑만 남았다.

···고인돌과 고분은 방치된 채

비인면을 지나자 종천면이다. 이곳에 '고인돌과 고분'이 있다고 하니 그냥 지나칠 수가 없다. 면사무소에 들러 위치를 물어보았으나 고인돌은 알지만 고분에 대하여는 전혀 모른다고 한다. 일단 고인돌을 먼저 찾아보기로 하고 산천리 위말부락으로 들어가 마을회관 앞을 지나 500여미터쯤 걸어가자니까 논두렁에 고인돌 3기가 엎드려 있다. 그런데 안내판은 아예 서쪽 고인돌 위에 벌렁 누워버린 채 일어설 기색이 없다. 동쪽에 놓인 고인돌은 굄돌이 넘어져 있어 돌방이 완전히 개방되었고, 거대한 버섯 모양으로 생긴 덮개돌은 지하 널방을 우산으로 받치고 있는 형국이다. 멀리서 보면 마치 고인돌이 하품을 하고 있는 듯이 보인다. 이 북방식 고인돌은 서천 군내에 있는 고인돌 55기 가운데 가장 규모가 크며 1972년에는 간돌칼이 출토되어 매장 문화로서 국립 중앙박물관에 보관중이다. 고인돌이 많기로는 우리나라가 세계에서 제일이지만(전세계에 약 5만 5천여기가 있으며 그 중 2만 6천여기가 우리나라 국토 전역에 걸쳐 분포되어 있는데 특히 전라도와 황해도 지역에 밀집되어 있다), 프랑스나 영국, 포르투갈, 스웨덴 등 유럽에 있는 고인돌들처럼 제대로 보존되지도 않고, 알려져 있지도 않아서 찾아오는 사람이 드물다. 언젠

서천 군내 55기의 고인돌 가운데 가장 규모가 큰 북방식 고인돌.
굄돌이 넘어져 돌방이 완전히 개방되었다.

가 읽었던 책 가운데 프랑스 남부 카르카송 근처의 집단 묘에서는 300여 개체의 뼈가 발견되었다는 내용이 생각나는데 집단묘라고는 하여도 영혼조차 숨이 막혀버릴 정도로 무지막지하게 큰 돌을 얹은 이유가 무엇일까. 선사문화 자체가 거석문화이기 때문에? 최근 보정 탄소연대를 적용하여 분석해 본 결과에 의하면 유럽 전역의 고인돌 축조시기가 기원전 4000~3000년경이라고 하니까 대체로 근동지방에서 문명이 태동되던 때와 비슷한 시기가 되는 셈이다. 우리나라의 경우는 옥석리 고인돌 밑에서 발견된 돌검이 기원전 640년경에 제작된 것으로 보아 이 시기를 축조연대로 보고 있다. 또한 나주 판촌리에서 발굴된 어린아이의 무덤은 세습신분제의 사회제도를 반영한다고 볼 수 있으나 고인돌의 기원이나 편년, 출토유품간의 관계 등은 여러 가지로 해결되지 못한 문제를 안고 있는 실정이다. 나는 혹시 무슨 껴묻거리라도 있는가 싶어 논두렁을 어슬렁거려 보았으나 목장갑 한 짝이 흙 속에 묻혀 납작하게 바래가고 있을 뿐. 저것도 한 천년 흐른 뒤까지 남아 있다면?

머뭇거릴 시간이 없다. 고분을 찾을 일이 암담하므로. 마침 밭일을 하는 사람이 있어서 물어보았으나 모른다면서 이장댁을 가르쳐준다. 이장 역시 머리를 갸웃거리다가 알 만한 사람이 생각난 듯이 어느 한 집을 알려준다. 그 집 마당에는 빨랫줄에 홍어가 매달려 심심한 듯 흔들거리고 배나무 감나무 가지가 무엇에 그슬렸는지 유난히 검다. 주인을 찾자 노인 한분이 나와 자세히는 몰라도 대충 들은 이야기를 해주며 과히 멀지 않으니 가보라고 한다. 슬렁슬렁 왔던 길인데 고분은 이제 꼭 찾아야 할 당위성을 띠게 되고 걸음은 저절로 바빠진다. 마을을 돌아나가 희리산 앞자락에서 수령 400년 된 보호수 은행나무를 먼저 만난다. 나무 앞에는 "일제시대 일본군이 이 나무를 베려 하자 폭우와 함께 하늘에서 구슬픈 울음소리가 들려 베지 못하였다고 하여 지금도 해마다 칠월 칠석이 되면 마을 사람들이 당산제를 지낸다"는 표석이 세워져 있다. 이쯤 되면 나무는 나무의 차원을 벗어나 경배의 대상이 된 격이다. 보호수라는 낱말이 부적합해져 버리는 것이다. 이 나무와 이웃해 흥산사(興山祠)가 있다. 진주 김씨의 중시조 김무진을 배향하기 위하여 세웠다는 그 집은 야트막한 담 안에 단정히 앉아 글 읽는 선비 같은 풍모를 풍긴다. 흥산사를 지나면서 산길로 접어든다. 컴컴한 소나무숲 밑동에 버섯재배를 위하여 설치해 놓은 참나무 도막들이 무슨 복병 같다. 400미터쯤 올라왔을까. 마을 노인의 설명대로 구릉지대가 나타난다. 구릉의 분포는 다행히 넓지 않아서 얼마 후 2기의 고분을 발견했는데 상단의 고분은 덮개돌만 제거되고 비교적 양호한 형태로 노출되어 있어 횡혈식 석실과 연도부, 현실로 구분된 묘실이 한눈에 보인다. 공주 송산리와 부여 능산리 고분군의 양식과 같은 전형적인 삼국시대 묘제다.

송산리 하니까 떠오른다. 지금처럼 유리막이 설치되기 전 나는 무령왕릉에 가끔 갔었다. 연화문이 새겨진 벽돌(塼)이 가로세로 빼곡한 아치형 천장과 벽에 둘러싸인 현실을 서성이다 보면 바벨의 도서관은 아니더라도 고대의 신성한 책들이 쌓인 곳집에 들어간 느낌이었다. 동, 서, 북 세 벽에는 등을 올려놓았던 감실이 다섯 개가 있어서 나는 그 곳에 등불을 밝히고 먹빛이 감도는 묵직한 책을 하나씩 뽑아 펼쳐보고 싶은 충동에 사로잡히곤 했었다. 발굴 당시 목관의 머리맡에는 술병과 잔과 거문고(이 왕릉은 왕비와의 합장묘이다)가 놓여 있었다고 하니 방안에 흥취가 가득했으리라.

무령왕의 추억에서 깨어나 산천리 고분으로 돌아온다. 이 고분은 깊이가 1.2미터 정도밖에 되지 않아 껑충 뛰어내려가 본다. 내부는 한 사람 정도 들어갈 만큼 좁고 어둡다. 동서 양벽은 자연석을 쌓아올렸는데 위로 올라갈수록 좁아져 내가 매장되는 듯 답답해진다. 돌아서 북벽을 바라보니까 커다란 타원형 판석이 턱 막고 있다. 거기 사진기를 들이대자 조리개가 철컥 닫힌다. 순간 입구가 폐쇄되

산천리 고분 1호.
동서 양벽은 자연석을 쌓아올리고
북벽에는 커다란 타원형 판석이
세워져 있다. 깊이 1.2미터.

산천리 고분 2호.
1호분에서 10미터 가량 떨어진 지점에 위치.
입구에 쓰레기가 가득하여 들여다볼 수조차
없는 상태다.

는 것 같은 착각으로 나는 얼른 뛰쳐나온다. 이 고분으로부터 10미
터쯤 아래 또 하나의 고분이 있으나 그것은 쓰레기로 가득하다. 아
직은 입구의 구멍이 약간 남아 있어 고분인 줄 알았지 쓰레기가 더
쌓이면 그나마 다 메워지고 말아 고분의 흔적조차 찾을 수 없을 것
이 분명하다.

· · · 하강의 세계에서 상승의 세계로

하강의 세계를 더듬다 보니까 상승적 형태의 어떤 것이
보고 싶어진다. 지도를 살피다가 한산면에 건지산성(乾止山成)이 있
음을 발견하고 금강 하구둑으로 가려던 계획을 수정하여 그쪽으로
방향을 튼다. 한산은 한산모시로 유명한 곳. 한산에 들어서자마자
기다렸다는 듯이 한산 모시관이 들이닥친다. 공원화된 그곳에는 전
통공방, 토속관, 무형문화재 주거처, 전수 교육관 등의 건물들이 있
으나 인위적이고 형식적일 뿐이어서 별 흥미를 느끼지 못하고 다리
의 품도 풀 겸 휴게소에 들러 차를 한잔 마신다. 주인에게 건지산성
에 대해 묻자 뒷자리에 앉았던 손님이 더 상세히 알려준다. 게다가
차값까지 지불하고 나가는 것이 아닌가. 고맙고도 미안했다. 기념
으로 이곳의 명주(銘酒)인 소곡주를 한병 산다. 소곡주는 술맛이 좋
아 과거보러 가던 선비가 온종일 마시다가 과거를 보지 못했다는
이야기가 있어 앉은뱅이술이라고 하고, 백제 유민들이 나라를 잃고

그 한을 달래기 위하여 마신 술이라고 하여 궁중술이라고도 한다는
데 아무튼 그 맛은 잠시 후 보기로 하고 지현리로 향한다. 일단 봉
서사(鳳棲寺)를 찾으니 쉽게 풀린다. 지척에 산성 안내판이 있기 때
문이다. 안내판 뒤로 시작되는 산길은 온통 진흙길이다. 신발에 진
득진득 달라붙는 진흙을 어쩌지 못해 미적거리는 사이 나지막한 토
성은 저만치 앞서 휘적휘적 산을 오르고 있다. '건지산성'은 백제
멸망후 복신, 도침, 풍왕 등이 백제의 부흥운동을 하던 주류성이라
는 설이 있는 산성으로 표고 170미터의 산정에 토석 혼축으로 쌓았
다는데 가도가도 토성만 보인다. 석성을 찾지 못한 탓인지, 신발이
점점 무거워지는 탓인지 등줄기에 땀이 흐른다. 나무 그루터기에
앉아 성벽에 기대어 소곡주를 딴다. 흙냄새, 짚냄새, 퀴퀴하고 정답
고, 눅눅하고 건조한 온갖 원초적 냄새가 술에 스민다. 이 성이 주
류성이라면, 백제 부흥운동의 현장이었다면, 지금도 이곳을 떠돌고
있을 복신의 영혼에게 한잔, 도침과 풍왕에게도 한잔, 서기 660년
의 불온했던 백제의 기운에게도 한잔, 문자 밖의 역사는 소문처럼
구름처럼 떠돈다, 그 정처없음에게도 한잔.

　산성을 끼고 올라가다가 건지정(乾止亭)에 이른다. 그 벽없는 집
은 뼈로 서서 가슴을 횅하게 열어놓고 있다. 여기서 바라보이는 지
형의 사정은 서북—동남을 축으로 완만한 타원형이다. 그 경계의
밖으로 혹은 안으로 평평한 건물지가 보이고 한산시가도 보인다.
성 안에 있던 내가 한 발자국 성 밖으로 나와 보면 나는 또 성 안에
놓인다. 안과 밖은 그러므로 모노드라마다. 팬터마임이다. 한 켤레

의 신발이다.

　신발창에 들러붙어 한사코 떨어지지 않는 진흙을 데리고 조선시대의 '한산읍성'으로 입성한다. 이 읍성은 중종 때 왜구의 침입을 막기 위하여 축성되었으나 지금은 거의 붕괴되어 서벽과 북벽 일부만 남아 있다고 하지만 나는 오히려 그 황폐함이 더욱 보고 싶었다. 성벽은 면사무소 바로 뒤편 야산에 있다 하여 수월하게 생각하였으나 안내판은 있는데 아무리 헤매도 찾을 수가 없다. 다시 면사무소 앞을 서너번 왔다 갔다 하다가 칡덩굴, 담쟁이덩굴 얽히고 설킨 사이에 어금니 같은 돌 몇 개가 삐죽이 나와 있는 것을 발견한다. 덩굴을 다 걷어버릴 수가 없어서 일부만 헤쳐내자 높이 1.5−2미터의 3단 기단이 서서히 드러난다. 서로 맞물린 돌 사이 서늘한 틈새로부터 이끼 낀 휘파람소리 들려온다. 두둥둥둥 북소리 징소리 들려온다. 왁자지껄 붐비는 장터의 후끈함이 훅 끼쳐온다. 노동의 일손을 놓고 쉬는 사이 해는 비스듬히 서쪽으로 기울어져 가고 있다. 덤불에 찔린 손가락이 무너진 성벽처럼 저릿하다.

··· 금강 줄기를 따라

　낡은 지도는 그만 접어버리고 금강 줄기를 따라 무작정 간다. 비포장도로가 한참 덜컹대다가 툭 트인 둑방길을 시원하게 내민다. 전북 옥구군 나포면. 어느 결에 충남에서 전북으로 흘러온 것이다. 강을 따라오다 보면 강처럼 어딘가로 흘러들게 마련. 하긴 그 경계가 무엇이랴. 길은 사통팔달 내통하는 것을. 둑방 아래는 드넓은 갈대밭이다. 갈대밭 가까이 새들이 몰려와 있다. 나는 새들에게 들키지 않도록 조심하며 갈대 사이로 내려갔으나 어느 틈에 새들은 멀찍이 달아나고 만다. 갑자기 물가가 쓸쓸해진다. 쓸쓸함을 안주 삼아 남겨 놓은 소곡주를 비운다. 빈 병의 허전함을 입으로 불면서 나는 갈대밭에 머리를 묻는다. 아무도 모르는 갈대 창궐한 곳에 알을 낳고 싶다. 승려새, 호반새, 언치새, 말똥가리, 댕기머리물떼새. 그것들을 품고 그것들이 부화되면 함께 화르르르 날아가고 싶다. 레바논 골짜기 눈부신 백합 사이로.

강물의 주름이 깊어지며 싸늘하게 몸이 식는다. 그만 일어서라고 바람이 뒤통수를 갈긴다. 머물다 가고, 가고 머무는 곳곳에 나는 궁중누각을 짓고 허문다. 무소(無所)의 거기, 나는 있다가 없다. 강은 내 시장기를 아는지 강변 할매집으로 데리고 간다. 여기 특산물이라는 우어회를 주문하고 여기가 어디냐고 물으니 익산시 웅포면 맹산리라고 한다. 아, 익산. 그 희멀건 팔삭둥이 동탑을 만들어놓지 않았을 때 미륵사지는 얼마나 아름다운 폐허였던가. 서로 어우러진 풀과 들꽃 위에 벌렁 누워 무섭게 새파란 하늘을 쳐다보다 깜박 잠이 들기도 하고, 주춧돌에 앉아 노을 속으로 이지러져 가는 서탑의 실루엣에 황홀하게 빨려들기도 하였었는데 지금은 가까이 왔어도 가고 싶은 마음이 생기지 않는다. 이미지란 이렇게 강렬한 것일까.

시장기는 몰려오는데 강변 할매는 출타중이고 손이 굼뜬 새댁이 한참 후에야 내온 음식을 먹고 나니 해는 눈시울이 붉어진 채 주춤 주춤 능선을 넘고 있다. 사랑하는 사람을 두고 떠나듯, 가고 다시는 오지 않을 듯. 마량에서 놓친 해를 맹산에서 보고 있는 것이다. 늘 그랬다. 세상의 지도 위를 제대로 잘 걷는다는 것이 얼마나 어려운 지를, 어긋나며 비껴가며 낯선 풍경 앞에 두렵고 설렐 때, 날들은 얼마나 금세 꼬박 저물고 마는지를, 깨달음은 늘 뒤늦게 찾아왔다. 이제 해는 눈썹만 남기고 가물가물 사라져 간다. 나는 황급히 렌즈 안에 해를 끌어당긴다. 찰칵, 마지막 한 컷이 캄캄하게 감긴다. 덜 컥, 하루가 닫힌다.

거울에서 등촉(燈燭)으로

혼은 드디어 자기의 해방자가 되지 않으면 안되리라
그럴 때 거울은 등촉으로 전환된다. — 예이츠

· · · 시간의 수레를 타고

<u>고대에의 하향 지향성을</u> "신화적 형상 혹은 우의적(寓意的) 형상이 무의식 속에 뿌리를 내리고 있음에 관련된다"고 융이 말했듯이 지금 고인돌을 찾아가는 내 발걸음의 동기가 무엇이든간에 그것은 깊은 내면으로부터 솟아나는 막을 길 없는 저 디오니소스적 충동일지 모른다. 내 앞에 나타날 그 돌 속의 영혼은 아득한 시간과 공간을 단숨에 날아와 무슨 이야기를 해줄 것인지, 어느 한 늠름한 비의적 주술자와 새벽 안개 속에서 조우할 수 있을 것인지, 나는 그를 맞으러 시간의 수레를 타고 달린다.

일곱 가닥의 고삐 달린 말, 시간은 수레를 몬다.

천개의 눈을 지녔으며 늙는 일이 없고 씨앗이 그득하다.

영감이 풍부한 선인(仙人)들이 거기에 탄다.

그 바퀴는 뭇생명이며 뭇존재를 성립시킨다.

시간은 뭇존재를 싸안고 있다.

시간은 뭇존재의 아버지이며, 아들이 되었다….

— 기원전 6세기 이전에 성립된 것으로 보이는 베다성전의 하나
〈아타르바 베다〉 가운데 나오는 시간에 대한 찬가

· · · 교산리 고인돌군

<u>**강화도에서 발굴된 127기의**</u> 고인돌은 평지나 산상에 분포되어 있어 나는 우선 산상의 고인돌부터 찾아 별립산으로 간다. 사실 돌덩어리 찾기란 다른 무엇보다 더 어렵다. 워낙 강화도에는 고인돌이 많고 일반인들은 관심이 없는지라 현지에서 물어도 거의 다 대표적인 부근리 지석묘만 가리킨다. 도리없이 지도에 의존, 강화도 해안의 최북단 지역인 양사면 교산리로 접어들어 서사체험학습장이라는 근사한 돌집을 지나 교산교를 건너 별립산으로 올라간다. 별립산에서는 서해와 개풍지역까지 넓게 조망할 수 있으며, 예성강 어구까지 불과 2,3킬로미터 거리다. 은방울꽃, 제비꽃, 양지꽃 올망졸망 피어 있는 산길을 250미터쯤 걸어가자 큼지막한 안내판

이 맞이한다. 이럴 때 이런 표식 하나가 얼마나 고마운지.

"강화도 최북단의 별립산(別立山) 북쪽 능선 해발 100미터 지점에 북방식과 남방식 고인돌 무덤 11기가 고루 산재되어 있다. 고인돌 무덤의 축조시기는 기원전 7~8세기경에 축조된 것으로 추정되며 우리나라 초기 고인돌 무덤형태로 강화 고인돌 중 제일 북쪽에 위치한다. 이곳의 고인돌 무덤은 인적이 없는 야산 능선상에 위치하여 인위적인 훼손이 가장 적은 곳으로 비교적 원형이 잘 보존되어 있다."

이른바 '교산리 고인돌군'. 첫번째로 나타난 고인돌 〈111번〉은 상석이 말각사다리 꼴이며, 둘레에 적석(積石)시설 — 상석의 무게를 석실이 직접 받지 않게 분산시킴으로써 석실의 주위를 보장함은 물론 묘역을 표시하는 기능도 지니고 있다 — 로 보이는 할석들이 둥글게 돌아가며 박혔다. 그러니까 이것은 개석식(남방식) 고인돌인 셈이다. 규모는 상석의 두께가 20~25센티미터 정도, 장축, 단축의 길이가 각기 180센티미터, 160센티미터쯤 된다. 상석 아래 매장부로 보이는 공간이 함몰된 채 벙싯하게 벌린 입이 삼키려는지 뱉으려는지 푸른 잎을 머금고 있다.

〈111번〉 고인돌에서 동쪽으로 약간 떨어진 곳의 〈112번〉은 상석이 쓰러져 동쪽 지석에 걸쳐졌는데 〈111번〉보다 더 커서 상석 장축 길이가 270~280센티미터나 된다. 완전히 노출된 매장부에는 개금이 싱싱하게 자라고 있다. 저 개금의 생명이 다하면 유한한 하나의 생명이 태어나고, 그 생명은 또 다른 생명으로 전이되어 비

왼쪽부터 교산리 고인돌 111, 112, 115. 지석이 쓰러짐에 따라 상석도 기울어진 상태. 매장부가 함몰되었거나 완전히 노출되었다. 강화도 최북단 별립산 해발 100미터 지점에 있다.

연속의 연속이 진행되겠지.

〈113번〉 고인돌은 〈112번〉과 사이좋게 나란히 붙어 있다. 이것역시 지석이 쓰러지면서 상석 또한 한쪽으로 기울어진 상태다. 크기와 구조가 거의 비슷하여 한쌍을 이룬 듯이 보인다. 돌덩이도 짝을 이루면 외로움이 작아질까.

고인돌 〈115번〉은 다소 높은 구릉에 단독으로 존재하며 규모도가장 크다. 형태는 말각사다리꼴로 상석 장축 길이가 300여센티미터. 상석은 쓰러졌고 판석들도 흩어졌다. 그 안에 살림이라도 차렸는지 벌이 분주하게 드나든다. 바로 앞에는 갓 쌓아올린 현대판 무덤이 봉긋하다. 돌과 흙, 납작함과 둥근 것의 대비 사이로 여전히벌은 넘나든다. 여기까지는 수월했으나 나머지 고인돌을 찾을 일이난감하다. 안내판에 점으로 표기된 위치와 거리를 종잡을 수가 없다. 이리저리 헤매다가 미련을 버린다. 워낙 인적이 드문 곳이라 허물어져 가는 무덤 위로 잡초와 나무가 무성하여 으스스하다. 차로 이동하여 다른 방향에서 시작해 보면 어떨까 싶어 산을 끼고 돌아 보았으나 전혀 감이 잡히지 않는다. 여전히 동네 사람들은 머리만 흔들뿐.

무덤들이 많은 곳을 지나자
잠잠하던 바람이
온 산을 깨우며 옵니다

불쑥 산이 제 속을 엽니다

저만치 혼자 누워 있는
돌무덤 하나가
입을 크게 벌립니다

나는 무엇으로
그 속에 들어야할지

— 고인돌 115

도리없이 하점면으로 내려온다. 고려산 북쪽 봉우리인 시루미산의 끝자락에 '부근리 고인돌군' 이 산재해 있기 때문이다. 가는 길목에 강화의 간판 스타 '부근리 지석묘' 를 지나칠 수 없는 노릇. 무명의 고인돌군과는 판이하게 역시 관객동원부터 다르다. 교산리 고인돌군 주변에는 사람이라곤 그림자도 없더니 여기는 사람들이 에워싸고 여기저기서 사진기를 들이댄다. 사적 137호로 지정된 이 지석묘는 북방식 고인돌의 대표적인 것으로 상석의 무게가무려 80톤, 길이 6.1미터, 높이 2.6미터, 너비 5.5미터나 되는 거석이다. 게다가 잘도 생기고 웅장하기까지 하니 남한 최고의 모습이며 최대의 크기다. 상석은 삐딱하게 누워 남쪽을 향하여 얼굴을 들고 있는 거대한 원시 물고기 같다. 지그시 입을 다물고 눈은 반쯤열어 놓은 채. 그 물고기를 받치고 있는 두개의 지석 또한 비스듬히조화를 이뤄 경사의 미학을 유감없이 드러낸다. 여러 차례 보아왔지만 새삼 감탄하게 된다. 아름다움은 기어이 발목을 놓아주지 않

강화 고인돌의 간판 사적 137호 부근리 지석묘.
북방식 고인돌의 대표적인 것으로 상석의 무게가 80톤, 길이 6.1미터나 되는 거석이다.
웅장하면서도 균형이 잘 잡혀 있다.

는 것이다. 청동기 시대 어느 부족장의 묘일 것이라 하니 그 위세가
도대체 얼마만했던 것일까.

PROVIA ISO 100F
2.5×3.5인치 필름 안에 들어온 80톤 고인돌
그걸 빙빙 돌려가며 물구나무서게 하면
흙을 놓지 못하는 다리가
80톤보다 더 무거운 땅을 들어올린다
그의 미래였던 현재가 허공에
위태롭게 매달린다

오늘도 나는 다리의 품삯을 지불하지 않은 채
온종일 노동을 시켰다
어느 날 견디지 못한 다리가 두 손 들고
나가 넘어지면 나도 허공에?

그의 혹은 나의 困이며 果의 사슬인 돌덩이를
다시 제자리에 놓는다
불온한 채로 세상이 쭈빗쭈빗 제자리에 놓인다

— 물구나무서기

<u>부근리 지석묘의 명성에</u> 가려져서 그렇지 하점면 지석

203

묘' 또한 규모가 크다. 신삼리 고인돌이라고도 불리는 이 고인돌 역시 청동기시대 부족장의 무덤으로 알려져 있다. 상석의 장축이 3.7미터, 두께 30센티미터에 이르며 형식은 탁자모양의 북방식. 두개의 지석이 모두 쓰러져 상석과 지석이 사이좋게 널브러져 있다. 무거운 짐을 벗고 편안하게 누워 있는 모습이다. 자세히 보니까 상석위에 채석렬이 있다. 30여 개의 구멍 가운데 마지막 구멍에 쇠못이 박혀 후대에 만들어졌을 가능성이 크다고 한다. 도로와 인접한 논 한켠에 쓸쓸히 남은 이 고인돌은 차들도 무심히 지나칠 뿐, 부근리 지석묘와는 사뭇 대조적이다.

'점골 지석묘'는 고려산 북곡 주능선의 끝자락, 점골에 있어 점골 지석묘다. 이것 역시 동쪽 지석과 북쪽 마감돌이 쓰러졌고 남쪽 마감돌은 상석 아래 깔렸다. 저희끼리 한바탕 치고 박고 넘어진 채 골목 어귀에 턱 하니 한자리 차지하고 소동부락을 지키고 있다.

하점면 지석묘. 청동기 시대 부족장의 묘일 것으로 추정한다. 지석이 모두 쓰러져 상석과 지석이 사이좋게 널브러져 있다.

점골 지석묘. 상석 아래 할석들이 많이 깔려 있는 것으로 보아 축조할 당시 흙과 돌로 돋운 후 그 위에 상석을 얹었을 것으로 추측한다.

하점면에 들어온 김에 장정리 봉천산 구릉에 있는 '오층석탑'을 돌아본다. 탑과 우물터가 있는 것으로 보아 절터(봉은사라고 추정)였을 가능성이 높다는데 지금은 소나무숲이 우거져 협소해졌는지는 몰라도 탑의 크기에 비해 절터의 공간은 좁다. 이 탑은 조각 수법상 고려 후기의 것으로 오래 전에 무너져 있던 것을 1960년에 보수 재건하였다 한다. 3,4층의 탑신과 5층의 옥개석 그리고 상륜부가 모두 없고 그나마 남아 있는 것도 형태가 간략 둔중하다. 그 옆의 우물터는 어느 정도 깊이였는지 알 수 없으나 지금은 1미터도 채 안되어 보이는 구덩이에 물이 약간 고여 있다. 거기 떠도는 비닐봉지를 누가 막대기로 건져낸다. 저것이 유물이라면!

봉천산에 또 하나 고려시대 유물인 '석조여래입상'이 있으나 공교롭게도 보수중이어서 비닐로 입상의 전신을 씌우고 집게로 집어놓았다. 여래는 숨이 막히는지 비닐에 뚝뚝 땀방울이 맺혔다. 비닐을 통하여 비치는 그의 인상은 시무룩하다. 입술이 두껍고 눈은 크며 육계도 큼직하나 발까지 덮은 법의가 무거워 보인다. 보호도 좋지만 석불각이 너무 비좁고 낮아서 불상은 옥에 갇힌 형국이다. 비닐과 석불각 때문에 나도 답답해져 돌아서 숨을 크게 내뱉는다.

···삼거리 고인돌군과 오상리 고인돌군

또 다른 고인돌을 찾아 하점면을 나와 내가면으로 들어간다. 삼거리 고인돌군은 고려산 기슭 천촌부락(샘말)을 벗어나 450미터쯤 되는 지점에서부터 고인돌 〈41번〉을 필두로 나타나기 시작하는데 전혀 고인돌로 생각되지 않는 돌멩이들이 아무렇게나 흩어져 있다. 번호표를 달고 보호막 안에 들어 있으니 고인돌임에 틀림없겠으나 내 부족한 감식력은 의구심을 털어내지 못한다. 그 가운데 〈41번〉 고인돌이 상석이 쓰러지긴 하였으나 비교적 면모가 갖추어졌을 뿐만 아니라 상석 위에 성혈(性穴)이라 일컫는 구멍이 여러 개 나 있다. 그것은 캄캄하게 뚫린 구멍이 아니라 환하게 막힌 구멍

삼거리 고인돌41. 삼거리 고인돌군 가운데
가장 양호하다. 특히 상석 위에 성혈(性穴)이
여러개 나 있는 것이 특이하다.

상석 위의 성혈(性穴)흔적. ▶
회반죽에 손가락으로 꾹꾹 눌러놓은 자국같다.

이었다. 회반죽 위에 손가락으로 한번씩 꾹꾹 눌려 놓은 것 같은.
성혈이라, 그 의미를 알 수 없어 돌덩이 주변을 빙빙 돌며 곰곰 생
각해 본다. 이와 같은 구멍을 북한의 학자들은 별자리와 연관짓는
다는데 별자리라면 고대 구조물 설계의 단골메뉴로 피라미드가 그
렇고, 멕시코의 테오티우아칸, 치첸이사의 엘 카스티요, 페루의 마
추피추 그리고 더욱 거슬러 올라가면 영국의 스톤헨지를 비롯한 스
코틀랜드, 아일랜드, 프랑스 등에 산재해 있는 열석(列石)의 구조들
이 다 천체와의 내밀한 관계에 놓여 있지 않은가. '위와 같이 아래
도 그러하다' 는 고대 상응이론 공리. 여기 고인돌들은 능선을 따라
일렬로 배치되었으니 가보지 않을 수 없다. 궁금할 만하면 서너기

삼거리고인돌 45, 46, 48. 고려산 기슭 150~200미터쯤에 간헐적으로 나타난다.
규모도 작고 상석, 지석이 모두 쓰러져 고인돌이라기보다 보통의 바위로 보인다.

씩 출현하여 지친 걸음을 달래 준다. 그것들은 〈45~49번〉까지의 작은 고인돌로써 고려산 기슭의 해발 150~200미터쯤에 노출되어 있다. 마침 신록의 계절이라 온갖 풀들과 꽃들이 돌덩이 주변을 치장하여 고인돌이라는 거창한 이름보다 돌과 풀과 꽃의 어우러짐이 아름다운 하나의 풍경이다.

시간은 저녁쪽으로 기울어가고 바람이 옷자락을 슬쩍슬쩍 들춘다. 나는 '오늘은 옷이지만 내일은 수의가 될지도 모르는' 흰 셔츠를 여미면서, 내용없는 한 페이지의 책장처럼 펄럭이면서 사람의 온기가 끈끈하게 배인 마을쪽으로 내려간다.

내가면 오상리에는 학계의 주목을 받는 또 하나의 고인돌이 있다. 지방기념물 16호로 지정된 '내가 지석묘'. 이 지석묘는 지석과

상석이 잘 갖추어진 전형적인 북방식 고인돌 무덤으로 석실 구조를 정확히 알 수 있는 가장 완벽한 형태를 유지하고 있다. 상석의 길이가 370센티미터, 너비 335센티미터, 두께가 50센티미터이며 타원형의 상석은 거의 수평에 가까울 정도로 반듯하다. 이것이 위치한 고려산 남서쪽 낙조봉 하단부 구릉 능선상에는 12기의 고인돌들이 강한 밀집도를 보이면서 분포되었으나 내가 지석묘를 제외한 주변의 〈57~64번〉 고인돌들은 거의가 원형이 파괴된 상태여서 정확히 고인돌과의 관련여부는 규정짓기 어렵다고 한다.

이처럼 강화도 고인돌은 70% 가량이 하점면 부근리와 고려산 일대에 집중되어 고인돌 문화는 고려산을 중심으로 전개되었다고 본다. 고려산의 중요성을 인지하느라 나는 오련지(五蓮池) 중의 하

지방 기념물 16호로 지정된 내가 지석묘.
전형적인 북방식 고인돌 무덤으로 완벽한 형태를 갖추고 있다.

나인 고려산 정상의 연못에도 가 보았고, 오련지와 연루된 백련사, 적련사(적석사)에도 가보았지만 절들은 아무런 감흥이 없었다. 적석사 위쪽 낙조대는 주변 경관과 아랑곳없이 수영장의 난간처럼 시퍼런 페인트를 칠한 쇠난간을 빙 둘러치고 바위 위에 조그마한 해수관음상을 올려놓았다. 이 낙조대에서 맞이하는 일몰이 중국의 유명한 우산낙조(牛山落照)와 비견될 만하다 하여 강화 10경 중의 하나라는데 나는 한 시간도 머물 마음이 일지 않았다.

내가면 오상리를 떠나면서 어느 조각가의 집을 지나친다. 일찍이 서울생활을 청산하고 이곳으로 옮겨와 오로지 작업에만 전념하는 그들 부부의 용기와 결단을 부러워하면서 나는 그 집을 방문한 적이 있다. 저수지를 코끝에 꿰고 그 집은 외딴 곳에 홀로 있었다. 집

안팎으로 그의 작품들이 즐비하여 대가족을 이루었으며 가지가지 꽃들과 나무들, 새들이 어울려 나는 다른 세계에 온 느낌이었다. 그의 작업실에서 물오른 밴댕이회와 포도주를 마실 때 절정에 오른 해당화에게로 자꾸 눈길이 갔다.

강화군 내가면 오상리

내가 저수지가 코끝에 걸리는 외딴 집에 그가 산다

그의 집 안팎에는 검은, 혹은 붉은

철판으로 된 수십명 말없는 사람들이 함께 산다

벽 한켠에 '그림자'와 '점잖은 대화'를 하는 검은 사람은

내가 가면 내게 겹치고 그가 가면 그에게 겹친다

창 밖에서 잔뜩 다리를 꼬고 집안을 기웃거리는 등나무

거기 삐딱하게 기대어 '솔깃한 얘기'를 들려주는

한 사람의 얼굴은 시뻘겋다

팔도 다리도, 몸뚱이가 죄다 적색이다 그러나

솔깃한 얘기를 하는 그 혀는 노란 점액질이다

(유혹의 혓바닥은 길고도 끈끈하나니)

어둑한 작업장에는 석고로 봉인된 한 사람이

때를 기다리고 있다

한창 물오른 밴댕이를 회쳐 먹을 때

무수한 시선들이 술잔에 뚝뚝 떨어진다

나는 그 시선도 함께 마시며 '솔깃한 얘기' 쪽으로 쏠린다

노을 머금은 담 밖으로

후투티 한 쌍이 어른거리고

포도주보다 더 농익은 해당화 떨기가

요염하게 쳐들어온다

— 조각가 김호씨의 집

진종일 헤맸던 고려산을 내려와 남쪽 바닷가로 간다. 오늘밤 나는 어김없이 돌들의 기습을 받을 것이다. 인도의 힌두사원이 그랬고 아프리카의 거대한 선인장이 꿈속에서 나를 덮쳐 소스라치게 했듯이.

· · · 창호꽃살무늬에 취하여

강화는 어느 길로 접어들든 아름답다. 조업을 마친 배처럼 길 위에 정박해 있기만 하여도 바다와 산과 청정한 공기가 다 내게로 온다. 노을 무렵, 반드시 낙조대가 아니더라도 어느 산 중턱 또는 탁 트인 경작지 가운데서도 붉은 하늘에 취할 수 있다. 정수사로 가기 전, 전등사 대웅전 귀공포에 쭈그리고 처마를 받치고 있는 예의 나부상(裸婦像)이 여전한가 들러본다. 이 나부상의 유래는 이러하다.

전등사를 지을 때 공사를 맡은 목수가 주막의 주모와 약속하기를

전등사 대웅전 귀공포에 쭈그리고 있는 나부상.
여자라기보다 남자 같고 사람이라기보다 원숭이 같다.

불사가 끝난 뒤 부부가 되기로 하였으나 도중에 여자는 다른 남자와 달아나 버렸다. 목수는 영원히 무거운 지붕을 이고 살아가도록 여자의 벌거벗은 모습을 만들어 대웅전 4면의 귀공포에 매달았다. 그러나 그 나부상은 여자라기보다 남자 같고 사람이라기보다 원숭이 같다. 여전히 그녀는 그 자세로 벌을 받고 있었다. 죽지도 못하고.

전등사 입구에 아치문이 아름다운 '정족산성'이 있다. 이 산성은 원래 단군의 세 아들 부소, 부우, 부여가 쌓았다 하여 삼랑성(三郎城)으로도 불린다. 고려 때에는 이 성내에 가궐(假闕)을 짓고 조선왕조실록을 보관한 사고(史庫)가 설치되었다. 또한 병인양요(1866년) 때에는 양현수 장군이 이곳에서 프랑스군을 격파한 승첩의 현장이다. 그러나 나는 무엇보다도 이 성의 동문을 통하여 넘겨다보는 반달

전등사 입구 정족산성의 아치문.
문 밖으로 반달 모양의 하늘과 하늘을 흔드는 나뭇가지가 보인다.

모양의 하늘과 하늘을 흔드는 나뭇가지, 나뭇가지 끝에서 허공을 온통 초록으로 칠해 버리는 5월의 풍경을 좋아한다. 하지만 지금은 내가 서서 조망할 한 치의 공간도 없이 각종 노점들이 들어찼다. 사람과 차가 북적대고 여기저기서 틀어놓은 노래인지 고함인지가 신경을 순식간에 옭아맨다. 어서 이곳을 벗어나야지.

정수사 가는 길은 자동차 바퀴 소리보다 터벅터벅 자신의 발자국 소리 들으며 올라가야 좋은 길이다. 포장이 되지 않아야 좋을 오솔 길이다. 걷다가 쭈그리고 앉아 작은 풀꽃과 눈도 맞추고, 삐죽 내민 나뭇가지의 팔목도 한번 넌지시 잡아주고, 땀이 흐르면 계곡에서 물결을 뒤집어 하얀 뱃살을 간질이기도 하면서 걷어붙였던 팔 소매

내리듯 마음을 쓸어내리고 가야 하는 길이다. '정수사'(淨水寺)는 신라 선덕여왕 8년(639년)에 화정선사가 창건하여 정수사(淨修寺)라 했던 것을 조선 세종 8년(1426년)에 함허대사가 법당 서쪽에서 맑은 물이 솟아나는 것을 보고 정수사(淨水寺)로 개칭하였다 한다. 정수사는 특별하게 나타났다. 계단을 총총 오르자 요새와도 같이 높은 석벽이 턱 가로막고 그 안에 보물처럼 절이 싸여 있다. 일주문도, 천왕문도 생략하고 대웅전과 삼성각, 요사채만 오롯이 앉아 있는데 법당 정면 창호의 꽃살무늬가 숨을 멈추게 한다. 청, 홍, 황, 녹의 모란을 피우고 사이사이 장미를 늘어뜨린 뒤 중앙에 분홍빛 연꽃을 아름다운 화병에 담아놓은 모습이 어느 환상의 꽃밭에 온 것 같다. 법당은 꽃과 향기로 만발하다. 창호에서 간신히 눈을 돌려 측면으로 돌아가면 전아한 맞배지붕이 다소곳하다. 마침 마지막 햇살이 거기 머물러 추녀의 그림자가 발처럼 드리워져 술달린 커튼을 살짝 늘어뜨린 것 같다. 간결하면서도 견고하고 견고하면서도 섬세한 맞배지붕 아래서 나는 오래 서성이다가 삼신각으로 올라간다. 그곳으로 오르는 계단 양편으로는 나무가 우거지고 크고 작은 바위들이 어울려 있다. 계단을 다 올라가 삼신각 앞에서 정면을 바라보면 바다가 누워 있고, 높지도 낮지도 않은 마니산 봉우리 하나가 단정하게 서 있다. "몸은 산에 있건만 눈은 어느새 바다에 의탁하게 된다. 바다를 건너오는 허주(虛舟)의 마음을 그 누가 헤아릴까. 이를 두고 마음을 빼앗겼다고 꾸짖는 이가 있다면 이렇게 말하라. 부처도 여기에 이르러서는 해탈의 고행을 잠시 미루어 두었노라고." 어느 사

청, 홍, 황, 녹의 모란 사이에 장미가 아름답다. 거기에 분홍빛 연꽃을
화병에 꽂아 놓아 더욱 화려한 정수사 법당의 창호 꽃살 무늬.

진작가가 쓴 이 구절이 절묘하게 들어맞는다. 삼성각 안에는 호랑이를 거느린 산신도와 용왕도가 그려져 있으나 자세히 보면 산신도는 그림이 아니라 목각 위에 색을 칠한 것이란 걸 알게 된다. 그리고 호랑이와 산신은 앞으로 돌출되어 있어 입체감이 풍부하다. 산신은 온화하고 귀여운 얼굴로 어린 아이같이 웃고 있다. 그 맨살의 웃음 앞에서 나는 온종일 내 혼이 들락이던 고인돌의 무거운 그림자를 거둔다. 포근한 연등의 불빛이 피곤한 눈두덩이를 따뜻하게 만져준다. 비로소 나는 과거와 미래를 반추하던 무덤의 거울로부터 현재의 나를 비추는 등촉으로 돌아오고 있는 것이다.

뿌연 거울에 시간이 짜맞춘 영상이 나타난다
경직된 근육 미간의 굵은 마디와 퀭한 눈
낯설기도 하고 친연의 관계이기도 한 것 같은,

자신의 모습과 마주선다는 것은 얼마나 징그러우냐
차라리 등촉이나 닦을 것이지

거울도 등촉도 없이 누워 뒹군다
방바닥이 나를 돌린다 천장이 돌린다
장미무늬 벽지가 사정없이 돌린다
꽃잎 펄펄 날리며 이파리 헐떡거리며
움츠렸던 가시가 불쑥불쑥 곤두선다
갑자기. 무수히. 일제히. 덤벼든다
방바닥이 왈칵 젖는다 붉고 끈끈하게

삑삑,
'눈멂. 말없음. 비어 있음. 파열 현기증.'
나 부재중에 수신된 아도르노의 메시지

— 거울에서 등촉으로

둥근 또는 네모난 공중 놀이터

· · · · 연못은 어디에?

옛날 강화도에 다섯 개의 연못이 있었다. 어느 날 천축조사(天竺祖師)가 이 산을 오르다가 오색 연꽃이 찬란하게 피어 있는 것을 보고 연꽃을 꺾어 공중에 던졌더니 꽃잎은 흩어져 저마다 한 군데씩 자리를 잡았다. 그곳에 각각 절을 세워 연꽃의 빛깔 따라 백련사, 흑련사, 청련사, 적련사, 황련사라 불렀다. 이 아름다운 내력을 지닌 '오련지'(五蓮池) 가운데 하나가 고려산 정상(436미터)에 있다. 연못은, 그 축축했던 자궁은 노파처럼 말라붙었고 연꽃의 자취는 지극한 상상력으로나 더듬어 볼 뿐. 연못의 둘레는 2.5미터, 깊이 2.5미터 정도의 규모인데 나의 회고주의적 성향 탓인지, 항아리

모양의 우묵한 그것은 자꾸 옹관묘(甕棺墓)를 연상시키는 것이었다. 금석병영시대의 묘제였던 옹관묘, 그 중에서도 단식(單式) 수직장(垂直葬)과 흡사하였다. 어쩌면 저 메마른 흙과 돌덩이 밑에 소멸되지 못한 연꽃의 욕망이 도사리고 있을지도 모른다. 육체를 떠나지 못한 미라처럼. 육체를 떠난 혼처럼.

고려산을 내려와 흰 연꽃이 내려앉았다는 '백련사'에 들른다. 고구려 장수왕 4년(416년)에 천축조사가 창건하였고, 고려 고종 4년(1222년) 인암화상(忍庵和尚)이 중건하였다니까 창건연대는 꽤 거슬

백련사 앞의 700~800년쯤 된 고목. 이리저리 뻗은 잔가지들이 무수한 시간의 자취같다.

러 올라가나, 대부분의 사찰들이 그렇듯이 중건 중건을 거듭하면서 그윽함은 사라지고 게다가 편리함마저 추구하여 문턱에까지 차가 올라가, 절집의 청량하던 물맛도 시큰둥하다. 아미타불을 모신 칠성각과 현대식 건물인 대방(大房), 그리고 요사채가 서로 아무 관련이 없는 듯 조화를 이루지 못해 경내라는 느낌이 없다. 다만 주변의 느티 고목이 700~800년의 시간을 드러내고 마당에 보기 드문 흰 진달래가 백련 대신 피어 있다.

산을 떠나 바다로 흘러간다. 강화도에 있는 53개의 돈대 (墩臺 : 외적의 침입이나 적의 활동을 사전에 방어하고 관찰할 목적으로 접경지역 또는 해안지역에 흙이나 돌로 쌓은 소규모의 방어 시설물) 중 우리가 가려는 곳은 대부분 해안에 있는 것들로서 최전방이다. 조감도로 볼 때, 그것들은 허공에 떠 있거나 바다에 올라앉아 있는 듯이 보인다. 그래서 그것들은 둥근 혹은 네모난 공중 놀이터와도 같아 보인다. 먼저 월곶의 해안에 있는 '월곶돈'에 도착했다.

월곶은 한강 진입구의 유도(留島 : 머머리섬)와 마주하고 있으며, 남으로는 염하와 연결되고, 북으로는 조강을 통하여 서해로 진출할 수 있다. 때문에 50년 전까지만 해도 매우 번성한 포구로써 서울, 인천, 연백으로 교통할 수 있는 요지 중의 요지였다고 한다. 148미

터 둘레의 원형형태인 월곶돈 안에는 연미정(燕尾亭)이 있다. 연미정은 한강과 임진강이 합류하여 한 줄기는 서해로, 다른 한 줄기는 인천해로 갈라지는 모습이 제비꼬리 같다 하여 이름붙인 정자로, 가까이 개풍군, 파주군, 김포군 일대가 한눈에 들어오며 강화 10경 중 으뜸이라 할 만큼 조망이 뛰어나다. 기둥 양편에 수백년 묵은 느티 두 그루가 정자를 보호하듯 지붕 위로 무성한 가지를 드리우고, 정자 다리 밑으로는 조개구름이 한가로이 지나간다. 봄날 누대에 오른 옛선비들의 모습이 전해 오는 듯하다. 고려 때 고종은 학생들을 이곳에서 공부시켰다고 전해진다. 이를테면 현장학습장으로도 활용되었다는 얘기다. 지금 아이들의 교실과 비교해 보면 천상과도 같았겠다. 조선시대에 이르러 삼포왜란 때 공을 세운 황형(黃衡)에게 이 정자를 하사하였다니 그는 하늘을 얻은 기분이 아니었을까.
서쪽 홍예문 주변 가득 잡초와 덩굴들이 운치를 더해 준다. 문 밖에
서 문 안쪽을 보면 8×10 사진 크기 만한 하늘이 액자처럼 걸린다.
하늘은 소리없이 저렇게 작아질 수도, 조각날 수도, 갇힐 수도 있구
나. 그 문 밖 황형의 고택지 신도비 앞에서 간단하게 점심을 먹는
다. 오늘은 행군하듯 신속히 이동해야 하므로.

해안을 따라 또 다른 돈대 '의두돈' 으로 갈 때 비가 뿌린다. 고려
산 진달래 선홍빛이 더욱 고혹적이리라. 이 돈대 전면 포좌에서는
북한의 민둥산이 서울의 청계산만큼이나 크게 보이고 멀리 개성의
송악산도 잡힌다. 사람의 걸음은 더 이상 나가지 못하는데 대남, 대
북 방송과 갈매기는 경계없이 넘나든다. '최전방' 이라는 말이 민통

의두돈 석벽은 바다를 바라보며 허물어져가고 나무는 생성의 푸르름을 더해간다.

선이나 통일전망대 갔을 때보다 더욱 실감난다. 비 뿌리는 텅 빈 바다를 향해 보초를 서고 있는 한 병사의 모습이 골목길의 외등 같다. 쓸쓸함은 전염성이 강해서 나는 일행에서 벗어나 무너져가는 석벽에 기대어 시퍼런 바다를 본다. 커다란 어금니 네 개를 박아 놓은 듯한 서쪽 문은 봉분처럼 두둑하다. 석실이 따로 없지. 이 사각의 적석 내부가 마음 벗고 누우면 바로 석실 아닌가. 그런 의미에서 나는 많은 무덤 속에 누워 보았다. 뿌리뽑힌 벚나무 둥치가 살던 구덩이 안에도 누워 보았다. 벚꽃으로 피어나기를 소망하기도 하면서.

가지마다 활짝 핀 벚꽃을 끌어안은 채로
벚나무가 쓰러졌다
꽃은 아직 가지를 움켜쥐고
잔뿌리들은 흙 속에 발을 오그리고 있다
나는 뿌리가 묻혔던 구덩이 안에 눕는다
흙 냄새가 나를 지운다 누가 저
벚나무를 일으켜 세운다면
벚나무와 내가 얽힌다면
그리하여 내가 벚꽃으로 피어난다면

— 벚나무

‘구등곶돈’ 은 거북이가 기어오르는 형국의 지형에 설치되어 구등곶돈이다. 이곳은 사방으로 뻘이 잘 발달되어 있어 외적

방어에 매우 유리한 지형에다가, 구조 또한 다른 돈대와 다른 특이한 양식이다. 이 돈대의 특성은 "기본적으로 방형의 형태를 취하고 있으나 후면보다 전면이 넓어서 방어와 관측에 용이하며, 사선으로 사격할 수 있는 포좌가 설치되어 측면에서 전면을 지향해서 사격할 수 있도록 설계되어 있다. 이것은 다른 돈대의 포좌가 석벽과 직각을 이루는 사격방향을 가지고 있는 것과 다르다"고 한다. 망원경을 통해 바라본 사정은 군대가 아닌 머리 빡빡 깎은 술 취한 산들이 이미 바다를 건너 와락 들이닥칠 기세다. 하늘과 산과 바다가 전부인 이곳에서 나는 점점 작아져 간다.

아름다움은 느닷없이 찾아올 때 더욱 증폭되는 것. 언덕빼기에 굴참나무 한 그루 홀로 서 있다. 아직 잎이 돋지 않은 싸리비 같은 나무 꼭대기에 까치집이 덩그렇게 얹혀 있다. 이 까치집이 이 돈대의 상징이다. '작성돈'(鵲城墩). 그러므로 까치집은 까치가 있든 없든 늘 여기 있어야 한다. 나는 까치집을 올려다보면서 까치 한쌍이 둥지를 틀고 알을 낳고 부화되는 모습을 그려본다.

굴참나무 아득한 꼭대기에
수컷의 까치 한 마리
낡은 둥지를 깁고 있다
하늘 쪽으로 입을 벌린 저 캄캄한 구멍은
어느 生이 드나들던 굴뚝이었을까

굴참나무 아득한 구멍에서

암컷의 까치 한 마리

몸을 부풀려 알을 품고

알들은 안팎의 세계를 넘나든다

어디선가 화르르르 날아오르는 시간의 깃털들

굴참나무 마른 잎이 툭툭 떨어진다

한때 허공이 집이었던 잎들이

흙으로 돌아와 얼굴을 묻는다

우수수 날이 저문다

떠돌이 별 하나가

둥지 속에 들어와 모로 눕는다

— 둥지

사람의 손을 타지 않아서 돈대는 원형이 잘 보존되었고 갖가지 나무와 풀들이 서로 얼크러져 제법 폐허의 분위기를 연출한다. 돈대는 인공이나 자연은 자연이어서 그것의 일부인 사람도 거기 섞이면 자연스러워지게 마련. 움츠려 있던 내 감성의 돌기가 팽창한다. 허리를 스치던 가시덤불에 찔리고 흙무더기에 미끄러져도 아픈 줄 몰랐으니까. 두 개는 바다쪽을 한 개는 마을쪽을 바라보고 있는 문 위로 갈매기의 날개처럼 희끗희끗한 예성강 줄기와 구등돈, 광암돈을 거쳐 멀리 교동도가 보인다. 작성돈은 문의 천장 부분을 약간 둥글게 들여파 아치형을 본떴으며 석벽 또한 모서리를 곡선으로 처리하여 완만하게 돌아가도록 배려한 모습이 군사적인 입지와는 거리가 있다고 한다면 선입견일까. 군사유적도 미적인 요소가 있다는 것. 그리고 군사유적지도 이렇게 뭉클할 수 있다는 것을 처음 느낀다. 이 좋은 정취 속에서 그냥 있을 수는 없다며 우리는 술을 한 모금씩 삼켰다. 저기 저 까치 모이만큼. 그리고 석벽을 끼고 한 바퀴 돌았다. 여기서 노을도 보고 달도 맞이하고 싶었지만 더

주변에 까치집이 있다고 해서 작성돈이라 부른다.
곡선처리가 돋보이고 돈대를 뒤덮어가는 잡초들로 폐허의 분위기를 풍긴다.

망월 평야 남서 방향에 위치한 계룡돈.
강화도 돈대 가운데 유일하게 명문이 발견되었다.

좋은 장소가 기다리고 있노라며 대장은 우리를 재촉한다. 시간을
맞추어야 하기 때문에.

그곳이 이곳이다. '계룡돈'. 호로형으로 생긴. 과연 돈대는 서쪽
바다와 정면으로 대치하고 있어서 낙조를 보기에 그만이다. 날씨가
협조해 주기만을 바라며 자못 긴장한 채로 기다린다. 계룡돈대는
"망월평야 남서 방향의 독립고지에 위치하고 있다. 이 돈대는 고지
의 좌우 기저부를 보축하여 평탄하게 한 다음 일정한 높이로 석벽
을 구축하였다. 동남 방향의 외벽 좌측 모퉁이에서 어영군 명문(銘
文)이 발견되었다. 강화도 돈대 중에서 명문이 발견된 곳은 이곳 뿐
이다. 그 내용은 '康熙十八年四月 日慶尙道軍威御營' 이라 되어 있

는데 여기서 강희 18년은 숙종 5년(1679년)을 말한다.” 명문은 마모가 심해 육안으로 잘 알아볼 수가 없었지만 마치 오래된 고분에서 발굴된 느낌이었다.

드디어 잿빛 구름 아래로 해가 그 귀한 몸을 드러내기 시작한다. 등 뒤로는 억새를 헤치고 달이 솟았다. 해와 달은 그러니까 뫼비우스의 띠처럼 서로 물려 있다. 달아, 잠시 기다리거라. 모르긴 해도 해가 떨어지는 모습은 봉황이 알을 낳는 순간과 유사하지 않을까. 알은 어미 품에서 떠나기 싫은 듯 조금씩 조금씩 밀려나온다. 저러다 바다로 뚝 떨어지면 어쩐다? 그러나 만물은 나름대로 안전망, 보호망을 예비해 두고 있는 터. 바다에 빛이 뿌리를 내리는가 싶더니 어느새 산으로 옮겨간다. 이제는 능선이 스르르 스르르 알을 받아 품는다. 저것이 아침이면 뜨거운 불덩이로 부화되리라. 우주를 사르고도 남을 위력을 퍼뜨리리라. 나는 계속 셔터를 눌러 댔다. 한 컷, 건질 수 있을는지. 해가 사라진 뒤 한번 더 하늘과 바다는 진홍빛으로 물결친다. 밤보다 해진 직후가 더 으스스하다. 열정이 식은 뒤처럼.

불 밝은 동네로 가는 길에 마지막으로 ‘삼암돈’을 둘러본다. 지금까지 보아온 돈대들과 달리 우선 위치적으로 사람 냄새가 흠씬 풍기는 곳에 있다. 꽤나 오랫동안 세간을 떠났던 것처럼 몸을 감돌던 청량함이 상쾌했었는데 단숨에 사그라지고 만다. 여기 남아 있는 포좌 네 개는 모두 바다를 향해 열려 있다. 어디로 가는 비상구인가, 포좌 안에 들어가 보니 아늑하다. 그 누구도 이렇게 와 있었

는지 쓰레기봉지가 뒹군다. 외벽에는 돌로 만든 누조(漏槽)가 있다. 이것은 토축에 스며드는 물을 배수시켜 토압을 완화시키는 역할을 하는 것이라 한다.

날은 어두웠고 비는 그쳤으며 달은 좀더 때깔을 내고 있어서 쟁반 같은 돈대 안에 들어온 달은 그야말로 '아로새긴 은쟁반의 금사과'와 같다. 이 달빛 푸른 원 안에서 강강수월래를 한바탕 돌면 참 기운 나겠다.

모래언덕, 물의 신전, 연화리(蓮花里)

· · · 사막과 같은 모래언덕

<u>검은 낭산 7부 능선까지 올라온</u> 모래가 소나무 아래 가만
히 엎드려 있다. 모래는 저 아래 몸 적시며 뒹굴던 바닷가를 내려다
보고 있다. 모래 위에 일필휘지로 휘갈긴 바람의 흔적. 물결무늬, 영
지버섯 무늬, 방울뱀의 몸통, 새들의 느린 날갯짓…. 더욱 세찬 북풍
이 몰아치면 모래는 등성이를 넘어 낯선 이웃 해안에 도달하리라.

대청도 북쪽 내동에서 옥죽포로 내려가는 지역에 사막을 연상케
하는 모래언덕이 있다. 100여년 전 까지만 하여도 울창한 송림이었
으나 조류현상으로 인하여 파도에 밀려와 쌓인 모래가 계절풍에 휘
날려 내동과 선진포 경계인 당고개를 넘으면서 사막과도 같은 지역

대청도 북쪽 내동에서 옥죽포로 가는 지역. 사막을 연상케 하는 모래 언덕이다.
예전에는 울창한 송림이었으나 파도에 모래가 밀려와 쌓이면서 사막과 같이 변하였다.

을 이루게 된 것이라 한다. 그러니까 나는 지금 사막에서 바다를 보고, 바다에서 사막을 보는 것이다. 이 양자(兩者)의 공존은 가히 별유천지(別有天地)다. 이 모래산에 이런 전설이 있다. 옛날 대청도에 와서 당고개를 넘던 중이 말하기를 저 멀리 보이는 농녀(弄女)의 모래가 이 당고개를 넘어오면 세상은 말세가 된다고 하였다. 그후 지금부터 80여년 전에 그 모래가 북풍에 밀려 당고개를 넘었는데 그 시기에 만주사변과 2차 세계대전이 일어났다는 것이다. '모래산' 하

면 내 기억에서 용수철처럼 튕겨나오는 것이 중국 돈황의 명사산이다. 모래가 운다고 해서 명사산(鳴沙山). 노을 무렵 명사산에 도착하여 낙타를 타고 산을 오를 때 휘영청 달이 솟았고 모래는 달빛에 춤추듯 일렁였다. 일렁이는 것이 모래뿐이었을까. 낙타는 식은 바닥을 타박타박 걸어가며 싸늘해지는 내 허벅지를 덥혀 주었고 나는 그의 등을 쓰다듬어 주었다. 모래의 울음을 듣고자 귀 기울이면 사르륵거리는 숨소리 같은, 속삭임 같은 것이 바람결에 들려왔다.

명사산 옆구리를 한 걸음씩 오른다

모래가 낙타 발굽을 당기고 놓고

놓고 당기며 길 밖으로 길을 낸다

낙타가 목을 펴고 내 어깨를 누르는

어둠을 걷어낸다 내가 놓친 노을을

낙타는 보았을까 아직 발육중인

초승달이 하늘을 껴안은 채 가까스로

제몸을 드러내고 있다 식은 바닥을

밟으며 낙타는 말없이 나를 덥혀 주고

모래와 낙타와 나는 어둠으로 묶인다

밝음 가운데서도 묶일 수 있다면

하나로!

— 명사산

···허구의 산, 반석 위의 산

허구와도 같은 모래산으로부터 반석 위의 산, 삼각산(三角山)
으로 실체를 옮긴다. 삼각산은 예로부터 산삼의 산지로 유명하여 많
은 심마니들이 모여들었다는데, 이 산에는 산신령 도깨비가 살고 있
어 이곳에 정착하는 사람들을 괴롭히다가 결국은 쫓아내고야 만다
는 것이다. 또한 이 산에서 닭을 키우면 울지 않고 마을로 데리고 가

야만 운다는 이야기도 전해진다. 아마도 산신령 도깨비는 삼각산을 오로지 혼자만 소유하고 싶어 그러했는가 보다. 섬에 있는 산들은 바다를 바라보며 올라가는 풍치가 그만이지만 대청도는 그 놓인 위치가 위치인 만큼 군부대가 주둔하고 있어 정상까지는 갈 수가 없다. 바위에 앉아 내려다보려니까 마치 바다가 마을로 진격하는 것을 산이 막아주고 있던 듯하다. 그 산의 가슴 한복판에 그야말로 게딱지같은 집들이 다닥다닥 붙어 있다. 산이 숨 한번 크게 들이쉬면 푹 꺼져버릴 것 같은 저 초개(草芥) 같은 둥지들. 그 속에 추구(芻狗)같은 부단한 목숨들. 수많은 실핏줄이 얽히고 설킨 만물의 한 입자인 내가 언제 어디 있던들 혼자일 수 있을까. 지금 내 몸을 실어주고 있는 이 돌덩이 하나의 무게에도 나는 신세를 지고 있는 것이다. 바람을 정면으로 맞닥뜨리면서 복잡다단한 관계의 의미망으로 나는 천천히 내려온다. 대청도의 서쪽 끝, 사탄동 해수욕장으로.

· · · 쓸쓸함은 화려함보다 더 긴 여운을 남긴다

대청도는 가파른 절벽으로 이루어진 섬이므로 수심이 낮고 평탄한 모래톱을 가진 해수욕장이 많지 않다. 사탄해수욕장 외에 옥죽포 일대와 선진포 북쪽 해안, 지두리해안 정도인데 이 가운데 사탄 해수욕장의 경관이 가장 뛰어나다. 서쪽으로 남산, 북쪽으로 수리봉이 둘러 있어 사면이 산이고, 해안선을 따라 기암절벽이 특출하며,

바다 전면에는 갑죽도가 가로놓여 마을을 감싸안고 있다. 게다가 물 맑고 결 고운 백사장, 푸른 노송이 어울려 부족함이 없다. 사탄동(沙灘洞)이란 '모래로 이루어진 모래 뚝 마을'이라는 뜻으로 고려시대에는 사언동(沙堰洞)으로 불리었는데 어찌된 연유인지 일제시대부터 사탄동으로 개칭되었다 한다. 이 마을과 해수욕장 사이 야트막한 안산(安山)에는 서해의 수호신인 임경업 장군의 영정을 모신 사당이 있다. 예전에는 이곳에서 정월 대보름이 되면 집집마다, 배마다 임장군의 기(旗) 또는 상기(上旗)를 달고 풍어제를 지냈으나 기독교가 유입되면서 점차 쇠퇴하여 지금은 폐지되었다. 풍어를 기원하며 부르던 노래를 봉죽타령(奉竹打令)이라 하는데 그 내용이 재미있다.

돈 실러 가세 돈 실러 가세 연평 앞바다로 돈 실러 가세
첫 정월부터 치는 북을 오월 파종까지 내눌러 치찬다
배임자 아주머니 정성 덕에 연평 칠산에 도장원 할 걸세

폐허의 자리는 쓸쓸하다. 그러나 쓸쓸함은 화려함보다 더 긴 여운을 남긴다. 나는 이런 자리를 볼 때마다 경주 낭산(狼山)의 선덕여왕릉을 생각한다. 능은 찾기도 쉽지 않았지만 능으로 가는 산길 양편에는 닳고 닳은 무덤들이 시종들처럼 부복하고 있었는데 그 무덤 위로 소나무가 자라 몹시 을씨년스러웠다. 낭산 기슭은 어두웠고 여왕은 거기 홀로 누워 있었다. 봉분 위 무성한 잡초 사이로 무슨 노란 풀꽃이 파르르 떨고 있었다. 하긴 여왕의 아버지인 진평왕릉도

지극히 소박하다. 아버지는 낭산 동쪽 낮은 비탈에, 딸은 꼭대기에 그렇게 누워 있다. 나는 총명했던 여왕의 지기삼사(知幾三事)와 황룡사 구층탑, 분황사, 삼화령 애기부처, 첨성대 등을 이룩했던 위업을 떠올리며 그녀를 애도했다. 그곳에 비하면 이 사당은 한결 양호하다. 시간의 격차도 있지만, 주변에 마을이 있어 사람의 온기가 도니까. 지붕만 남겨놓고 벽은 사면이 돌로 둘러싸인 데다가 베니어판 쪽문이 달려 있어 외양으로는 영락없는 화장실이다. 문을 열어보니까 텅 빈 실내에 깨끗한 백지가 걸려 있다. 그래도 누군가 간간이 찾아오는 모양이다. 문 밖에는 스무 병 남짓 빈 소주병도 있지 않은가.

　사탄동에 온 바에 ‘동백나무 군락지’도 구경한다. 남한의 동백

임경업 장군의 연정 모신 사당. 돌담에 집이 파묻혀 가는 형국이다.
그러나 안에는 깨끗한 백지가 걸려 있고 사람이 다녀가는 흔적이 보인다.

군락지 가운데 천연기념물로 보호받고 있는 곳만 해도 경남 울산의 목도 동백숲을 위시하여 전남 강진의 백련사 동백숲, 충남 서천 마량의 동백숲, 그리고 선운사와 오동도의 동백숲도 빼놓을 수 없다. 그러나 천연기념물 제 66호인 이 대청도 동백숲은 우리나라 최북한 자생지(북위 37도)라는 점에서 의미가 있으며 추위에 강한 품종 개량에 활용, 식물 분포학상 의미가 크다고 한다. 동백은 비탈진 골짜기에서 붉은 입술을 벌리고 노란 꽃가루를 날리며 자신의 목적을 위해 벌과 나비를 부르고 있었다. 종족 번식의 본능이 얼마나 가열찬 것인가를 나는 바오밥나무의 꽃을 보고 새삼 느꼈었다. 단 하루뿐인 꽃의 생명이 벌이는 밤의 행위는 치열한 한편의 드라마였다.

뭉클,
바오밥나무 봉오리가 부풀어 터진다
꽃잎 사이사이로 달빛이 뚝뚝 떨어지고
팽팽하게 긴장된 꽃의 떨림이
가끔씩 가지를 흔든다
단 하루뿐인 바오밥 꽃의 생명
절정을 향해 꽃은 하얗게 폭발한다

느릿느릿 사막의 지평선이
선잠 든 모래들을 깨우며 온다
한떼의 고단한 무리들이 둥지로 돌아가고

하나의 임계점이 축 늘어진 꽃을 占한다

꽃 진 자리, 검은 폐허에
천년의 生을 품은 열매 맺힌다
붉은머리베짜는새 한 마리
아직 여물지 않은 열매를 콕콕 찔러본다

— 꽃진 자리, 검은 폐허에

· · · · 신향이와 이무기 이야기

밤이 되어 그 옛날 호롱불은 아니지만 창백한 형광등 아래서 대청도의 전설이 담긴 책을 읽는다. 대청도는 면적이 약 12.61 평방킬로미터의 조그마한 섬이다. 이곳에 처음 들어와 살았던 사람이 '신향'이라는데 이를테면 이 섬의 시조인 셈. 그가 대청도에 들어오게 된 내력은 이렇게 전해진다.

옛날 어느 고을에 신향이가 살고 있었다. 어려서 어머니를 여의고 계모 밑에 자라 스무살이 되었을 때, 계모는 자신이 낳은 자식들에게 재산을 물려받게 할 욕심으로 장손인 신향이를 죽일 음모를 꾸몄다. 점쟁이로 하여금 죽을 병에 걸린 것처럼 말하게 하고 '어머니를 살리려면 장남의 간을 먹여야 한다' 고 하였다. 아들을 죽일 수 없어 고민하던 아버지는 개의 간을 대신 먹였다. 신향이가 여전히 살아 있게 되자 계모는 또 다른 계략을 세워 신향이에게 등을 긁어 달라 하고는 웃옷을 벗고 있다가 '새끼가 어미를 능욕하려 한다'고 떠들어댔다. 아들에게 자초지종을 듣고 난 아버지는 아들을 멀리 떠나 보내기로 하였다. 신향이가 강가에 나와 나룻배를 타고 바람 부는 대로 떠내려온 곳이 대청도 옥죽포 앞바다였다. 그는 양지동 뒷산에 집을 짓고 살면서 부지런히 일을 하여 재산을 모아 삼각산 에 금부처를 세우고 평소에 쓰던 물건을 묻고 그 위에 고인돌을 올 려 놓았다. 그후 일본 사람들이 금부처와 물건들을 모두 가져갔지 만, 사람들은 양지동 뒷산을 '신향당골'이라 부르게 되었다고 한다.

또 다른 전설 '대청도 이무기와 소청도 이무기의 사랑'은 자못 애틋하다. 대청도 최남단 부치미끝 동굴과 소청도 등대 아래 동굴 에 이무기가 한 마리씩 살았다. 수컷인 대청도 이무기와 암컷인 소 청도 이무기는 일년에 한번씩 중간 해상 어느 지점에서 만났다. 이 들이 서로 바다로 갈 때에는 범선이 돛을 달고 가는 것으로 보였다 는 것이다. 그들은 몇 시간을 함께 지낸 후 헤어지곤 하였는데 새끼 가 있었는지는 알 수 없다. 일년에 한번 하면 으레 견우 직녀가 떠 오르게 마련. 일년을 기다리는 그들의 심정을 얼마나 안타까웠을 까. 그 뜨거운 열정을 식히느라 이무기는 바다에서 만나고 견우 직 녀는 '혼들의 강' 은하수에서 만나는가. 1994년에는 소청도 노화 동에 사는 이월선 씨가 굴을 따러 갔다가 이무기가 산다는 굴 속에 서 구렁이를 보았다고 하였는데 길이는 얼마나 긴지 확실치 않지만 둘레가 홍두깨보다 컸고 빨간 색, 흰색, 검은 색 등으로 알록달록했

으며, 꼬리부분이 부채모양으로 넓은 형태였다고 한다. 그 구렁이
가 그 이무기인지는 알 수 없어도 오늘밤 이 전설의 고향에서 이무
기가 내 꿈을 둘둘 말아버리는 거나 아닐까. 나는 숨이 막혀 헉헉대
다 질식해 버리지나 않을까.

　　말없이 어떤 풍경을 그저 바라보기만 하는 것으로도 욕
망은 입을 다물어 버리게 된다"고 장 그르니에가 쓴 것을 빌려 말하
자면, 뱃길은 멀어도 백령도 '두무진'(頭武津)에 오면 칭얼대던 고단
함이 입을 다문다. 백령도는 인천에서 서북쪽으로 229킬로미터, 뱃
길로 136마일, 시간상으로는 인천에서 쾌속정으로 4시간이 소요된
다. 그러나 북한의 장산곶에서는 불과 17킬로미터의 거리다. 광해
군 때 이곳으로 귀양온 이대기는 '늙은 신의 마지막 작품' 이라고 격
찬하였다 한다. 내가 세상에서 보아온 사물 중에 경이로움을 금치
못하는 것이 바위인데, 그것은 보는 이의 시각이나 관점, 사유의 범
주에 따라 또는 빛의 이동과 변화에 따라 다양하게 변주되는 것이
어서 '~같다' 라는 비유가 주관적일 수밖에 없다. 그럼에도 불구하
고 지금 나는 저 바위들을 고대의 신전 같다고 쓰고 있다. 물의 신
전. 봉인된. 그래서 더욱 신비로운.
　지극히 상투적인 호칭으로써 장군바위, 선대암, 신선대, 형제바

두무진의 기묘한 바위들. 장군바위, 선대암, 형제바위, 코끼리바위… 등으로 불리는 바위들이 즐비하다.

위, 코끼리바위… 등으로 불리고 있으나 그것들은 차라리 붕대를 둘둘 말고 묵묵히 서 있는 미라 같다. 아니면 불교의 우주관에서 말하는 열락의 땅, '간다마다나'에 산다는 벽지불(壁支佛 : 깨달음은 얻었지만 설법하지는 않는 붓다), 어느 것은 흡사 고대 이집트의 테베의 길목에서 수수께끼로 사람들을 괴롭히던 스핑크스와도 같다. 뒤늦게 도착한 시각, 우주의 수많은 중생들에게 하루의 보시를 끝내고 해가 돌아간다. 해가 풀어놓은 저 사람의 피보다 붉고 끈끈한 점액. 온종일 물결을 그렇게 설레이며 반짝이게 하더니, 환희의 바다를 보여주더니, 지금은 피의 바다, 이윽고 밤이 되면 명부의 바다가 되리라.

두무진에서 남쪽 해안을 따라오다 보면 천연기념물 제 392호로 지정된 '콩돌해안'이 펼쳐진다. 자갈들은 콩처럼 작고 동그랗고 매끈매끈하며 빨강, 노랑, 보라, 검정 등 가지각색 빛깔이 아기자기하다. 이 돌멩이들은 백령도의 모암(母岩)인 규암이 파도에 의해 부스러져 서로 부딪치며 마모된 것이라는데 쌀에 섞어 밥지어 먹고 싶을 정도로 콩과 흡사하다. 그것들을 밟을 때 와글거리는 소리와 발바닥에 닿는 신선함은 새벽 장터에 온 기분이다. "변화무쌍하여 자연을 사랑한다"고 엘리자베스 1세는 말하였듯이(그녀 자신도 그렇게 변화무쌍하였다 한다), 대청도의 그 부드럽고 흰모래와 이 딱딱하고 잘잘한 콩돌과 저 두무진의 우람한 바위와…사람의 품성도 알고 보면 이처럼 격차가 심한 것을 느끼게 된다.

심청각을 보러 가는 도중에 '사곶해수욕장'을 지난다. 이곳은 바닥이 콘크리트처럼 단단하여 자동차는 물론, 6·25전쟁 때에는 천연 비행장과 유엔군 작전 전초기지로도 활용되었는데 이러한 천연 비행장은 이탈리아의 나폴리와 더불어 전세계에 두 곳밖에 없다고 한다. 사곶 해변의 검푸른 송림지대는 해당화가 붉게 필 때면 백사장과 어울려 더욱 운치가 있으며, 도꼬마리, 좀보리사초, 한삼덩굴, 망초, 쑥, 소리쟁이 등이 군락을 이루어 오염되지 않은 자연 환경임을 느낄 수 있다. 해수욕장 동쪽이 인천-백령도 간을 운행하는 정기 여객선이 닿는 뱃터 용기포. 여기에 북한 어선이 전시되어 있어 이곳이 북과 대치한 서해 최북단 지역임을 알려준다. 용기원산 위로 등대가 있고 솟대처럼 쌓은 돌탑 2기가 백령도를 상징한다. 유명한 사곶 냉면집의 순메밀냉면을 맛보렸더니 오늘따라 일찌감치 문을 닫아버려 허전하게 발길을 돌린다.

인당수와 연봉바위가 바라다 보이는 진촌리 남산 기슭에 세워진 '심청각'은 지난 1975년부터 지역 주민들이 각계의 고증을 통하여 20년의 고증작업과 4년의 공사기간, 30억에 달하는 사업비가 소요되었다 한다. 심청각 처마 밑에는 심청전의 줄거리를 요약한 삽화가 있고, 그 옆에 심청의 동상이 있는데 동상 뒷면 좌대에 조병화의 시 〈심청송〉(沈淸頌)이 새겨져 있다. 동상 앞에서 바라보면 정면으로 장산곶이 보인다. 백령도를 심청전의 배경지로 보는 견해는 결정적으로 인당수(印堂水)와 연지(蓮池), 연봉(蓮峯)을 근간으로 삼는다. 조선 광해군 12년(1620년)에 백령도로 귀양왔던 이대기(李大期)가 쓴 백령도지에 "장산곶과 두무진 사이에는 북쪽과 서쪽에서 흐르는 조류가 만나 서로 부딪쳐 소용돌이를 이루는 물살이 세고 험한 곳이 있다"고 한 장소가 바로 인당수라는 것이다. 또한 '연지'에 대하여는 삼국유사 가운데 〈진성여왕과 거타지〉조에 나오는 백령도 신지(神池)에 의거한다.

배가 곡도(백령도)에 다다르니 풍랑이 크게 일어 10여일 동안

묵게 되었다. 양패공(良貝公)은 이를 조심하여 사람을 시켜 점을
치게 했는데 '섬에는 신지가 있으니 제사를 지내면 좋겠습니다'
하여 못 위에 제물을 차려 놓았더니 못 물이 한 길도 넘게 치솟
았다.
— 진성여왕과 거타지 설화중

　　<u>이 연화리의 연지는</u> 그 넓이가 수만 평에 이르며 수심이
깊어서 햇빛이 들지 않아 사람들이 접근을 꺼리는 곳이었는데 이곳
이 바로 심청의 연꽃 환생의 현장이라고 보는 것이다. 현재는 농지
로 개간되었으며 자투리땅에 미꾸라지 양식을 하던 1996년 8월에
연꽃이 탐스럽게 피어 화제가 되기도 하였다.

　　연봉은 백령도와 대청도 사이에 한 송이 연꽃 모습의 바위로 인
당수 부근의 물이 이 바위쪽으로 흘러온다는 사실을 근거로 하여
심청이 탄 연꽃이 처음으로 떠내려와 닿은 바위를 연봉이라 하고
연꽃이 머문 마을을 연화리라고 추정한다.

　　백령도의 밤을 예기치 않게 심청의 이야기로 보내게 되면서 이럴
줄 알았으면 심청가 한마당이라도 들었으면 싶었다. 파도소리라도
들을 양으로 바닷가로 나갔으나 파도도 잠들었는지 아무 흥취가 없
다. 하긴 덕분에 4시간이나 걸린 뱃길이 얼마나 순조로웠던가. 길
떠나면 비 맞던 내 항해일지에 반짝, 볕이 드는 대목이다. 이렇게 파
도가 잔잔한 날은 지극히 드물다고 누차 선장이 말하는 통에 노력도
없이 축복받은 기분이었다. 잠도 안 오고 나는 잠 밖으로 탈출하여
어둠 속을 표류하다가 어느 한 구절에 발이 걸린다. 보르헤스던가.

…도대체 누구를 위해

그토록 밤은 아름다운지?

저 아래에서 혼자 부아를 돋구고 있는 개울,

…

바람은 인동덩굴 향내를 실어오고 있었구요

밤은 허망할 정도로 아름다웠구요…

그러나 나는 허망도, 아름다움도 아닌 밤을 떠돌다 하나
의 시선, "항상 무엇인가를, 누군가를 찾는, 걱정스러운 기호"로서
의 강력한 어떤 시선과 부딪친다. 내 잠은 돌아올 줄 모르고 나는
뜬눈으로 잠을 기다린다.

새벽이었는데. 아무도 없었는데.

홀연. 온다. 안개에 싸여. 물위를 걸어서.

그가 끌고 온 바다

거기 어른거리는 그림자

펄럭이고. 번쩍이고. 덧나고 상한.

혹은 떠오르고 가라앉는

새벽이었는데. 아무도 없었는데.

그가 온다. 돌밭을. 맨발로.

온갖 풍경과 정경을 데리고.

다가와 내미는 손

상처 난. 아물지 않은.

ㅡ그

물은 마을로 오고
마을은 산으로 기울고

덕풍마을 가는 길은 60리 가곡천과 함께 갑니다. 달 밝은 밤이면 몸빛이 흰 가곡천변 바위들 벗은 몸이 더욱 환합니다. 달빛 같은 살얼음 밑으로 산천어가 어른거립니다. 큰 놈, 작은 놈, 크지도 작지도 않은 놈들이 서로 어울려 그들의 우주를 쓰윽쓱 가르며 다닙니다. 거북바위 하나가 다리를 쭉 펴고 목을 길게 늘인 채 물로 곧 뛰어들 듯합니다. 길은 나를 물 건너 저편으로 데리고 가고, 갔다가 오고, 그럴 때마다 발이 조금씩 젖어옵니다. 발보다 먼저 젖은 마음이 오소소 춥습니다.

마을이 가까워지는지 목장승 한쌍이 혀를 길게 빼고 희극적으로 맞이하지만 나는 그냥 지나칩니다. 모퉁이를 돌자 늙은 구렁이 같은 성황나무가 불쑥 나타납니다. 꿈틀거리는 팔뚝에 빛 바랜 헝겊

이 너울거리고, 부실한 소망의 돌무더기가 노을쪽으로 허물어져 갑니다. 그침 없이 펄럭이는 내 산란함 한조각 베어내어 가장 낮은 가지에 매답니다. 펄럭임의 끝이 네 삶의 끝이라고 나무의 팔 하나가 돌아서는 내 뒷덜미를 잡아당깁니다.

계곡은 점점 산으로 가고 따라가는 나도 저절로 산 깊이 들어갑니다. 그러다 슬며시 물은 잠복해 버리고 길이 툭 트이면서 멀리 집 한 채 눈에 들어옵니다. 이웃도 없이 오로지 산이 배후인 그 집은 세상의 방패도 창도 진작에 거두어들인 듯 고요합니다. 낯선 방문객이 수상한지 수십마리 새떼들이 나무에서 나무로 가로지르며 소리칩니다. 마을이라야 첩첩산중에 일곱 가구뿐. 사람이 거느리는

덕풍마을 가는 길가에 목장승 한쌍이 혀를 길게 빼고 서 있다.
오가는 사람들을 구경하려는지 구부정한 자세가 호기심 많은 사람같다.

일상의 소품들이 축약된 빈 터에 눈발만 적적하게 날립니다. 마을보다는 산쪽으로 가까이 붙은 폐가 하나가 뉘엿뉘엿 기울어져 가고 있습니다. 황토벽 쩍쩍 갈라진 틈새가 오래 전 끊긴 세간의 소식처럼 감감합니다. 너덜너덜한 벽지 한 조각이 텅 빈 방의 무사(無事)를 흔들고, 살 냄새 사라진 이 거푸집은 바람이 불 때마다 쿨럭입니다. 여물통에는 돌멩이, 잡초, 해진 신발짝, 그리고 시간의 뿌연 뜨물이 가득 고여 있습니다. 나는 거기 걸터앉습니다. 사람의 언어가 부질없는 이곳에서 좀처럼 간소화되지 않던 의식의 회로가 툭툭 끊기며 다만, 오온(五蘊)이 감지하는 추위 가운데 왼손이 오른손을 녹여 주며 가만히 이야기합니다. 적막하다고.

마을 끝에 홀로 있는 폐가. 살냄새 사라진 이 거푸집은 바람이 불 때마다 쿨럭인다.

용소. 명주실 두 타래를 다 풀어버려도 그 깊이를 알 수 없다고 한다.
허기진 욕망의 아가리처럼 무엇이든 순식간에 빨아들일 듯 으스스하다.

그 집을 벗어나자 겹겹의 산들이 나를 에워쌉니다. 하늘과 가장 가까운 봉우리 하나가 눈을 이고 홀로 빛납니다. 그곳은 내가 도달할 수 없는 세계처럼 아득하고 아득하여 콧등이 시큰거립니다. 골짜기 골짜기에 안개가 서리며 곡신(谷神)의 얼굴을 너울처럼 가립니다. 아무래도 저 골짜기 하나, 용이 산다는 용소(龍沼)골로 나는 가야겠습니다.

눈길은 으슥하고 내밀한 현빈(玄牝)의 처소로 나를 이끕니다. 유혹의 손길은 희고도 부드러워 떨칠 수가 없습니다. 눈 속에서 빨간 열매를 달랑거리며 찔레가 옷소매를 잡아당깁니다. 진달래 어린 가

눈덮인 용소골. 산이 험하고 골이 깊어 인적이 드물다.
계곡을 사이에 두고 수직으로 버티고 선 바위들이 위협적이다.

지가 언 뺨을 슬쩍슬쩍 긁기도 합니다. 계곡은 차츰 협곡으로 조여
지더니 갑자기 길이 끊기고 거대한 바위들이 벼락처럼 막아섭니다.
나는 가속중이던 걸음을 어디에 디뎌야 할지 머뭇거리다가 코앞에
캄캄하고 허기진 욕망의 아가리를 발견하고 소스라칩니다. 그것이
토해낸 심연이 명주실 두 타래를 다 풀어내려도 모자란다는 용소입
니다. 용소를 똑바로 내려다보려면 절벽 하나를 껴안고 가야 합니
다. 발 한짝 겨우 디딜 만큼의 공간만 내어주고 바위는 수직으로 버
티고 있습니다. 바위에 빙 둘러 밧줄이 쳐 있지만, 그 구원의 동아
줄은 미약하여 섬길 만하지 못합니다. 위험의 미혹 또한 만만치 않

아 조바심만 치고 있는데 한 사람이 조심조심 다가갑니다. 따라가고도 싶고 붙잡고도 싶어서 안절부절하는 사이 그 사람은 모퉁이를 돌아 깜빡 사라져 버립니다. 휘이익, 눈 무더기 뼛가루처럼 날리고 몇 가닥, 죽은 나뭇가지가 그 쪽으로 불려갑니다. 그 적멸의 파장이 우르르 스며들어 나는 팔다리가 저릿해집니다. 우두커니 허공만 바라보다가 미련을 털 듯 눈을 털며, 한겹 더 눈 덮여 희미해진 내 발자국에 발자국을 포개며, 어두운 외연(外緣)의 길로 돌아섭니다. 혼미한 산 속, 쌓인 눈만이 등불입니다.

우르는 축축하고 따뜻하다
광활하고 아득하다

· · · 주시하는 자의 몫으로 남겨진 은밀한 통로가

새해 첫날, 인류 문화의 첫 발상지 메소포타미아 우르(Ur)에 왔다. 우르는 축축하고 따뜻하다. 광활하고 아득하다. 지평선 가까이 옛 도성의 방벽처럼 갈대가 어른거리고, 땅은 습기를 머금은 채 부풀어 있다. 부드러운 흙 속에 신발 밑창이 조금씩 잠긴다. 4000년 전, 5000년 전 태어났던 혹은 다시 태어날지도 모를 그것들, 이 속에 웅크리고 있으리라.

그 옛날 '슐기(Shulgi)왕 궁전' 옆 움푹 패인 구덩이, 순장 터에 묻혔던 74구의 빛나는 뼈다귀들, 청금석, 홍옥수를 상감한 머리장식과 귀걸이, 청동의 무기, 당나귀가 끄는 전차, 은그릇들이 반짝이

술기왕 무덤 일부.
어둡고 축축한 구덩이,
더 이상 들어갈 수 없는
막다른 곳에 캄캄한 구멍이
보인다. 이 무덤을 비롯한
우르왕 묘에서 우르군기,
금제품, 하프, 마차 등
1,800여 점의 귀중한 유물이
발굴되었다.

고, 삐걱이고, 달그락거리며 세상 밖으로 끌려나왔을 때, 푸아비 왕비의 황금 하프가 딩딩 울리지 않았을까. 메스카라두크 왕자의 황금 단검이 불쑥 날을 세우지 않았을까.

나는 '순장 터'를 돌아 술기왕 무덤으로 내려간다. 어둡고 깊숙한 내부, 더 이상 들어갈 수 없는 막다른 곳에 캄캄한 구멍이 보인다. 나는 흙벽에 기대 구멍과 마주 앉는다. 벽의 차가운 습기가 등줄기를 타고 내려와 명치끝에 고인다. 바라보는 동안 구멍은 차츰 커진다. 출산하는 임산부의 골반처럼 늘어난다. 태아의 머리카락같이 성기고 부드러운 거뭇거뭇한 것이 보인다. 발 밑이 불온하다. 내 신발 밑창이 질기게 버틴다. 불쑥 태아처럼 쑥 빠져나오는 하나의 몸. 혼의 이름으로 명명된 그 몸이 살을 입는다. 막막한 왕묘에도 길은 있다. 주시하는 자의 몫으로 남겨진 은밀한 통로가 겹겹의 지층을 뚫는다.

우르의 유적은 1922~1934년 사이 영국의 고고학팀에 의하여 발굴되었는데 순장 터와 왕묘에서 호화로운 가구, 무기, 마차, 악기, 침구, 금잔과 은식기, 금과 보석으로 장식한 장신구, 그리고 청금석과 조개를 역청에 붙여 상감한 놀이판과 바둑돌에 이르기까지 뛰어난 예술감각의 유물이 쏟아져 나와 세상을 놀라게 하였다. 발굴을 담당했던 레너드 울리(Leonard Woolley)는 황금 칠현금(푸아

황금 칠현금(푸아비 왕비의 하프)을 장식한 수염달린 황소의 황금 두상.

비 왕비의 하프로 전해진다)의 아름다움을 이렇게 말했다. "우리가 여 태껏 한번도 본 적이 없을 정도로 아름다웠다. 울림통의 테두리는 붉은색과 푸른색 그리고 흰색으로 장식되어 있었고, 두 개의 받침 대는 넓은 황금 장식줄로 면이 나누어져 조개껍질과 청금석, 붉은 보석이 박혀 있었다. 악기의 왼쪽에는 수염 달린 황소의 머리가 앞 으로 뻗어 있었는데 이 황금 두상이야말로 대단히 아름다웠다." 또 한 메스카라두크왕의 황금투구는 머리모양을 그대로 본떠 머리카 락 하나하나를 부조하여 수메르의 금세공 가운데 가장 뛰어난 것으 로 꼽힌다. 그리고 앞뒷면에 전쟁과 평화를 모자이크한 우르의 군 기(軍旗)는 그 시대의 풍속을 알게 해준다. 군기의 전쟁 장면에는 전 차가 있다. 당나귀가 끄는 전차. 이 바퀴의 발명은 매우 중요하다.

메스카라두크왕의 황금투구.
머리카락 하나하나를 부조하여
수메르 금세공 가운데 가장
뛰어난 것으로 꼽힌다.

그것은 인류의 물질문명 발달사에 획기적인 전환점이 되었기 때문이다. 오늘날까지도 우리들의 교통수단은 대부분 바퀴에 의존하고 있지 않은가. 평화의 장면에는 승리의 잔치가 벌어지고 있다. 그들은 맥주를 즐겨서 맥주의 종류만 해도 흑맥주, 흰맥주, 갈색맥주, 강한 맥주, 단맥주 등 16가지나 되었으며 거리에는 맥주를 파는 가게가 많았다고 한다. "즐겁기는 맥주, 괴롭기는 나그네길"이라는 수메르 속담까지 있었다니까.

그러나 우르에 왔을 때 제일 먼저 눈에 들어오는 것은 '지구라트'(ziggurat : 피라미드형 사원)다. 수메르인의 지구라트는 도시의 종교적 행사를 치르는 중요한 장소였으며, 또한 도시의 위세를 떨치는 구실을 하기도 했다. 현재 우르에 남아 있는 지구라트는 기원전 21세기경 우르 3왕조의 첫번째왕, 우르 – 남무(Ur–Nammu)가 축조한 것이었는데 거의 다 훼손되어 1960년대에 복원해 놓은 것으로, 규모는 가로 60미터, 세로 45미터, 높이 20미터 정도다. 당시 지구라트의 제조과정은 메소포타미아의 모든 건축물과 마찬가지로 구운 벽돌로 지었다. 종려나무가 많았지만 단단하지가 못하여 건축에 사용할 수 없었으며, 석재도 없었다. 그래서 그들은 지푸라기를 잘게 썰어서 진흙을 섞어 그것을 벽돌모양으로 빚은 후 햇빛에 말려 사용했다. 구워 낸 벽돌들은 역청과 진흙 반죽으로 접착시켰다.

이 우르의 지구라트에서 다양한 시대의 다양한 내용을 기록한 점토판 문서와 문자들이 발견되었다면서, 안내인이 바닥에 흩어져 있는 벽돌 가운데 몇 개를 들추어 보인다. 거기 새겨진 설형문자, 그

우르의 지구라트. 기원전 21세기 경에 지어졌으나 거의 다 훼손되어 새로 복원한 것이다.
지구라트는 수메르인들이 도시의 종교적 행사를 치르던 중요한 장소였다.
이 곳에서 다양한 시대의 다양한 내용을 기록한 점토판 문서와 문자들이 발견되었다.

것은 고대의 문자들이 그렇듯이 그들만이 내통하는 하나의 기호이
자 약호이며 알 길 없는 주문(呪文)같았다. 수메르어를 해독하는 데
학자들은 상당히 오랜 시간과 노력이 필요하였다고 한다. 이집트의
상형문자의 경우는 그리스어와 병행하여 씌어졌기 때문에 샹폴레
옹은 행운을 누린 셈이지만, 메소포타미아의 설형문자는 이 지역
문명이 2000여년간 폐허더미 속에 사장되어 사람들의 기억에서 사
라졌던 것을 1920년대에 이르러 유럽인들에 의하여 발굴이 시작되
면서 전혀 생소한 채로 출발해야 했기 때문이었다.

　나는 기이하고 단정하고 기하학적인 문자 앞에서 갈피를 잡지 못
한다. 글자의 방향조차 가늠할 수가 없는 것이다. 우르－남무왕을

비롯하여 역대의 왕 이름을 나열한 것이라는데. 달의 신 인안나를 위한 사원이 있었다는 지구라트 꼭대기는 머리카락 다 벗겨진 노인의 머리 같다. 여기가 신성하고 은밀한 성혼례가 치러졌던 곳? 우르-남무가 태어나고, 길가메시가 태어나고, 도무지의 노래를 비롯한 많은 사랑의 노래가 울려나왔던 곳? 성혼례 — 그것은 한해의 풍요와 다산을 기원하는 목적으로 통치자와 간택된 여사제가 지구라트 층계탑 꼭대기 방에서 혼례를 하는 행사—는 이를테면 일종의 밀교적 행위였다. 그러나 지금은 노천이다. 멀리 갈대숲이 신기루처럼 아른거리고 햇빛이 가물가물하다. 나른하다. 여기서 이대로 노숙하고 싶다. 도무지의 노래라도 들으면서.

지구라트를 내려와 '아브라함의 생가'로 가는 길은 밀가루 반죽같이 물렁물렁하다. 남메소포타미아 일대가 늪지대이기 때문이다. 부드러운 바닥의 감촉이 마음의 근육을 풀어준다. "데라가 그 아들 아브라함과 하란의 아들 그 손자 롯과 그 자부 아브라함의 아내 사라를 데리고 갈대아 우르에서 떠나 가나안 땅으로 가고자 하더니"(창세기 11 : 31) 라고 구약에 나와 있는 갈대아 우르가 바로 이곳. 이스라엘 민족의 시조인 아브라함의 계보를 우르에 두었다는 것은 이곳이 얼마나 종교적인 도시였으며 문화가 발달되었던 곳이었는가를 알 수 있게 한다. 아브라함이 4000년 전 출생하였다는 집은 말끔하게 새로 지어졌다. 구불구불한 통로를 따라 칸칸이 방이 많다. 어떤 방에는 선반도 있고 우물도 있다. 이 방들 어느 곳에선가 그는 태어났겠지. 열국의 아비로서. 그가 다녔을지도 모를 문서의 집, 즉

학교 터도 있다. 메소포타미아의 여러 도시에서는 학교교육이 성행
했는데 예의범절이 엄격했으며 교과목은 대단히 수준 높았다. 특히
수학은 고도의 학문으로 곱셈은 물론 역수, 계수, 결산, 경리, 급여
배분, 토지분할의 방법 등에 관한 시험의 기록이 남아 있다. 대부분
의 학생들이 현악기를 배웠으며 성악도 있었다고 한다.

이와 같은 고도의 수메르 문명의 태동을 수메르왕 계보는 이렇게
전한다. "왕권이 하늘로부터 내려온 뒤 에리둑에 왕권이 있었다. 에
리둑에서 두 임금이 다스렸으며, 그 햇수는 각각 3600×8년과
3600×10년을 다스렸다"고 하였다. 그 후 에리둑이 무너지자 "다
섯 도시의 여덟 임금이 3600×60+3600×7년을 다스렸다."고도
하였다. 다섯 도시 가운데 마지막 도시인 슈루파크의 왕 지우수드
라는 3600×10년을 더 다스리고 홍수가 일어나 나라를 휩쓸었다
고 하지만, 글쎄, 누가 수메르왕들이 258,000년을 통치했다고 믿
을 수 있을까. 지우수드라 홍수이야기는 수메르의 창조신화로 성경
의 창세기와 맥을 같이한다.

이것은 신화의 내용이고 기록상으로는 기원전 6000여년부터 남
메소포타미아로 이주해 온 수메르인들은 비도 잘 내리지 않는 척박
한 땅에서 농사를 짓기 시작하였다고 되어 있다. 그들은 경작지를
넓히기 위하여 유프라테스와 티그리스강 사이에 수로를 파고 저수
지를 만들고 지하수를 끌어올렸다. 파종과 수확을 거듭하는 동안
천체에 대한 관심이 높아짐에 따라 풍요를 기원하기 위하여 제단을

쌓고 여러 신상들을 세워 예배하는 종교의식이 성행하였다. 알 우바이드(Al Ubeid) 시대로 일컬어지는 이 시기를 지나 기원전 5200년경인 와카(Warka)시대로 접어들면 초기 수메르 시대가 시작되면서 여러 도시들이 서로간의 생산품 교역이 활발히 이루어져 시장경제가 활성화되었다. 이로 말미암아 정치제도가 확립되고 도시들은 도성국가의 형태를 띠게 되었다. 기원전 4000년 말 무렵에는 우르크에 에아나 사원이 지어졌다. 높이 37미터 정도의 이 지구라트는 신전의 외벽을 모자이크 모양으로 쌓아올려 채색하였으므로 대단히 화려했다고 한다. 이 신전 터에서 창세기의 미술을 대표할 만한

와카시대에 제조된 봉납용 항아리. 앨러바스터(설화 석고)를 재료로 만든 90센티미터 가량의 기다란 이 항아리는 고대 메소포타미아의 종교제의인 성혼례 장면을 보여주는 최초의 유물이다. 복사꽃 빛깔의 앨러바스터가 대단히 아름답다.

항아리가 출토되었다. 앨러바스터(설화석고)를 재료로 만든 90센티미터의 기다란 이 항아리는 고대 메소포타미아의 종교제의인 성혼례 장면을 보여주는 최초의 유물이다. 신전의 벽에서는 기원전 3200년쯤의 것으로 여겨지는 가장 오래된 점토판 문서도 나왔다. 그것은 하나같이 사원 재산의 출납을 기록한 회계장부였다. 아마도 당시 사람들에게는 경제가 가장 중요한 관심사였나 보다. 이곳에서 문자가 점토판에 처음 씌어지기 시작한 때로부터 약 500년이 지난 뒤에야 짧은 신화들이 나타나기 시작한다.

기원전 2350년으로 내려오면 시리아, 아라비아 사막으로부터 셈족이 침입, 셈족의 왕 사르곤(Sargon) 1세에 의하여 수메르 왕조는 몰락하고 역사상 최초로 제국시대가 시작된다. 이때부터 이른바 '정복을 위한 전쟁' 이 전개되는 것이다. 사르곤은 55년의 재위기간 동안 이라크의 동쪽 엘람과 남쪽 바다건너 딜문(바레인), 지중해 연안의 에블라, 그리고 자그로스산맥 너머까지 처음으로 동서남북을 관할하는 통치자가 되었다.

· · · 수메르 왕조에서 아카드 제국으로

나는 퍽 오래 전부터 사르곤 대왕에 대하여 막연한 호기심이 있었다. 아마도 세계사를 배우던 때부터인 것 같다. 책 속에서 그를 처음 만났을때 물고기의 비늘 같은 긴 턱수염과 깊고 어두운 눈이 강렬하게 나를 끌어들여 오랫동안 눈을 뗄 수가 없었다. 그는 티그리스강 상류지역에서 신분이 낮은 여성에게서 태어났다고 했다. 그의 어머니는 역청 바른 골풀 바구니에 갓난 아기를 담아 티그리스강에 떠내려보냈는데 왕실 정원사가 그 바구니를 건져 여신에게 바쳤다. 여신은 그를 몹시 총애하여 마침내 그는 통치자가 되었다. 아카시아가 한창이던 어느 날 나는 사르곤을 생각하며 이런 시를 쓴 적이 있다.

아카시아 그늘 아래 깜박 잠이 들었다 나는
꽃은 두고 냄새만 데리고 기원 전 2500년의 티그리스로
간다

대추야자나무 숲 건너 갈대밭 사이로
골풀 바구니 하나 떠내려오네
그 속에 담긴 아기,
대지의 여신이 키워 왕이 되었네
셈족의 왕, 아카드의 왕, 사르곤 1세
그는 정복의 전쟁을 일으켰다네

'그리고 우리는 바다에서 무기를 씻었다네'

말들이 질주하고 바람이 질주하고 일각의 목숨들이 질주하네

파랗게 질린 풀들이 외나무다리 밑에 몸을 숨기고

후두두둑 대추 열매 함부로 자지러지네

엔키 신전의 아치형 문틀이 우지끈 무너지네

환생의 어머니, 처녀 수태하는 어머니, 청금석 눈의 여신이

가이없이 굴러 떨어지네

'그리고 우리는 바다에서 무기를 씻었다네'

지하 왕묘 궁릉이 와르르르 무너지네

푸아비 왕비의 황금 하프가 저 혼자 딩딩 울리네

하프에 매달린 황금머리 들소의 눈이 휘둥그래지고

두 뿔이 곤두서네 수풀에 걸린

숫양의 뒷다리가 후들거리네

갓 토해낸 날 것의 비린내가

아카시아 냄새를 울컥 지우네

'그리고 우리는 바다에서 무기를 씻었다네'

문득 어떤 예리한 것이 내 목을, 허벅지를, 발뒤꿈치를,

— 문득 어떤 예리한 것이

고대 근동의 패권을 장악하고 아카드어가 그 지역 국제

어로 사용될 정도로 막강했던 아카드 제국도 한낱 자그로스산맥의

산적들에게 멸망하였다. 기원전 2143년의 일이다. 사르곤 대왕의 수도 아카데는 여러 번 발굴을 시도했으나 지금까지도 찾지 못하고 있다. 보고 싶은 이 고대 도시는 언제 깨어날 것인지.

아카드의 몰락 후 사마리아 사람들이 지방문화를 소생시키기 위하여 노력하는데 그 중에서도 라가쉬(Lagash)의 구데아(Gudea : 2141~2122 BC)가 가장 출중했다. '구데아' 란 '부름받은 자' 의 뜻으로 그는 이름에 걸맞게 신 수메르 문명을 일으키는 데 한몫을 했다. 구데아는 자신의 좌상과 입상을 많이 만들었다. 그 중에서도 '예배드리는 구데아상' 은 경건한 표정과 합장한 손, 손가락모양이 대단히 사실적이며 섬세한 조형예술품이다. 그리고 구데아의 점토못도 매우 훌륭하다. 점토못은 수메르 사람들이 신전의 벽면이나 신전 터 가운데 지하수가 흐르는 곳까지 깊이 파서 그곳에 조그마한 방을 만들고 지하수의 신 엔키의 모습을 점토나 청동으로 쐐기못 모양의 소상(小像)으로 만들어 벽에 박아놓을 때 쓰였다. 물이 귀한 수메르 사람들에게 지하수는 절대적인 존재였다. 구데아가 사용한 점토못은 실용적이라기보다 예술품에 가깝다.

기원전 2100년이 되면 우르-남무(Ur-nammu)에 의하여 우르 3왕조가 시작된다. 그는 수메르 도시국가 연맹체를 형성하고 수메르어를 부활시켰다. 이 시기가 수메르 문화의 전성기로, 지금까지 발굴된 수메르 문화유적이 대부분 이 시대의 것들이다.

이와 같이 수메르인들이 이룩한 문화는 창조설화, 서사시, 학교제도, 법전, 상거래 계약, 건축, 60진법의 사용으로 일년을 열두 달

로 하는 월력과 윤달의 채용, 백과사전 편찬, 천문학에 이르기까지
모든 분야를 망라하였다. 특히 수학과 천문학의 발달로 '우주의 질
서' 라는 새로운 이념이 생긴 것은 인류문화의 큰 변혁이라 할 수
있다.

· · · · 수메르 창세의 땅, 성서의 창세의 땅 쿠르나

나는 이 오래고 지대한 땅을 떠나기 전 '에덴동산' 이 있
었다는 쿠르나(Qurnah)로 내려간다. 내 서운한 마음을 아는지 비가
내린다. 양떼와 몇 채의 농가들, 그리고 고대로부터 전해내려 온 아
치모양의 갈대집이 안개에 잠겨 강물에 둥둥 떠가는 듯하다. 그 몽
롱한 풍경에 젖어 나도 몽롱해져 가는데 "이곳이 에덴"이라는 소리
에 귀가 번쩍 뜨인다. 그런데 그곳은 참, 아담한 공원이었다. 사과
나무 대신 무슨 나무인지 두 그루 삐딱하게 서서 비바람에 아우성
치고 있을 뿐 들짐승도, 여호와의 사람도 없었다. 담 밖은 유프라테
스와 티그리스강이 만나는 지점 샤텔—아랍(ShaftAl—Arab). 안개
때문에 합수 부분을 볼 수가 없다.

'에덴' (Eden)은 '들판' 이다. 수메르 사람들이 이야기하는 '간 에
덴' (gan eden)이라는 낱말도 '들판의 밭' 이라는 의미로써 성서의
창세기에 나오는 에덴과 같은 단어로, 수메르의 에덴에 들짐승이
살았고 수메르인들은 들판을 일구어 경작했으며, 성서에서의 아담

수메르 창세의 땅이며 성서의 창세의 땅으로 일컫는 에덴동산.
이라크 남부 쿠르나 지방, 티그리스강과 유프라테스강이 합류하는 지점에 있다.

에덴 동산이 있는 쿠르나지방 풍경.
안개 속에 사람과 양떼와 몇 채의 농가들이 한 빛깔로 아련하다.

도 들짐승과 함께 살며 밭을 일구었다고 하였으므로 결국 "두 이야
기는 같은 환경을 배경으로 삼고 있다"는 견해도 있고 보면 나는 지
금 수메르 창세의 땅이며, 성서의 창세의 땅에 서 있는 게 아닌가.
그러나 단순한 몇 개의 사물들도, 어렴풋한 전설들도 분명하게 체
득되지 않는다. 내 생애의 실체처럼. 멀고 가까운 모든 존재들의 현
존처럼. 비가 귀한 이 땅에 비바람 몰아친다. 나는 우르를 통과하여
바빌론으로 진입한다. 문명의 고리를 단단히 붙잡고서.

사라진 것들은 추억의 이름으로 아름답다

· · · 기원 전 600년의 바빌론에서

바빌론에 유프라테스강 지류가 흐른다. 맑고 고요하다. 갈대가 강을 둘러싸고 수초들이 수면을 덮고 있다. 티그리스, 유프라테스, 메소포타미아, 바빌론, 앗시리아, 페르시아, 함무라비 법전, 느브갓네살… 을 달달 외우던 중학시절이 생각난다. 그때는 이곳이 이 세상 아닌 곳에 있는 줄 알았다. 막연하면서도 그러나 마음 속에서 떠나지 않던 메소포타미아에 지금 내가 와 있다는 사실이 분명하게 느껴지지 않는다. 오래 오래 품어왔던 소망은 서서히 이루어져야 실감나는 법. 나는 되도록 걸음을 아끼며 바빌론을 딛는다. 여기저기 묵고 삭은 돌덩이들이 누덕누덕 수천 년 시간을 껴입

고 있다. 나는 기쁨에 넘쳐 스르르 그 시간 속으로 빨려들어 간다.

기원전 600년의 푸른 성문이 문을 활짝 연다. 풍요의 여신 이시타르(Ishtar) 신전으로 들어가는 성문이다. 흙벽돌에 청색 유약을 칠한 아치형 성문과 성벽에는 황소와 용이 가득하다. 황소는 폭풍의 신 아다드(Adad), 용은 최고의 신 마르둑(Marduk)의 상징이다. 용의 머리는 뿔 달린 뱀의 모습이고, 몸통과 꼬리에는 비늘이 돋았으며, 발톱은 독수리의 그것이다. 그것은 꼬리를 치

이시타르 성문과 성벽을 장식한 황소.
황소는 폭풍의 신, 아다드를 의미한다.

이시타르 성문과 성벽을 장식한 용.
용은 바빌론 최고의 신, 마르둑을 상징한다.
머리는 뿔달린 뱀의 모습이고 몸통과 꼬리에는
비늘이 돋았으며 발톱은 독수리다.

켜들고 씩씩하게 신전으로 가고 있다. 시위대를 앞세우고 시위대 장관 느부사라단이 성문으로 들어온다. 다섯 필의 말이 끄는 마차를 타고 환호하는 백성들에게 손을 흔들며. 그는 막 예루살렘을 공략하고 오는 길이다. 시위병들은 고깔 모양의 모자를 쓰고 흰옷에 푸른 띠를 둘렀다. 맨 뒷줄에는 포로들이 끌려온다. 유대인들이리라.

나는 시위대를 따라 성문을 통과하여 행렬가도(procession street)-아이 이부르 샤부(적이 건널 수 없는 길)를 걷는다. 사각 판석이 깔린 약 10미터 폭의 이 도로는 바빌론의 최고신 마르둑(Marduch)이 해마다 신년 축제 때 지나는 신성한 도로. 나는 길 양편의 높다란 벽을 끼고, 그 벽에 채색된 사자와 용을 데리고, 다섯 개의 정원을 지나, 시위대와 포로들과 함께 느브갓네살 대왕의 궁전에 도착한다. 궁전의 벽은 화려한 색깔의 광택 나는 벽돌과 여러 가지 식물의 문양, 사자들로 장식되어 눈부시다. 자줏빛 바탕에 꽃무늬가 수놓아진 옷을 입은 왕은 원통형의 길쭉한 모자 밑으로 드러난 큼직한 귀, 우뚝한 코, 긴 턱수염이 군주다운 용모다. 그의 발 밑에 포로들이 꿇어 엎드린다.

느브갓네살(Nebuchadnezzar : 605~563 BC) 대왕이 예루살렘을 함락한 뒤 수많은 이스라엘 백성을 바빌론으로 끌고 온 것을 '바빌론 유수'(幽囚)라 하는데 그때의 상황이 성서에는 이렇게 씌어 있다. "바벨론 느브갓네살의 십구년 오월 칠일에 바벨론 왕의

이시타르 성문에서 도성으로 들어가는 간선도로인 행렬가도.
길 양쪽 벽에 채색 황소와 용, 사자를 새긴 벽돌이 즐비했으나
베를린으로 옮겨갔고 지금은 몇 개만 남아 있다.

신하 시위대 장관 느브사라단이 예루살렘에 이르러 여호와 전과 왕
궁을 사르고 예루살렘의 모든 집을 귀인의 집까지 불살랐으며 …
성중에 남아 있는 백성과 바벨론 왕에게 항복한 자와 무리의 남은
자는 느브사라단이 다 사로잡아 가고 빈천한 국민은 땅에 남겨 두
어 포도원을 다스리는 농부가 되게 하였더라"(열왕기 하 25 : 8~13)

나는 슬그머니 궁전을 빠져나와 궁전 옆 '공중정원'(Hanging
Garden)으로 올라간다. 정원은 건물 옥상에 있었다. 아치형 문
과 아치형 벽, 계단식 옥상은 눈처럼 하얗고 부드러워서 건물 자
체만으로도 아름답다. 거기 대추나무를 비롯하여 갖가지 나무들
과 꽃들이 어우러진 풍경은 말 그대로 공중에 떠 있는 오아시스
같다. 초목이 우거진 메디아 왕국에서 자란 왕비, 아미리스를 위
하여 그녀의 고향 풍경을 그대로 살려 놓은 공중정원. 나는 대추
야자나무 아래 앉아 향기로운 꽃냄새에 취하여 날이 저물어 가
는 줄도 모르다가 왁자지껄 떠드는 소리에 부스스 일어선다.

행렬가도를 따라가다 '바빌론의 사자'(lion of Babylon)를
만난다. 사자 밑에는 한 남자가 이천년이 넘도록 누워 있고, 사
자의 얼굴은 여기저기 깨지고 닳았다. 사자의 등 뒤로 구름이 흐
르고 흘러간 시간의 이끼는 사자와 사람 사이 그늘진 공간에서
무럭무럭 자라고 있다.

나는 드디어 바빌론의 상징, '바빌론의 탑'(tower of
Babylon)을 우러러보며 마르둑 신의 신성한 구역으로 들어간

비빌론의 사자. 사자의 등에 이시타르 여신이 앉는 안장을 나타내는 조각이 있어 사자가 이시타르 여신임을 암시한다. 사자 밑에는 사람이 누워 있다.

다. 경이롭고 복잡다단한 지구라트 에테메난키(E-temen-an-ki). 성경에서 일컫는 바벨탑. 그 장대한 90미터 높이의 탑은 빙 둘러 아치의 연속이다. 저 캄캄한 구멍들 속에 무엇이 있을까. 나는 탑 둘레를 끼고 나선형 계단을 따라 올라간다. 2, 3,

4층. 탑은 위로 갈수록 조금씩 낮아진다. 중간쯤 왔을 때 층계참 옆에 간이의자가 있다. 정상의 마르둑 신전까지는 7층. 아직 더 올라가야 한다. 나는 다리의 품도 풀 겸 의자에 앉아 바빌론시를 내려다본다. 이시타르 성문으로부터 행렬가도, 궁전, 공중정원, 신전, 원형극장, 시장, 운하. 신도시를 연결하는 다리, 정박한 혹은 가고 오는 선박들. 그리고 사람이 피워올리는 연기와 향기. 성벽과 건물의 꼭대기는 수많은 톱니의 연쇄고리 같다. 갈색 톱니들이 하늘을 꽉 물고 놓지 않는다. 아치에서 아치로 이어지는 겹겹의 문들. 그 사이로 빠꼼히 보이는 하늘이 푸른 초생달처럼 잘려 있다. 축약된 저 풍경은 개인과 왕국의 다를 바 없는 生의 한 컷이다. 탑은 하늘과 지상의 가운데서 무수한 구멍을 열어놓고 신과 인간을 조망하는 듯하다. 나는 여섯 번째 층계참에서 마르둑 신전으로 들어가는 비밀통로를 찾지 못하고 우두커니 서 있다. 그곳은 제사장과 극소수의 선택된 자들만이 갈 수 있는 곳. 마르둑, 그는 우주의 신이며 생명을 부여하는 신이며 세계를 다스리는 신이 아닌가.

바빌로니아 사람들은 메소포타미아의 전통적인 신화의 소재들로 그들의 창조 서사시를 만들었다. 일곱 개의 점토판에 약 1,100행이 넘게 씌어진 〈에누마 엘리쉬〉에서 그들은 마르둑을 이렇게 찬양했다.

마르둑의 모습은 찬란했고 그의 눈매는 불길 같았다. 태어났을
때부터 용사였고. 눈이 네 개이며 귀가 네 개였다. 그의 입술이
움직일 때마다 불길이 타올랐다. 귀가 매우 커서 네 배로 예민했
고, 눈도 마찬가지로 모든 것을 감찰했다.

마르둑은 바다의 괴물 티야마트를 죽였다.
그는 쉬었다. 주 (마르둑)는 그녀의 죽음을 들여다보았다.
이 괴이한 몸을 나누어 놀라운 것을 만들겠다고 했다.
그는 그녀를 갈라 말린 물고기처럼 둘로 나누었다.
그 반을 세워서 창공으로 씌웠다.
빗장을 걸고 문지기를 두어서
물이 새어나가지 않게 하라고 명령했다.

— 넷째 점토판 135~140행

바빌로니아의 창조 서사시 〈에누마 엘리쉬〉는 바빌론의
수호신이 우주의 신, 창조의 신임을 천명하는 것이며, 그것은 곧 바
빌론이 세계의 중심임을 공표하는 민족사관이라고 볼 수 있다. 그
들이 이처럼 극진히 섬겼던 마르둑 신상을 한때 빼앗겼다 되찾은
적이 있었다. 《바빌론 실록》에 의하면 기원전 1200년 무렵 앗시리
아가 바빌론을 침공했을 때 마르둑 신상을 빼앗아갔다. 바빌론 사
람들은 새로운 신상을 만들지 않고 마르둑 신상을 찾게 되기를 염
원하며 거듭거듭 제의를 올리고 점을 쳤다. 그러는 동안 이란의 엘

람 사람들이 마르둑 신상을 훔쳐가는 등 우여곡절을 겪다가 신상을
빼앗긴 지 거의 100년이 지난 뒤에야 찾을 수 있었다 한다.

나는 신전도, 신도 보지 못한 채 탑을 내려온다. 우르르 비 쏟아
질 듯이 하늘이 먹빛이다. 거대한 돌덩이가 찰라적으로 기우뚱
하는 듯하여 나는 황급히 난간을 붙잡는다. 보통의 사람인 내가
너무 높이 올라온 것이다.

나는 지금까지 시공을 질러 2500년 전의 바빌론에 머물
러 보았다. 물론 상상의 힘으로. 그러나 사건, 연대, 건축물의 구조
나 형태 등 사실적인 부분은 기록에 의거하였다.

바빌론은 기원전 2000년 경 메소포타미아 서쪽에 살던 아모리족
이 중앙부로 이주하여 유프라테스 유역에 도시를 건설하고 이름을
바빌루(Babilu)라고 하였다. 우르 3왕조가 끝난 시기다. 이 고바빌
로니아시대의 전성기는 함무라비(Hammurabi : 1792~1750 BC)
대왕 시절. 그는 43년의 치세동안 화려한 궁전과 신전, 탑을 건축하
였으며 메소포타미아로부터 앗시리아. 터키 국경까지 지배하는 사
계(四界)의 왕으로 군림했다. 그러나 무엇보다도 가장 특기할 만한
것은 전문 282개조로 이루어진 함무라비 법전이다. 사회질서를 위
한 법안으로부터 상업, 결혼, 가족관계, 임금지급과 고용문제, 토지
법 등 모든 분야를 망라하였다. 이 법조문이 후대의 여러 법안의 기
초가 되었음은 물론이다. 바빌론은 함무라비 이후 기원전 1200년

을 전후하여 이란의 엘람 왕국, 아람인들의 침입으로 쇠퇴하기 시작하다가 기원전 689년에 앗시리아의 센나케리브에게 정복당한다. 그러나 기원전 640년경 사막 유목민이었던 칼데아(갈데아)족의 장군 나보폴리사르가 앗시리아로부터 독립하여 신바빌로니아를 일으킨다. 이 왕국의 절정은 나보폴리사르의 아들인 느브갓네살(Nubuchadnezzar : 605~563 BC) 재위기간이다. 느브갓네살, 그는 바빌론에 운하와 저수지를 만들어 농업을 발전시키고, 대규모의 신전과 궁전을 건립하였으며, 고대 세계에 있어 7대 불가사의 중 하나인 공중정원을 조성하였고, 저 유명한 바벨탑을 완성하였다. 뿐만 아니라 유대왕국을 정복하고 이집트의 세력을 장악함으로써 바빌론을 고대 메소포타미아 최대의 도시로 부각시켰다. 이 시기 바빌론 도성의 외벽은 둘레의 길이가 16킬로미터에 이르렀으며, 높이 27미터 가량 되는 내벽을 따라 크고 작은 신전들이 1,000여 개나 있었다. 외벽과 내벽 사이 유프라테스강 위에는 신시가와 구시가를 연결하는 다리가 놓였는데 수심이 깊고 흐름이 빠른 유프라테스강을 가로지르는 이 다리의 건설은 당시의 기술이 얼마나 우수했는가를 보여준다. 느브갓네살 대왕의 두 개의 궁전 가운데 남궁(南宮)에는 500개의 방이 있었다고 한다.

풍요의 여신 이시타르의 이름을 딴 '이시타르 성문'은 현재 베를린의 페르가몬 박물관에 통째로 세워져 있다. 1900년대 초 유럽의 열강들이 유적과 유물을 발굴하여 경쟁하듯 자기들 나라로 가져간 것처럼 바빌론을 발굴한 독일 고고학팀이 베를린으로 실어갔기 때문에 지금 바빌론에 있는 것은 근래에 복원해 놓은 것이다. 메소포타미아의 유적. 유물들 대부분이 햇볕에 말려 구운 흙벽돌로 축조되었거나 만들어졌으므로 거의 다 훼손되었으나 이시타르 성문은 불에 구워 만든 다음 유약을 발라 그대로 보존될 수 있었다.

· · · 마르둑과 바벨탑 그리고 유프라테스강

뭐니뭐니 해도 바빌론 최대의 축조물은 바빌론의 탑이다. 그 탑, 에테메난키의 규모는 실로 어마어마해서 한변이 91.5미터의 정방형 기초 위에 90미터 높이였고, 탑 밑에는 60만평방미터의 정원이 있었다고 한다. 이 지구라트는 앗시리아인들에 의해 크게 파손되었던 것을 신바빌로니아를 일으킨 나보폴리사르가 복구하기 시작하여 그의 아들 느브갓네살 대에까지 계속되었다. 나보폴리사르는 복구 당시의 상황을 이렇게 비명(碑銘)에 적어 놓았다. "산과 바다에서 나온 금 은 보석을 그 기초 속에 아낌없이 집어넣었다. 벽돌에는 향유와 향료를 섞었다. 나는 벽돌 바구니를 나르는 나의 초상화를 만들어 그 기초 속에 집어넣었다. 나는 마르둑 앞에서 머리를 숙였다. 그런 다음 나는 왕의 신분의 지표인 용포를 벗고 벽돌과 진흙을 머리에 이어 날랐다. 나는 마음속 깊이 나의 사랑하는 장남 느브갓네살로 하여금 술과 향유의 제물과 진흙을 나르게 하였다." 그런가 하면 느브갓네살은 그의 비명에 "에테메난키로 말하자면 나보폴리

바빌론 최대의 건축물 바빌론의 탑(바벨탑)이 있었던 자리. 91미터 높이의 거대하고 화려했던 탑은 흔적도 없고 움푹 패인 구덩이에 2500년의 시간이 묵묵히 고여 있다.

사르 왕이 30큐빗(약 14미터)의 높이로 쌓아 올렸지만 부왕께서 정상까지는 완성시키지 못하셨다. 내가 그 일을 이어받았다. 레바논의 강대한 숲에서 실어온 거대한 삼나무를 쌓는 데 정결한 손으로 잘라서 그 나무들을 사용하였다. 성역으로 들어가는 높다란 대문들은 태양처럼 눈부시고 화려한 솜씨로 만들어 제자리에 세웠다"고 하였다. 이것을 보면 마르둑에 대한 그들의 신앙심이 얼마나 지대했는지 감탄하게 된다. 신에게 바친 제물 또한 상상을 초월한다. 바벨탑 옆에 마르둑의 거대한 신전이 있었는데 그 안에 모셔진 순금 신상의 무게는 무려 800달란트(22톤)나 되었다. 이와 같이 방대한 구조물들을 완성하기 위하여 동원된 노동력은 북쪽에서부터 남쪽에 이르기까지, 산간 지방으로부터 해안 지대에 이르기까지 제국 안의 온갖 백성들이 소집되어야만 했다고 한다.

바벨탑은 지금 흔적도 없다. 탑이 있었다는 커다란 구덩이에 찰랑찰랑 물이 고였고 갈대만 무성하다. 그러나 사라진 것들은 추억의 이름으로 아름답다. 흔적은 무한한 상상력과 모험심을 유발한다. 탐사되고 구축된다. 그리하여 흔적은 의미로서의 가치를 부여받는다.

"자, 성과 대를 쌓아 대 꼭대기를 하늘에 닿게 하여 우리 이름을 내고 온 지면에 흩어짐을 면하자 하였더니 여호와께서 인생들의 쌓는 성과 대를 보시려고 강림하셨더라 여호와께서 가라사대 이 무리가 한 족속이요 언어도 하나이므로 이같이 시작하였으니 이후로는 그 경영하는 일을 금지할 수 없으리로다 자, 우리가 내려가서 거기서 그들의 언어를 혼잡케 하여 그들로 서로 알아듣지 못하게 하자 하시고 여호와께서 거기서 그들을 온 지면에 흩으신고로 그들이 성 쌓기를 그쳤더라 그러므로 그 이름을 바벨이라 하니 이는 여호와께서 거기서 온 땅의 언어를 혼잡케 하셨음이라"(창세기 11:4~9) 바벨탑의 미완성을 성서적으로는 이렇게 해석한다.

나는 바빌론을 회상하며 대추야자나무 숲을 지나 유프라테스 강변으로 간다. 길은 지하수와 바닷물의 염분으로 성에 내린 듯 희끗희끗하다. 이것이 바로 인더스유역의 모헨조다로처럼 유적의 붕괴를 촉진하는 요인이다. 저물녘의 강변은 어디나 고적하다. 이 강변 갈대밭에서 유대인 포로들은 고향을 생각했으리라. 눈시울 적시며 이렇게 읊었으리라.

> "우리가 바벨론의 여러 강변 거기 앉아서 시온을 기억하며 울었도다 그 중의 버드나무에 우리가 우리의 수금을 걸었나니… 예루살렘아 내가 너를 잊을진대 내 오른손이 그 재주를 잊을지로다 내가 예루살렘을 기억지 아니하거나 내가 너를 나의 제일 즐거워하는 것보다 지나치게 아니할진대 내 혀가 내 입천장에 붙을지로다"(시편 137 : 1~6).

바람을 타고 〈히브리 노예들의 합창〉이 들려온다. '내 마음아 황금의 날개로 언덕 위에 날아가 앉아라. 훈훈하고 다정한 바람과 향기로운 나의 옛 고향. 요단강의 푸르른 언덕과 시온성이 우리를 반겨주네 ―' 강물처럼 느리고 유유하게 노래가 흐른다.

나는 3500년 전 바빌로니아에 대한 그리움을 유프라테스에서 마감한다. 아니 더욱 더 그리움이 솟는다. 생각은 멈추는 것이 아니라 질주하는 것. 강물이 골짜기 어느 작은 샘에서 시작되어 마침내 대양으로 달려가듯 생각은 무한 확장된다. 그러므로 생각의 근원은 우주 곳곳에 닿아 있다.

죽음의 적막이,
살아 있음의 더 큰 적막이

· · · 뻥 뚫린 구덩이 앞에서

"보타는 아무런 성공도 거두지 못한 채 쿠윤지크의 고분을 파헤치고 있었다. 그의 작업을 지켜보던 코르사바드의 한 염색공이 대체 무엇을 찾느냐고 물었다. 고대 유품 조각상을 찾는다고 하자 그는 이렇게 말했다. '우리 집으로 오십시오. 우리 집이나 이웃에 그런 것들이 많이 있습니다.' 한마디로 코르사바드는 옛날의 궁전 위에 이루어진 마을이라고 하는 것이 옳았다. 인간의 얼굴을 한 거대한 황소의 두상들이 땅속에서 나왔고, 마을 사람들은 말하자면 그런 것들을 가구로 사용하고 있었던 것이다." 이 글은 1842년 앗시리아의 유적지 코르사바드(Khorsabad)를 발굴할 때 건축기

사로 일하던 페릭스 토마의 기록이다. 토마가 작성한 궁전의 모형에 따르면 궁전은 곳곳에 망루를 세워 요새처럼 건축하였으며, 계단을 올라 안으로 들어갈 수 있도록 지면에서 높은 곳에 위치했다. 마차가 다닐 수 있도록 도로도 한군데 있었고 궁전 안에는 많은 정원과 보조문이 있었다. 그리고 가장 깊숙한 곳에는 7층으로 쌓은 지구라트가 있어서 그것이 성스러운 장소임을 나타냈다고 하였다.

앗시리아인들은 궁전의 입구에 사람 얼굴을 한 거대한 황소를 세워놓았다. 그것은 높이 3미터에 무게가 3만 2천킬로그램이나 되었으며, 몸에는 날개가 달렸고, 배와 엉덩이에 용의 비늘, 그리고 긴 수염이 있었다. 이 수호자는 신들보다는 격이 낮으나 눈에 보이지 않는 악령을 쫓는 초자연적인 존재로서 라마스(Ramas)라 불렀다.

"나의 왕궁 주변을 지켜주시고 나를 보호해 주시는 선한 라마스께서 영원히 나의 왕궁에 계시기를" 소망하던 그들의 라마스. 그러나 장엄한 그는 지금. 여기. 없다. 내 꿈의 사거리에서 어른거리던 그는 없다. 궁전은 파괴되고 유물은 파리로 실려가 1847년 루이 필립 왕의 생일을 기념하는 자리에서 루브르 궁전 안에 앗시리아 박물관이 개관될 때 헌정(?)되었다. 그 날의 소식을 《일뤼스트리시용》지는 이렇게 전했다. "앗시리아의 군주가 세느강 기슭에 도착했다, 그에게 더욱 어울리는 새로운 거처로 우리나라 왕들의 궁전이 지정되었다. 루브르 궁전은 양쪽 문을 활짝 열어 그를 맞이했다."

실체는 사라지고 전설과 기록만이 메아리치는 뻥 뚫린 구덩이 앞에서 나는 우울하다. 춥다.

<u>**센나케리브 왕궁 터에서의**</u> 허전함을 님루드(Nimrud)에서 달랜다. 님루드의 북서궁전 입구에 코르사바드의 라마스와 유사한 것이 남아 있기 때문이다. 마침내 내 머리를 맴돌던 그를 만났을 때 그는 눈동자 없는 눈으로 무엇인가 보고 있었다. 나를 보는 것 같기도 하고 아닌 것 같기도 하다. 얼굴에 비해 작은 입을 다문 채 웃고 있다. 그리고 수염, 다리 다섯 개, 세 겹의 날개. 그것은 위엄이 있으면서도 평화롭고 자애로웠으며, 인위적이면서도 예술적이었다. 나

앗슈르-나시르팔 궁전 입구를 지키는 라마스. 라마스는 높이 3미터, 무게 3만2천 킬로그램이며 배와 엉덩이에 용의 비늘, 그리고 날개와 긴 수염이 달린 황소. 악령을 쫓는 존재로 앗시리아 사람들이 섬기는 수호신이었다.

는 이렇게 저렇게 그렇게 쳐다보면서 되도록 깊이 각인하기 위하여 수염과 날개와 비늘 돋은 배를 오랫동안 어루만진다.

　라마스를 떠나 궁전 안으로 들어간다. 앗슈르-나시르팔의 궁전인 이 '북서궁전'은 2만 5천 평방미터의 대지 위에 세워졌으며, 준공 기념일에는 69,574명의 하객이 초대되어 10일간 향연이 베풀어졌다고 한다. 앗슈르-나시르팔(Ashur-nasirpal : 883~859 BC)은 앗시리아를 오리엔트 최강의 제국으로 부상시킨 인물이었지만 그는 또한 잔인하기로도 따를 자가 없어서 그의 궁전 벽면에는 이런 글이 적혀 있었다는 기록이 있다. "나는 市의 문에 기둥을 세웠다. 모든 중요한 인물의 살가죽을 벗겨 그 살가죽을 기둥에 감았다. 어떤 자는 기둥에 쑤셔 넣었으며, 어떤 자는 말뚝에 박아서 기둥 위에 세웠다. 그리고 관리들의 손발을 잘라냈다. 그 중의 많은 포로들은 태워 죽이고, 수많은 자의 골을 파내었으며, 젊은이와 처녀들은 불 속에 던져 넣었다."

　궁전 안에는 많은 방들이 다닥다닥 붙어 있다. 어떤 방에는 우물이 있고, 어떤 방에는 아주 작은 공주의 무덤이 있다. 벽은 쩍쩍 금이 가고 더러 부서지기도 하였지만 금간 틈새로 싱싱하게 풀이 자라고 있다. 식물처럼 생명력이 질기고 완강한 것이 있을까. 언제 어느 곳에나 씨앗은 비집고 들어가 몸을 만든다. 갖가지 빛깔과 모습의 얼굴을 만든다. 이쁘지 않은 것이 없는. 그만그만한 작은 방들이 관처럼 누워 죽음의 적막이, 아니 살아 있음의 더 큰 적막이 어깨를 무겁게 누른다.

앗슈르-나시르팔 궁전 안에 우물이 있는 방. 우물에는 이끼가 쌓여가고 금 간 벽틈으로 싱싱하게 풀이 자란다. 죽음의 적막이, 살아 있음의 더 큰 적막이 어깨를 누른다.

님루드는 모술에서 남동쪽으로 37킬로미터 지점, 티그리스강과 자브강이 합류하는 곳에 위치한다. 옛 지명은 카라. 기원전 883년 앗슈르-나시르팔 시대에 앗시리아 제국의 수도로 성장하기 시작하여 차츰 건축, 미술, 공예 등 조형문화의 중심지로 성장하였다. 살만에세르 3세가 서방 원정을 기념하여 세운 검은 대리석 석비 '블랙 오벨리스크'라든지 채색벽화, 부조벽면, 상아 세공품 '님루드의 모나리자', '사자에게 물리는 이디오피아인' 그리고 '앗슈르-나시르-아폴리 2세의 입상' 같은 앗시리아 최대의 문화재가 님루드의 출토품들이다. 왕궁 유적지는 궁전과 신전이 있었던 거대한 복합건축물이었는데 지금은 북서궁전과 부속 건물이 남아 있을 뿐이다. 님루드 왕궁의 대표적인 부조벽화로 '성수(聖樹) 앞에 선 앗슈르-나시르-아폴리 2세'를 꼽을 수 있다. 나는 이것을 오래 전 대영 박물관에서 보았었다. 왕은 성수(대추 야자나무)를 중심으로 서로 마주 서 있다. 나무는 아름다운 아치형 문 같다. 나뭇가지 사이로 물이 흐르고, 성수 위에서 태양신 사마시가 날개를 활짝 펴고 이들을 수호하고 있다. 왕은 오른손을 들어 성수와 사마시를 가리킨다. 긴 머리와 수염, 샌들을 신은 발의 발가락, 발톱까지 세밀하다. 왕의 뒤에는 왕의 모습과 유사한 신관이 있는데 그는 신관이므로 당연히 날개가 달렸다. 대추야자 꽃가루를 담은 통을 들고 있는 것은 풍요와 수확을 뜻하는 것이리라. 이것은 앗시리아 인들의 우주관과 제의식을 보여주는 귀중한 자료다. 박물관에서 그것도 제나라가 아닌 엉뚱한 곳에서 이런 유물들을 볼 때마다 나는 늘 아쉬움을 금치 못한다. 원래 있었던 제자리에 있다면 얼마나 빛날까 하고. 물론 꿈 같은 얘기다. 그러나 그럴 수 있다면 각각의 문명은 더욱 밀도 있고 일목요연하며, 그 질감이 풍부해질 것이다. 유물들은 한 조각 토기 혹은 부스러진 돌덩이로부터 온전한 것에 이르기까지 제각기 아름답다. 고고학의 의의는 바로 이러한 '폐허에 대한 정열'에서 생겨나는 것이 아닐까.

　나는 런던까지 날아갔던 기억의 날개를 다시 님루드로 저어온다. 궁전의 많은 방들을 다 지나 뜰로 나온다. 외벽 곳곳에 부조들이 있으나 거의 다 마모되어 알아볼 수가 없다. 바닥에 혹은 벽에 기대놓은 출토품들은 부서지고 깨지고 허물어져 나로서는 도저히 그 말씀

들리지 않는다. 기록에 의한 상상과 추측을 할 뿐인데 그것은 또 얼마나 멋대로 비약하기 마련인지.

1845년 님루드의 유적지를 발굴한 오스틴 레이어드가 남긴 기록 가운데 다음과 같은 재미있는 부분이 있다. "앗슈르-나시르팔의 궁전을 발굴한 폐허의 구덩이에서 어마어마한 크기의 흰 대리석에 조각된 거대한 인간의 두상이 드러났다. … 얼굴 표정은 평온했지만 위엄이 있었으며, 그 표현 양식은 자유로우면서도 동시에 예술적 과학성이 엿보였다. 그토록 아득히 먼 시대에 만들어진 작품에서 기대하기 어려운 예술성이었다. … 두상을 발견한 순간 아랍 인부들이 아연실색했다는데 …. 말하자면 원래의 백색을 간직한 이 장엄한 두상이 땅의 뱃속에서 불쑥 솟아난 것이었고, 그 모습에서 이 지방 전설에 자주 등장하는, 어두운 지하세계에서 천천히 올라와 사람들 앞에 우뚝 모습을 나타내는 끔찍한 존재 중 하나를 생각하는 것은 충분히 가능했다. 그들은 두상을 보자 땅에 엎드려 기도를 했다. '유일신 외에 다른 신은 없으며 마호메트는 그의 예언자로다'." 그랬을 것이다. 폐허의 구덩이에서 거대한 흰 머리가 점점 땅 위로 솟아오를 때 그 경외심은 대단했을 것이다. 이 복잡한 도시 가운데서 상상해 보아도 두렵고 신비로운데 실제에 있어서야.

앗시리아가 차례로 도읍을 옮기며 번영했던 앗슈르 (Assur), 님루드(Nimrud), 니네베(Nineveh)가 있는 북부 메소포타미아는 남부와 달리 목초지를 자주 볼 수 있다. 물론 이라크는 세계적인 산유국이지만 인구 가운데 80~90%는 농민이다. 나는 메말랐던 눈동자를 풀잎으로 적신다. 대부분의 농가들은 흙벽돌로 지은 가옥이나 더러 벽돌로 지은 집들도 보인다. 님루드, 니네베를 안고 있는 모술은 바그다드에 이어 이라크 제 2의 도시인만큼 여기 저기 모스크가 많이 보이고, 호텔, 상가, 그리고 사람들의 차림새도 현저히 윤택해 보인다. 이곳에서의 농사는 여름의 건기가 끝나는 10월 초에 밀을 경작하기 시작한다. 11월부터는 비가 내리기 때문이다. 1월에 씨를 뿌려 4~5월에 걸쳐 수확을 하니까 지금은 씨를 뿌리는 시기다. 그러나 창밖을 열심히 내다보아도 씨뿌리는 사람은 보이지 않는다. 사람의 행색은 달라도 양떼는 우르에서나 바그다드에서나 여기서나 똑같다.

 니네베는 언덕의 도시다. 그 언덕이 모두 허물어져가는 지구라트를 닮아서 파내면 곧장 무엇인가 나올 것 같다. 앗시리아 시대의 것이라는 성벽은 총 길이가 18킬로미터이며 15개의 성문이 있었다는데 지금은 '태양신의 문' '항아리의 문' '지옥의 문' 등 몇 개의 문만이 발굴되어 있다. 그 가운데 '태양신의 문'을 통해 니네베 성으로 들어가 본다. 훼손이 심하긴 하나 성문 앞에 라마스 한 쌍이 없

기원전 705년부터 80여년간 앗시리아의 수도였던 니네베에 있는 성벽.
앗시리아 시대의 성문은 15개였는데 발굴된 것은 몇 개밖에 없다.

는 성을 지키고 있다. 성내에는 집이 몇 채 덩그러니 있고 그 외에
는 아무것도 없다. 니네베는 센나케리브(Sennacherib : 705~681
BC), 에사르하돈(Esarhaddon : 681~669 BC), 앗슈르-바니-팔
(Assur-bani-pal : 619~626 BC)이 통치하던 도시. 그 시대 니네
베에는 운하와 정원, 목초지가 형성되어 있었고, 특히 센나케리브
궁전에서는 71개의 방과 2천여개의 조각이 출토되었으며, 놀랍게
도 앗슈르-바니-팔 대왕이 만든 도서관에서는 2만 5천여 개의 문
자판 및 문자판 조각들이 발견되었다. 이 장서들은 여러 개의 원고
나 출판본들로 보관되어 있었는데 그 종류가 1,500여 종이나 되었
다 한다. 이것들은 물론 신속히 대영 박물관으로 옮겨져 즉시 해독
작업을 시작했으나 아직까지도 완성되지 못하고 있다니까 그 방대

함이 참으로 놀랍다.

앗슈르-바니-팔은 조직적인 장서 수집을 위하여 사신을 바빌론에 파견하면서 이렇게 왕명을 내렸다 한다. "나의 서한을 받은 날에, 슈마와 그 형제 벨에티일과 알바, 그리고 너희가 아는 보르시파의 공인(工人)들을 불러모아 그들의 집에 있는 점토판을 찾아 나에게 보내라." 물론 이 편지 역시 점토판에 새겨져 있었다. 그는 학구적일 뿐만 아니라 영토확장에도 힘을 기울여 이란에서 이집트에 이르기까지 방대한 지역을 지배하였으며 '사자사냥도' '우라이 강의 전투' '향연의 그림' 등 섬세하고 사실적인 부조들을 남겼다.

앗시리아 제왕들은 사자 사냥을 즐겼다. 사자는 악령 신 네르갈의 화현이라고 생각하여 계절이 바뀔 때마다 사자를 잡아 신에게 바치고 왕이 그 시체에 물을 붓는 의식을 치렀던 것이다. 그리하여 니네베 유적에서 발굴된 사자사냥 부조는 전차나 말을 타고 창 혹은 활로 사자를 쓰러뜨리는 장면을 박진감 있게 묘사하였고, 쓰러진 사자의 표정 또한 매우 실감 있게 표현하였다. 왕은 달려오는 사자를 향해 전차를 타고 질주하면서 창으로 찌르고, 창에 맞아 죽어가는 고통스런 사자의 얼굴은 얼마나 사실적인지 그 아픔이 전해지는 듯하다. 왕의 의상, 전차, 마구 등의 세밀한 조각은 그 시대의 양식을 잘 드러내준다. 이와 같이 훌륭한 작품을 제작할 수 있었던 것은 강력한 무력을 배경으로 각지의 산물, 재보를 공급받을 수 있었고, 뛰어난 공인들을 불러들일 수 있었기 때문이었다. 그리고 그때까지 점토와 흙을 사용했던 것과 달리 영구성이 있는 대리석을 사용하였다는 것이다.

앗시리아는 기원 전 20세기 북쪽 메소포타미아의 도시 앗슈르를 중심으로 남쪽 도성국가들과 교류하며 발전, 기원 전 1350년 경부터 메소포타미아의 패권을 장악하여 고대 근동의 최강국으로 성장, 600여 년간 그 명성을 떨치다가 기원 전 612년 바빌로니아와 메디아의 연합군에 의하여 멸망하였다.

앗시리아가 저물어갔듯 하루가 저물어가고 있다. 그러나 태양은 내일 다시 떠오를 것이지만 앗시리아는 영원히 가고 오지 않는다. 앗시리아의 성벽은 산기슭에 옹기종기 들러붙은 집들을 에워싸고 말이 없다. 예사롭지 않은 언덕들. 저 부드럽고 풍만한 가슴속에 무수한 언어들이 깃들어 있을지도 모르는데 아이들은 무심히 뛰어논다. 아이들 상반신이 하늘에 걸쳐 있다. 아이들이 뛸 때마다 하늘이 출렁인다. 노을에 젖은 매혹의 하늘이 이유 없는 슬픔을 몰고 온다. 깊이 잠들어 있을 고대의 영혼들이여, 만상을 떨치고 나오너라. 성문을 활짝 열고 마차소리, 전차소리, 말발굽소리 울리며 그대들의 왕궁으로 입성하라. 그들을 깨워줄 이, 시간의 화살을 타고 어서 오라.

페니키아의 밤에서 베이루트의 밤으로

· · · 비카 계곡 희생의 뜰에

비카 계곡 희생의 뜰에 별빛이 우수수 쏟아진다

술병이 쓰러지고 포도주가 낭자하게 흙을 적신다

훤히 비치는 옷자락을 펄럭이며 여자들이 춤을 춘다

밤바람에 젖은 여자들의 모습은 더욱 아름답고 관능적이다

음악이 점점 빨라지고 여자들이 숨가쁘게 몸을 흔든다

고함소리 박수소리 웃음소리

남자와 여자들이 줄줄이 서로 꿰인다 희생의 뜰에서

옷이 찢어지고 신발이 벗겨지고 마침내 그들은

쓰러진다 별빛도 스러진다 희생의 뜰에

태양신 바알이 황소를 거느리고 나타난다

보리 이삭과 과일 바구니를 머리에 이고

태양원반의 목걸이를 두르고

왼손을 들어 번쩍이는 번개로 뜰을 비춘다

거기 꿈틀거리는 욕망의 뿌리들, 펄럭이는 쾌락의 혓바닥들

벗을 수 없는 고통의 사슬이 철거덕거린다

제물로 끌려 온 어린 양 한 마리

밤새도록 매매 울고 있다

— 비카 계곡 희생의 뜰에

기원전 1000년, 페니키아 시대 바알 신전 희생의 뜰에서 벌어졌다던 제의 의식을 요약해 보았다. 이른바 바알 신앙이라는, 셈 계(系)의 원시신앙은 메소포타미아에서 발현되어 바빌론, 앗시리아, 히브리, 가나안, 페니키아에 파급되었다. 후에 히브리인들은 여호와의 예언에 따라 유대교로 전향하지만, 콘스탄티누스 대제의 그리스도교 승인이 있기 전까지 바알 신앙은 고대 오리엔트 세계에 깊이 뿌리내리고 있었다. 바알은 원래 폭풍과 천둥의 신이었으나 이집트의 오시리스, 아랍의 하다드 신으로 간주되면서 태양의 신으로, 혹은 비를 내리는 풍요의 신으로 섬겨졌다. 그의 상징은 풍요를 나타내는 보리이삭, 태양의 운행을 관장하는 채찍과 번개, 그리고 소와 후광이다. 바알의 배우자인 아스타르테는 사랑의 여신이다.

이들은 헬레니즘 시대에는 제우스와 아프로디테로, 로마에서는 주 피터와 비너스로 바뀌었다. 주피터 신앙은 그 신탁이 키리키아(현재 터키 동부)로 출전하였던 트라야누스의 죽음을 예고함으로써 더욱 명성을 떨치며 로마 전역으로 퍼져나갔다. 바쿠스는 술과 쾌락의 신이어서 그의 신전에서는 신비주의적 제의, 프리섹스에 이르기까 지 온갖 향락적인 행위가 자행되었으며 비너스 신전에서는 더욱 극 단적인 제례가 이루어져 회초리로 자신의 몸을 때리며 울부짖는가 하면, 흥분한 남자들은 스스로 성기를 잘라 여신에게 바쳤다. 이것 이 바로 피와 쾌락의 밤, '페니키아의 밤'이다. 레바논을 소개하는 안내서에 보면 그때의 상황을 "가장 육감적인 실천에 몸을 바쳤다" 고 하였고, 콘스탄티누스 대제의 전기 작가인 유시비아스도 "페니 키아의 바알벡에서는 비너스의 제사가 사람들에게 쾌락의 습관을 붙여주고 있다. 여신을 칭송한다 하여 남자와 여자가 서로 껴안는 다. 남편과 아버지들은 비너스를 기쁘게 하기 위하여 자신의 아내 와 딸에게 공공연히 매춘행위를 시키고 있다"고 썼다. 이러한 쾌락 주의에 대한 반작용으로 유대교의 엄격한 계율이 생겨난 것이 아닐 까. 그러나 대부분의 역사나 고고학적 기록이란 것이 새로운 발견 이나 발굴에 따라 얼마든지 수정될 소지가 있고 보면 페니키아인들 에 대한 이와 같은 이야기도 왜곡, 과장된 부분이 많을 것이다.

313년이 되자 콘스탄티누스 대제는 그리스도교를 공인하고 마 침내 비너스 신전을 교회로 바꾸었다는데 지금 바알벡에는 자취가 없다. 나는 '페니키아의 밤'을 이렇게 상상해 본다.

부어라 마셔라 춤추어라 뒹굴어라

술이 그대들의 오관을 다 녹일 때까지

가난을 잊고 슬픔을 잊고 쾌락에 몰입하라

쾌락은 자연의 힘이며 번식의 원동력이다

나, 비너스의 아름다움을 나누어주리니

내 사랑의 날개를 달고 천당과 지옥을 넘나들어라

밤은 짧고 향연은 무르익는다

달빛을 바르고 별빛을 뿌려 밤의 심지를 돋구어라

망상도 없고 실상도 없고 구원도 없다

다만 이 현재를 즉각적으로 누려라

그러나 쾌락과 고통은 피의 형제

그 피를 마셔라 그리하여 쾌락과 고통에 번뇌하라

— 페니키아의 밤

그 광란의 밤이 난무하던 신전 터에는 이미 바알 하다드(Baal Hadad : 기후를 다스리는 신. 농경시대에 가장 중요한 신으로 숭상되었다)라고 불리는 초기 신전들이 있었다. 그곳에서 청동기 시대의 주거 흔적과 유물이 발견되었고, 이집트 시대의 시체 및 부장품과 페르시아의 주전자 파편이 발견되기도 하였다. 고대의 레바논은 이집트와 페니키아의 지배를 받다가 기원전 64년 로마의 속주가 되면서 로마의 보호를 받게 된다. 그후 1세기 무렵부터 3세기에 걸쳐 로마인들에 의해 세워진 신전이 지금 바알벡에 남아 있는 주피터,

바쿠스, 비너스 신전이다. 바알벡의 바알(Baal)은 페니키아 인의 주신(主神)인 태양, 혹은 풍요의 신을 뜻하며 벡(bek)은 페니키아어로 도시 혹은 수도를 의미하므로 바알벡은 '태양의 도시', '헬리오 폴리스', '헬리오 폴리티누스'로 불렸다.

· · · · '신들의 집'을 우러르며

기록과 상상에 의거하다가 나는 그 실체를 보러 시리아에서 레바논으로 가고 있다. 다마스커스에서 출발한 버스가 바알벡으로 오는 동안 바깥 풍경은 사막에서 산악지대로 바뀐다. 흙벽에 구멍만 두개 뻥 뚫어놓은 장난감 같은 흙집들, 우주선같이 생긴 곡물창고들이 마치 신석기시대의 농경민들 주거지역 같다. 스쳐 가는 저 풍경들이 그리 낯설지 않은 것을 느끼면서 나는 또 내 생애의 궤적을 더듬게 된다.

레바논 국경이 가까워지자 만년설을 인 높은 봉우리가 서늘하게 이마에 와 닿는다. 안티 레바논산맥. 이 산맥은 레바논산맥과 함께 해발 3,000미터가 넘는 봉우리에 일년 내 눈이 덮여 있다고 한다. 우르, 바그다드, 바빌론, 팔미라를 거치면서 황야만을 보다가 눈 쌓인 산을 보니까 처음 눈을 보는 듯 신선하다. 바알벡은 레바논산맥과 안티 레바논산맥 사이 비카(Bekaa) 계곡에 기다랗게 누워 있다. 이 비카 지역을 성경에는 레바논 계곡이라 하였고, 고대인들은 시리아 평원이라 하였다. 이 지역은 레바논에서 가장 비옥한 곡창지대로 포도, 올리브, 무화과, 자두, 오렌지 등을 재배하는 과수원이 많고, 질 좋은 대마초와 최상품의 포도주 산지로도 유명하다. 1월인데도 우리나라 봄과 같은 풍경이다. 여기 저기 일구어 놓은 흙들이 봉긋봉긋하고 포도나무 아래 풀밭에서 양들이 졸고 있다. 차가 속력을 내자 초원과 만년설이 덩달아 빠르게 따라온다. 봄과 겨울이 정답게 손잡고서. 길은 드디어 바알의 거처로 나를 들이민다.

신들의 집은 당연히 높은 곳에 있다. 사람인 나는 공들여 계단을 올라 신의 집 문설주에 기대 잠시 마음을 가다듬는다. 주피터 신전에 이르기 전 육각형의 광장에서 바알의 석상을 알현한다. 그는 오른손에 채찍을, 왼손에는 번개를 쥐고 두 마리의 황소를 거느리고 있다. 신고를 마치고 나는 '희생의 뜰'로 들어간다. 정면에 산 제물을 바치던 제단이 있고 양쪽에 아름다운 조각으로 장식된 샘이 두 개 있다. 심신을 정결케 하던 샘. 거기 나는 손을 담근다.

이 희생의 안뜰에서 아돌프 아당의 〈지젤〉이 공연되었다는데 로맨틱 발레의 걸작인 〈지젤〉이 아름다운 폐허의 달밤에 펼쳐졌다면 그처럼 걸맞은 무대가 없었을 것이다. 시골 처녀 지젤이 죽은 다음 춤의 요정이 되어, 깊은 밤 숲속 연못가에서 춤을 추며 그곳을 찾아오는 사람들을 지치도록 춤추게 만들어 죽게 하는 행위는 희생의 제의와 무관하지 않다. 그러나 지젤이 영혼의 힘으로 어둠의 요정들을 물리치고 사랑하는 알브레히트의 생명을 구하는 결말은 희생의 진정한 체현이기도 하다.

희생의 제단 정면으로 33계단의 대층계가 지구 밖의 세계로 가는 통로처럼 열려 있다. 나는 되도록 천천히 올라간다. 숨은 가쁘지 않아도 마음이 가쁘다. '주피터 신전'의 기둥, 우람하고 호쾌한 여섯 개의 기둥이 바알벡에 들어서면서부터 들이닥쳤기 때문이다. 그것으로 다가가는 벅참을 달래느라 희생의 뜰에서 머뭇거렸던 것. 이제는 피할 수 없이 저 외경과 대면하여야 한다. 그 앞에서 나는 작아질 대로 작아져야 한다.

신전은 지붕이고 벽이고 회랑이고 아무것도 없이 여섯 개의 기둥(원래는 54개)과 그 기둥을 받치고 있는 하부 구조물만 덩그러니 남아 있다. 그러나 그 여섯 개의 돌기둥은 높이가 20미터, 하부 구조물과 합하면 40여미터가 넘으며, 지름이 2.5미터에 이른다. 온갖 수식을 제거하고 뼈로서만 우뚝 솟은 그것은 장쾌하기 이를 데 없어서 사사롭던 감정의 찌꺼기가 단숨에 쑥 빠져나가 버리는 듯하다. 게다가 채석장에 잘라 놓은 채 남아 있는 돌은 무게가 약 1,000톤, 길이가 27.5미터, 두께가 4.2미터에 달하니…. "바알벡, 신들의 도시, 태양신의 신자들이 선택한 고향. 유적 앞에 서서 사람들은 놀라고, 주시하고, 경탄하고, 마침내는 침묵한다."

쓴다는 것이 얼마나 부질없는 짓인가. 나는 잠시 펜을 놓는다.

주피터 신전 석주 아래 사자의 두상이 있다. 돌출된 사자의 머리가 사실적이면서도 대단히 입체감이 있어서 곧바로 돌 속에서 뛰쳐나올 것 같다. 사자상뿐만 아니라 구조물 전체가 무수한 알과 포도

주피터 신전 석주 아래 사자상. 돌 속에서 튀어나올 듯 사실적이다.

바쿠스 신전. 지붕은 일부만 남았으나 다른 부분은 거의 원형 그대로 보존되어
로마제국 건축물을 통틀어 가장 뛰어난 코린트 양식의 건축미를 만끽할 수 있다.
아칸더스잎 장식, 과일, 새, 신상 등의 조각이 가득하다.

무늬, 기하학적 무늬로 어지럽게 소용돌이친다. 파도 친다.

파도를 타고 내려가노라면 또다른 놀라움과 마주치게 된다. '바쿠스 신전'. 지붕은 잔해만 남았지만 다른 부분은 거의 원형 그대로 보존되어 로마 제국 건축물을 통틀어 가장 뛰어난 코린트 양식의 건축미를 만끽할 수 있다. 19미터 높이의 대들보와 너비 6.5미터 높이 13미터의 거대한 입구의 규모도 그렇거니와, 문기둥의 아

칸더스잎 장식, 소용돌이 장식, 과일, 새, 신상들의 조각이 대단히 정교하고 아름답다. 그 가운데서도 나는 천장에 새겨놓은 두 개의 부조물에 마음이 끌려 그것을 보느라 아예 누워 버렸다. 하나는 메리쿠리우스(주피터의 아들, 날개를 달고 샌들을 신었으며 지팡이를 지닌 모습으로 표현된다)의 지팡이를 거머쥔 독수리 혹은 불사조이고, 또 다른 것은 나뭇잎과 화환을 든 정령 사이의 메리쿠리우스의 모습

폐허가된 비너스신전.
주피터, 바쿠스 신전에서 200미터 떨어진 지점에 홀로 있다.
비너스를 상징하기 위하여 조개껍질과 비둘기로 장식하였다고 하나
거의 다 파손되어 알아볼 수 없다.

이다. 조각도 빼어나지만 신화적 분위기가 더욱 그윽하다.

외롭게도 '비너스 신전'은 주피터, 바쿠스 신전에서 200여미터 벗어난 곳에 홀로 있다. 비너스를 상징하기 위하여 조개껍질과 비둘기로 장식되어 있었다고 하지만 홍수와 지진으로 거의 다 파괴되어 버렸다. 이들 신전의 계획은 줄리우스 시저로 거슬러 올라간다. 그는 바알벡의 전략적 위치, 기름진 땅, 쾌적한 기후 등을 감안하여 이곳에 로마의 위력을 과시할 대규모의 신전을 세울 계획을 세웠다. 그 뜻을 아우구스투스 황제가 이어받아 착공하였는데 완성까지는 무려 2세기가 걸렸다 한다.

· · · ·페니키아의 밤에서 베이루트의 밤으로

바알벡에서 베이루트로 가는 산간도로에 안개가 자욱하다. 산비탈에 다닥다닥 붙은 집들이 몽롱하고 지중해 푸른 물이 몽

롱하고 나도 몽롱해진다. 방금 보고 돌아선 바알벡의 신전들이 꿈 같다. 강렬한 것은 머리를 쳐서 혼미해지는 것일까.

베이루트의 불빛이 나를 부르는 듯 깜박거린다. 나는 폐허의 어둠으로부터 도시의 현란한 불빛으로 들어간다. 불빛에 길든 나는 익숙하게 그 빛 속으로 빨려들어 지중해를 옆에 낀 술집에서 포도주를 주문한다. 혼자 마시는 술은 외롭지만 평화롭다. 옆자리에 앉은 아랍 남자가 물담배를 권한다. 이 지역 사람들은 여자에게 담배를 권하는 일이 다반사다. 나는 웃으며 사양하고 그도 웃으며 거둔다. '페니키아의 밤'은 사라진 지 오래 되었지만 베이루트에는 다른 아랍국가에서 전혀 볼 수 없는 밤의 풍경이 있다. 바와 카바레, 스트립쇼 극장 등. 하긴 이 시각 어느 은밀한 곳에서 현대판 '페니키아의 밤'이 벌어지고 있는지도 모른다. 그 열락과 열정의.

···제이타 동굴은 4성부의 바로크 음악 같다

레바논을 떠나는 날 '제이타 동굴'을 보기 위해 일찍 서두른다. 동굴까지의 거리는 베이루트에서 16킬로미터밖에 되지 않으나 공연히 조급하다.

"1830년대에 사냥여행을 하던 톰프슨이라는 사람이 베이루트 동북쪽 16킬로미터 지점의 한 작은 동굴 입구의 그늘에서 쉬기 위해 걸음을 멈추었다. 물이 흐르는 소리가 들린다고 생각한 그는 기어서 그 구멍으로 들어가 큰 지하 호수의 가장자리에 닿았다. 그는 그것이 얼마나 큰지 알 수 없었다. 어둠 속으로 총을 쏘았더니 반향하는 소리가 요란한 천둥소리처럼 울렸다." 이렇게 발견된 동굴의 탐험은 1873년에야 시작되었다. 탐험가들은 지하 강을 따라 1,000미터쯤 거슬러 올라가다가 지하폭포인 '지옥의 급류' 때문에 더 전

진할 수 없었다.

현재 관광객은 700미터 정도의 거리를 보트를 타고 구경한다. 동굴은 조용하고 깨끗하다. 우리나라 관광지 동굴처럼 방송이나 음악 따위로 시끄럽거나 울긋불긋한 조명 혹은 기이한 형상에 작위적인 이름을 붙이지 않아 자연스럽다. 웅장하거나 특이하지는 않지만 종유석, 석순, 커튼의 주름 같은 트래버튼이 물에 어른거려 쉴새없이 움직이는 계속저음의 바로크 음악같다. 그 소리에 귀기울이는데 보트는 벌써 내리는 곳에 와 있다. 한바퀴 더 돌고 싶은 아쉬움을 남기고 빛 속으로 나온다. 특별한 음향효과를 가진 천연 지하 강당에서 음악회도 열린다는데 ….

공항으로 오는 도중에 시내 중심가를 돌아본다. '중동의 파리' 답게 베이루트는 화려하고 세련되었다. 다수의 외국인들이 주재하는 관계로 유럽 상품도 많다. 레바논은 아랍세계에서 유일한 기독교 국이라 할 만큼 그리스도교인들이 많지만 그래도 인구의 반수 이상은 회교도다. 면적이 1만평방킬로미터밖에 되지 않는 작은 산악 국가이긴 하여도 3,000미터급의 산과 만년설, 고도(古都) 시돈과 두로항에 남아 있는 로마시대의 아름다운 바닷가 궁전, 페니키아 인들의 묘지와 석관의 특이한 조각, 그리고 로마 최대의 유적 바알벡과 제이타 동굴을 품고 있다. 도시 군데군데 내란으로 건물이 붕괴되고 총탄의 흔적이 남아 있으며, 아직도 종결되지 않은 상태이긴 하여도.

중동행의 종착역 레바논을 떠나면서 그 어느 때보다 더 서운하다. 티그리스강의 잉어맛과 뱃놀이는 보너스였지만 시리아 사막의 여러 도시들은 가보지 못했다. 바그다드에서 5시간 30분을 달려 하트라(Hatra : BC 1~AD 3세기 사이에 파르티아 변경지역에 번영했던 교역도시)로 가는 길은 양떼와 지평선과 초원뿐이었다. 그 적막한 풍경은 나를 자꾸 불러내 나는 차에서 뛰쳐내리고 싶었다. 그렇게 만난 하트라는 사막 속에 아늑하게 담겨 있었고, 사람이 그리운 개들이 꼬리치며 마중나왔다. 그리고 요르단의 사해. 사해를 끼고 왕의 대로, 사막 대로를 지나갈 때는 사막 가운데로 나가는 고행자라도 된 기분이었다. 카락성(Al-Kerak)을 오를 때 내려다보이는 무집 계곡(Wadi-Mujib)은 얼마나 깊고도 긴지, 그리고 원시적인지 앞으로 가는 것이 아니라 시간의 뒤로 밀려나는 듯했다. 나는 태양신 바알과, 달의 여신 인안나, 쐐기문자와 깨진 항아리 파편, 녹슨 청동의 칼, 그리고 라마스와 티그리스와 화촉의 등불을 밝히고 싶었다. 그러나 유적 앞에서 나는 언제나 실향인이다.

열주 거리의 시작과 끝에서

동트기 전, 팔미라는 몹시 추웠습니다. 나는 어스름에 묻혀 불쑥불쑥 솟아 있는 기둥들을 바라봅니다. 그것들은 돌인지 나무인지 쇠덩인지 알 수 없지만 잠시 후 해는 세상 모든 것들의 정체를 밝혀줄 것이므로 나는 가만히 기다리고 있습니다. 사막을 횡단해 온 바람에 모래가 묻어 있는지 입안이 깔깔합니다. 바람은 또 대추야자나무 숲에 머물다 왔는지 쌉쌀한 이파리 냄새가 납니다. 한 바람이 다른 바람을 몰고 오는지 채찍소리 휘파람 소리도 들립니다. 눈이 멀면 귀가 가까워 멀고 가까움의 기척이 하나로 겹칩니다. 나는 서성이며 언 손을 비비며 기어이 찾아올 태양을 의심치 않으면서도 조바심을 칩니다. 시리아 사막의 한모퉁이에서 어둠에 잠긴 유적들과 모래와 바람, 그리고 공중에 떠도는 알 수 없는 무수한 입

자들과 함께 나는 숨쉬고 있습니다. 차갑고 따스한 입김들이 섞여 훈훈한 기운이 감돕니다.

문득 동쪽 하늘에 수천억 물고기 비늘 같은, 새의 깃털 같은 구름이 몰려옵니다. 처음엔 검푸른 빛이더니 차츰 새끼돼지 살갗 같은 연분홍색이 하늘을 뒤덮습니다. 해는 色속에서 발가벗은 흰 몸뚱이를 차츰차츰 드러냅니다. 천문학적 태양과 무관하게 해는 지금 인간이 만든 기둥 사이에 간신히 끼겨 있습니다.

나는 승리도 없이 포도덩굴 문양이 주렁주렁한 세 개의 아치형 문, '개선문'으로 들어섭니다. 여기서부터 1,100미터의 대열주 도로가 시작됩니다. 이 도로를 가로지르는 주요 교차로에는 네 개의 탑문이 있었다지만, 지금은 없습니다. 돌기둥 중간 중간에 팔미라 영웅들의 석상이 얹혀져 오가는 사람들은 굽어보았다지만, 지금은 없습니다. 바둑판 같은 길을 따라 150개의 기둥 사이를 걷노라면 기둥들이 조금씩 좁혀 들어와 나를 가두어 버릴 것 같습니다. 나는 열 주거리 끝까지 갔다가 다시 거슬러 와 '원형극장'에 앉아봅니다. 관중도 없고 배우도 없는 빈 극장에 햇빛이 객석을 꽉 메우고 있습니다. 허공에 무수한 검은 점들이 어지럽습니다. 나는 무심코 뜯었던 풀 한 포기를 공중에 날립니다. 오순도순 한가족을 이루었던 풀들이 뿔뿔이 흩어집니다. 어디서 저들은 또 다시 가정을 이룰 것인지. 관

포도덩굴 문양이 주렁주렁한 개선문. 이곳을 들어서면서 1,100미터의 대열주 도로가 시작된다. 유적을 품은 개선문의 완곡한 모습이 크나큰 자궁같다.

중이자 배우인, 묻는 자이며 대답하는 자인 나는 잉여의 뜰에서 웃고 울다가 사람이 그리워져 '아고라'(Agora : 시장)를 찾아갑니다. 중국으로부터 실크로드를 따라 팔미라에 도착한 캐러밴들이 풀어놓았을 비단과 보석과 장신구들. 둘러보아도 없습니다. 관세율을 새겼다던 석비도 없습니다. '제노비아 궁전'도 없습니다. 팔미라의 클레오파트라 제노비아, 그녀는 로마의 속국이었던 팔미라를 독립시키기 위해 로마에 대항하여 싸웠으나 팔미라는 로마의 적수가 되지 못하였습니다. 궁술이 뛰어난 군대가 있기는 했습니다만.

사람과 사람의 그림자를 찾아 기웃거리다가 神은 있을까 하고 '벨 신전'에 들어가 봅니다. '벨'은 팔미라의 주신(主神) '바알'입니다. 바알은 '모든 것을 관장한다'는 의미로 농경지대인 서아시아에서 풍요의 신으로 섬겼던 신입니다. 신전은 신성한 곳이어서 언덕 아니면 계단을 올라가야 합니다. 회랑 기둥 위에 포도송이, 대추야자, 낙타 등 실크로드의 전형적인 도안들이 장식되어 있어 이곳이 실크로드의 한 거점이었음을 실감케 합니다. 신전도 역시 텅 비었습니다. '나부 신전'도 그랬습니다. 나는 다시 밖으로 나와 돌 하나에 앉습니다. 지금도 공사를 진행중인 듯 커다란 돌덩이들이 지천으로 널려 있습니다. 건너편 대추야자 나무가 빽빽한 숲은 밀림 같습니다. 팔미라의 옛 이름은 타드모르(Tadmor : 셈어로 대추야자라는 뜻)였는데 로마가 들어온 뒤부터 팔미라(Palmyra)로 부르게 되었습니다. 대추야자는 너무나 달아서 두 개 이상 먹히지 않지만 나는 오늘 세 개나 먹었습니다. 도로와 극장과 시장은 있어도 사람은 없는,

벨신전과 안뜰. 신전 회랑 기둥 위에 포도송이, 대추야자, 낙타 등 실크로드의 전형적인 도안이 장식되어 있다.

신전은 있어도 신은 없는 이 사막 가운데 저 나무들 속에는 알맹이가 있습니다. 그 '있음' 이 반가워 세 개나 먹었습니다.

나는 지금은 없지만 '있었던 자' 의 구현을 보러 무덤의 골짜기로 갑니다. 종래의 무덤과는 다른 모습의 탑묘들이 부드러운 모래 가운데 여기 저기 흩어져 있습니다. 모래 속에 묻혀 목만 남은 것도 있고, 4층이나 5층 정도 되는 높은 탑도 있습니다. 유명한 '삼형제 무덤' 은 마치 지하터널과도 같은데 입구에서 갈라진 두 갈래 통로 양쪽에는 관을 안치한 자리가 6단으로 차곡차곡 쌓여 있습니다. 셀

무덤의 골짜기. 부드러운 모래밭에 산재해 있는 탑묘들은 4층이나 5층 정도의 탑묘도 있고 모래에 묻혀 목만 남은 것도 있다. 이 무덤들은 팔미라가 실크로드의 중계무역 기지로 번영하던 1~3세기 사이에 만들어진 것들이다.

수 없을 정도로 그 수가 많은 것으로 보아 삼형제의 집안은 꽤나 식구가 많았나 봅니다. 그 많은 망자들이 모여 있자니 묘소 또한 크지 않을 수가 없었겠지요. 삼형제는 또 대단한 재산가였는지 천장에 채색벽화가 화려하고 벽 꼭대기에는 이곳에 안치된 고인의 초상이 즐비합니다. 돌도 나이를 먹으면 표정이 생기고 주름이 늘어 연륜이 쌓이게 마련이어서 돌의 소상들이 마치 살아 있는 듯 내가 저들의 객임을 일깨워줍니다. 그러나 그들의 죽음이 비록 경사스런 종말이었다 할지라도 영혼의 집인 무덤에도 이미 일상의 권태가 맴돌고 있습니다.

또 다른 묘 '에라베르 무덤'은 무덤의 골짜기 가운데 가장 잘 보

시리아—팔미라(Palmyra) · 열주 거리의 시장과 끝에서

무덤의 골짜기 가운데 가장 잘 보존된 에라베르 무덤.
5층 높이의 탑묘로 내부에는 그리스 조각과도 같은 석상들이 도처에 놓여 있다.
오른쪽 모래 언덕에 솟은 것은 아랍성채.

에라베르 무덤 내부에 있는 석상. 계단을 올라가다 보면
이처럼 팔 없는, 목 없는 혹은 다리 잘린 조각상들과 만나게 된다.

존된 5층 정도 높이의 탑묘입니다. 내부에는 그리스 조각과도 같은 석상들이 도처에 놓여 있습니다. 좁고 가파른 계단을 올라가면 목 없는, 팔 없는 혹은 다리 잘린 조각상들과 마주칩니다. 죽어서도 자신들의 집을 지키느라 그렇게 앉아 있는 불구의 몸이 안스러웠습니다. 이 무덤들 역시 1세기에서 3세기 사이, 팔미라가 실크로드의 중계무역 기지로 번영하던 때에 만들어졌습니다. 당시 그들은 무덤을 영원한 집이라고 여겨 많은 재산을 쏟은 것이지요.

나는 웅대한 유적이나 무덤을 볼 때마다 그것이 크면 클수록 포

장된 인간의 나약함을 봅니다. 그 기념비들은 인간의 무시무시한 자기현시적 욕망이며 의장(意匠)인 때문입니다. 그렇다 하더라도 팔미라는 아름답습니다. 바알벡의 주피터 신전을 떠받치던 여섯 개의 저 우람한 기둥, 그것이 남성의 표상이라면 자궁과도 같은 팔미라의 개선문과 크고 작은 기둥들은 여성의 상징입니다. 매우 세련되고 우아한.

팔미라 유적 전경. 대추야자나무가 방벽처럼 둘러싸고 그 안에 개선문, 열주도로, 원형극장, 시장, 벨신전 등이 장난감처럼 아기자기하다. 오른쪽 끝 언덕에 에라베르 무덤과 아랍성채도 보인다.

초승달 협곡 너머 실크 무덤들

좁고 어두운 초승달 협곡 가득

침묵이 고인다 사스락,

흙 부스러져 내리는 소리

포개지는 모래 소리

협곡의 옆구리가 아른아른 떨린다

납작 엎드린 길, 발끝에 채인다

시간의 맥박이 가쁘다

입구도 출구도 비상구도 닫히고

어둠이 무겁게 정수리를 누른다

페트라, 장밋빛 신전

너 어디?

— 페트라 가는 길

그렇습니다. 요르단의 페트라 유적지를 찾아가는 길은 우레 같은 협곡 사이 좁은 길을 두근거리며 지나야 합니다. 하늘이 보이지 않는 어둑한 그곳은 협곡의 옆구리와 내 옆구리가 함께 떨리고 길은 납작하게 엎드립니다. 홀린 듯 빨려들어 가다보면 입구도 사라지고 출구도 보이지 않아 골짜기에 갇혀버릴 것 같아서 더럭 겁이 납니다. 내가 가는 것이 아니라 길이 나를 이끌고 갑니다. 길은 몇 굽이 모퉁이를 돌다가 갑자기 급커브를 틀고 나서 연분홍빛 신전(혹은 무덤) 한 자락을 살짝 내보입니다.

일단 그곳에 멈추어 서서 곧 드러날 전모(全貌)를 상상하면서 바라보아야 합니다. 기둥 네 개와 기둥 위의 벽 두 칸, 그 벽의 기이한 조각, 삼각형의 지붕을 오래 감상한 후에 천천히, 아주 천천히 협곡을 빠져나가면 그 '보고'(Treasury)는 아름다운 자태를 홀연 나타냅니다. 그야말로 환상적이지요. 장밋빛 바위가 그렇고 코린트식 지붕이 떠받친 탑이 그렇습니다. 가운데 것은 둥글고 좌우의 것은 네모난데 그 안의 조각을 이시스다, 아마존이다 운운하지만 아직 풀리지 않은 채입니다. 둥근 탑 안에는 왕의 보물이 감추어져 있다는 전설이 있어 사람들이 쏘아댄 총탄의 흔적이 아물지 않습니다. 나는 안으로 들어가 노래를 불렀습니다. 텅 빈 공간의 울림이 너무 좋아 자꾸 불렀습니다. 소리의 반향을 듣고 우주의 어느 곳을 떠돌고

있을지도 모를 이 무덤의 주인이 돌아올 것 같았습니다.

협곡은 끝나고 탁 트인 고원에 바위산 봉우리 봉우리가 연이어집니다. 하늘이 어떻게 이처럼 푸르고 투명할 수 있는지 내가 볼 수 없는 내 마음 구석구석 다 비칠 것 같습니다. 무심히 골짜기를 따라가다 보면 저절로 '17개의 무덤'으로 들어가게 됩니다. 바위를 깊숙이 파고들어 간 바닥에 14개의 무덤이 있고 다른 것은 홀의 뒷벽에 있습니다. 무덤들의 바위벽은 황금을 녹여 부은 듯 찬란하고, 천장은 불길이 이글이글 타오르듯 시뻘겋습니다. 그 금빛과 불빛은 세상 어느 것이라도 순식간에 녹여버릴 기세입니다. 들끓는 내 욕망과 공포를 꺼내 거기 던지고 싶었습니다. 다시는 소생하지 못하도록 소멸시키고 싶었습니다.

페트라는 연속적인 높은 바위벽과 무사계곡(Wadi Musa)으로 인해 뚫린 좁은 협곡(Siq)이 천연의 요새가 되어 신석기 시대부터 고대인들이 피난처로 삼아 왔습니다. 구약성서에 의하면 에서의 자손인 에돔 사람들이 페트라에 정착하여 에돔 왕국을 세웠다고 합니다. 그들은 유대인들과 끊임없이 전쟁을 하면서도 이 요새를 지켰는데 나바테이언(Nabataean)에 의해 추방당하고 말았습니다. 원래 유목민인 나바테이언들은 기원전 6세기에 페트라에 들어와 살기 시작하다가 헬레니즘과 로마시대에 이르러 이 도시가 실크로드의

17개의 무덤. 바위산을 깊숙이 파서 만든 무덤의 벽은 황금빛으로 찬란하고, 천장은 불길이 이글이글 타오르듯 시뻘겋다. 페트라의 바위들은 거대한 채색 벽화처럼 현란하다.

한 거점으로 부각되면서 캐러밴을 상대로 경제발전을 이루었습니다. 1세기경 오보다스 1세와 아레타스 3세 때에는 암만과 다마스커스까지 세력이 확장되었습니다. 나바테이언 왕국의 번영과 독립은 아레타스 4세까지 계속되었으나 106년 로마에 합병되고, 그 후 무역의 루트가 유프라테스 지역으로 이동하면서 보스라, 유로포스, 팔미라와 같은 도시들이 중요해짐으로써 페트라는 쇠퇴하기 시작하였습니다. 로마가 이곳에 건설한 극장이나 궁전, 상수도 시설들은 지진으로 거의 무너졌지만 일부는 남아 있습니다. 관객 3,000명을 수용하였다는 원형극장에서 동북쪽을 바라보면 거대한 바위에 왕가의 무덤들이 즐비합니다. 그 가운데 70년 무렵 말리코스 2세를 위해 만들어진 것으로 여겨지는 '납골묘지'는 청보라색 바위로 자연스럽게 형성된 기단 위로 파들어간 깊이와 높이가 놀랍습니다. 열주(列柱)로 인해 테라스가 무덤보다 앞으로 돌출되어 있으며 안쪽의 홀은 5세기 중엽 교회로 사용되기도 하였습니다. 이 무덤 왼쪽은 '실크무덤'입니다. 바위가 붉고, 푸르고, 노랗고 하얀 형형색색이라서 그렇게 부르는데 만져보아도 부드럽고 매끈합니다. 그것은 바위라기보다 실제로 실크를 늘어뜨려 놓은 것 같습니다.

골짜기는 계속 이어집니다. 어떤 무엇이 또 느닷없이 나타날지 앞질러가는 성급함을 누르며 노새를 타고 갑니다. 열두세 살 정도의 아이들이 관광객을 상대로 태워주는 노새는 가파른 경사길을 힘겹게 올라갑니다. 너무 힘들어 똥을 싸는 노새도 있습니다. 내가 탄 노새를 모는 아이는 노새는 몰지 않고 내 뒤에 함께 타고 가는 통에

1,300미터 정도 위치에서 본 풍경. 연속적인 바위산 너머 보이는
봉우리 두 개가 섬처럼 떠 있는 듯하다. 이와 같은 바위 절벽과 좁은 협곡으로 인하여
페트라는 신석기시대부터 고대인들의 피난처가 되어왔다.

노새는 더욱 헉헉댑니다. 나는 발목을 빼어 내릴 수도 없고 아이에게 내리라고 하여도 녀석은 못들은 체 담배만 피워댑니다. 나는 어서 내리게 되기만 바라면서 갑니다. 겨우 노새에게서 풀려나, 노새는 나에게서 풀려나 우리가 서로 자유로워졌을 때 나는 미안하다 말하며 노새의 머리를 쓰다듬어 주었습니다.

어느새 꽤 올라온 모양입니다. 지나온 자취들이 저 아래 먼 옛날처럼 머물러 있습니다. 동체갑옷을 입혀 시체를 안치해 놓았다는 ‘로마병사의 무덤’을 거쳐 사자 기념물─이 동물은 알우짜(Alouzza)라는 여신의 상징으로 그녀의 입으로부터 세차게 뿜어내는 물은 순례자들의 샘으로 쓰였습니다─로 이어지던 경사로는 이른바 ‘희생을 위한 장소’에서 끝납니다. 1,000미터 높이의 이 위치에서 페트라는 그의 진면목을 보여줍니다. 끝없이 이어지는 골짜기와 색색의 바위산. 거기 무수히 뚫어놓은 구멍들은 선사시대의 수혈식 주거흔적 같습니다.

‘보고’(Treasury)와 함께 페트라에서 가장 경이로운 기념물인 ‘수도원’(Monastery)에 도달하려면 좀더 올라가야 합니다. 그러나 경관이 기기묘묘하여 힘든 줄 모르고 가다보면 서로 사이좋게 마주보고 있는 오벨리스크와 만납니다. 이것은 나바테이언들의 신들, ‘알우짜’(Alouzza)와 ‘두사라’(Dushara)의 상징으로 알려져 있습니다.

드디어 ‘수도원’과 대면하였을 때 그것은 언뜻 ‘보고’를 연상시켰으나 바위 색은 더 어둡고 형태는 더 장중했습니다. 이 건물은 신격화된 오보다스 왕을 숭배하기 위한 사원으로 1세기 말 나바테이언

보고(Treasury)와 함께 페트라의 상징인 수도원. 형태는 두 개가 비슷하나 이 사원이 더 장중한 맛이 난다. 신격화된 오보다스왕을 숭배하기 위하여 1세기 말에 지어진 것이다.

의 마지막 군주 라벨 2세의 통치기간 동안에 축조된 것이라 합니다. 돌출된 처마장식과 기교 없는 단순함이 경건함을 불러일으킵니다. 나는 사원이 마주 보이는 언덕으로 올라가 꽉 차고 빈 공간들이 연출하는 빛과 어둠을 따라가다가 신전 입구 깜깜한 구멍에서 멈춥니다. 어둠 속에 깃들여 있을 2000년 전 오보다스 왕을 불러내 봅니다. 희미하게 한 남자의 모습이 어른거립니다. 빈손과 맨발입니다. 커다란 눈은 무엇을 바라보는지 깜박거리지도 않습니다. 이상하게도 살아 있는 내 실체는 보이지 않고 그의 상은 점점 뚜렷해집니다. 내 몰입이 끝날 때까지 그는 그렇게 가만히 있어주었습니다.

페트라는 바위와 골짜기와 하늘만으로도 경이롭습니다. 이런저런 구조물들은 사실 액세서리에 불과합니다. 그것이 아무리 훌륭하다 할지라도 말입니다.

'잃어버린 도시'는 어디에?

···안데스 13구비를 돌아 마추피추에

1532년 잉카가 스페인 병사들에게 정복당한 뒤 잉카인들이 마지막 피신처로 삼았다고 여겨지는 '잃어버린 도시'는 하나같이 밀림에 에워싸인 험준한 골짜기, 깎아지른 절벽에 있다고 한다. 그곳은 은신하기에도 안성맞춤이려니와 게릴라전을 펴기에도 천혜의 요새가 되었기 때문이다. 그러나 지금도 그들 최후의 보루는 확실치 않다. 안데스산맥 해발 2,300미터에 있는 '공중도시' 마추피추라고 흔히 알려져 있으나 마추피추는 건설 시기나 용도로 보아 15세기 전반, 파차쿠티 황제의 통치시대가 아닐까 추측한다. 파차쿠티는 '아메리카 원주민이 낳은 최고의 제왕'으로 불릴 정도로 잉카를 발전시킨 인물이다. 그 시기의 마추피추는 광대해진 영토를 지키는 요새의 하나였을 가능성이 많기 때문이다. '잃어버린 도시' 는 그러므로 마추피추일 수도 있고, 그란파하텐(안데스 산맥 해발 3,000미터 지점, 초생달 모양의 벼랑 위에 세운 도시) 혹은 '정령의 들' 이라 불리는 에스피리투팜파 또는 절벽 사이 급류 위에 풀을 엮어 만든 출렁다리를 건너야 이르게 되는 '황금의 요람' 초케퀴라오일 수도 있다는 것이다.

나는 그 가운데 '마추피추'(Machu Picchu)로 가고 있다. 안데스의 13구비를 휘돌며 수직의 봉우리와 마주칠 때마다 겨드랑이에 날개가 돋는 것 같다. 우르밤바강이 하염없이 긴 백발을 휘날리며 계속 따라온다. 나는 사실 이 비탈길을 걸어서 가고 싶었다. 아득한 낭떠러지와 세상을 휘감은 안개에 스며들어 두둥실 떠가고 싶었다. 그러나 성능 좋은 버스는 단 20분 만에 2,300미터를 훌쩍 올라가 덜커덕 내려놓는다.

상상했던 것과는 달리 마추피추는 안온해 보인다. 경사면을 따라 죽 펼쳐져 있는 계단식 밭에 무엇인가 푸릇푸릇해서 지금도 그 시대 잉카인들이 경작하고 있는 듯하다. 1911년 미국인 하이럼 빙엄이 이곳을 처음 발견했을 때 "일찍이 본 적이 없는 높은 기술로 쌓은 돌담의 잔해가 내 눈앞에 불쑥 나타났다.… 화강암으로 정교하게 짜맞춘 네모난 석재의 벽이 여기저기 하얀 살갗을 드러내고 있었다"라고 한 것처럼 햇빛 아래 돌들은 희게 빛나고 있다. 햇빛은 눈뜰 수 없을 정도로 강렬하다.

먼저 '오두막 전망대'에서 주거지와 시가지를 훑어본다. 구조물들은 거의 다 반듯반듯한 사각형이라서 아름다움보다는 견고함이 지배적이나 지금이라도 지붕만 얹으면 들어가 살 수 있겠다 싶을 정도로 깨끗하다. 마추피추(늙은 봉우리), 와이나피추(젊은 봉우리)가 완벽하게 도시를 방어하는 태세로 우뚝 서 있다.

나는 '대 광장'으로 들어간다. 광장에는 세 개의 돌 제단이 놓였고 그것을 육중한 벽이 에워싸고 있다. 마추피추에서 가장 거룩한 성벽이다. 동쪽으로 면한 벽에 세 개의 창문 '삼창신전'(三窓神殿)을 통해 잉카의 창시자들이 출현한 성스러운 장소이기 때문이다. 지형적으로 보아도 까마득한 벼랑 위에 세워진 이 신전은 충분히 신비로운 기운이 감돈다. 견고하고 정밀한 구조를 보면 단순한 도피처로서 만들어진 것은 아니라는 생각이 든다.

천천히 능선 꼭대기로 올라간다. 돌출부에 길쭉한 돌을 다듬어 세워 놓은 것을 '해시계'라고도 하고 '태양의 말뚝'(인티후아나)이라고도 부른다. 이것은 천문학적으로 중요한 의미가 있는 것으로 동짓날, 태양이 하늘에 가장 낮게 걸릴 때 더 북쪽으로 사라지는 것을 막기 위하여 '태양을 묶는 말뚝'으로 쓰였던 것. 이 돌이 해시계로 이용된 것은 프리즘 모양의 돌기둥 모서리를 잇는 대각선을 동짓날 태양이 통과하기 때문이었다. 나는 잉카의 최대 축제인 인티 — 라이미(Inti-Raymi)가 열릴 때, 태양 신 인티를 황금 사슬로 묶었다는 장면을 이렇게 떠올려 본다.

안데스 산맥 해발 2,300미터 지점에 위치한 공중도시 마추피추 유적.
잉카 최후의 도시로 알려져 있으나 확실치 않다.
구조는 경작지와 주거지, 왕궁, 신전, 왕묘 등 공공건물 구역으로 구획되었다.

동짓날 태양이 마추피추를 통과할 때

전갈이 꼬리를 동쪽 하늘로 곧추세울 때

두둥둥두둥 북을 울려라

삘리릴리리 피리를 불어라

훌리훌라후 춤을 추어라

말뚝이 흔들린다 말뚝에서 소리난다

태양이 북쪽으로 사라지려 한다

추격하라 나포하라 황금의 사슬로 묶어라

달맞이꽃 하얗게 흐드러지는 밤

물통을 인 잉카 여인이 찰랑찰랑

달에 실려 미끄러져 온다

얼굴은 검고 눈빛은 맑갛다

— 태양의 말뚝, 인티후아나

내려오는 길에 라마 한 쌍과 만난다. 라마는 얼굴이 낙타 비슷하다. 눈을 착 내리깔고 꼼짝 않는다. 나는 풀밭에 누워 라마를 쳐다보지만 그들은 안중에도 없는 듯 내게 눈길 한번 주지 않는다. 공연히 따돌림당한 기분이 들어 머쓱하게 일어선다. 주차장으로 오다가 보니까 이상하게 생긴 탑이 있다. 일정한 크기의 돌을 치밀하게 쌓아올린 모습이 예사롭지 않다. 속은 횡한데 밑으로 내려가는 계단이 보인다. 컴컴하다. 긴장되긴 하지만 마음을 크게 먹고 내려간다.

입구에서 보기와는 달리 좁은 계단이 달팽이처럼 구불구불 이어진다. 어두컴컴한데다 이끼가 겹겹이 덮여 짐승처럼 꿈틀거리는 듯하다. 나는 점점 가슴이 두근거린다. 일단 계단이 멈추더니 석실 같은 것이 나타난다. 천장은 비스듬한 암벽이 턱 막았고, 벽에는 돌을 파서 벽감을 여러 개 만들어 놓았는데 거기엔 아무것도 없다. 누가 앉았었는지 돌을 깎아서 만든 의자가 하나 있을 뿐 작은 방안에는 아무도 없다. 그런데도 자꾸 누가 있는 것 같아 나는 두리번거린다. 바닥에 벽에 무성한 이끼들이 잔뜩 털을 곤두세운다. 어쩐지 음산

347

하여 사진만 한 컷 찍고 후닥닥 튀쳐나온다. 그런데 뒤쪽으로 또 계단이 몇 개 나 있다. 나는 호기심을 떨칠 수 없어 내려간다. 역시 석실이었다. 위의 것보다는 좀 넓은. 다행이 창문이 뚫려서 그리 어둡지 않아 다소 마음이 놓인다. 창쪽으로 꼭 침대처럼 생긴 커다란 바위가 있다. 그것은 매트리스같이 약간 부풀어 푹신해 보였으며 레이스처럼 늘어지고 주름도 잡혔다. 한번 누워볼까 하고 엉덩이를 대다가 그 싸늘한 감촉이 섬뜩하여 얼른 일어난다. 그런데 이상하게도 들어갔던 계단을 찾을 수가 없다. 넓은 공간이 아닌데도 이쪽으로 가도 막히고 저쪽으로 가도 막힌다.

나는 진땀이 나기 시작한다. 버스 탈 시간은 다 되어가고 통로는 보이지 않고. 한참을 헤매다가 겨우 빠져나오니까 바깥은 너무나 말짱하다. 누군가 내게 실컷 장난질하고 시치미를 뚝 떼고 있는 것 같아 은근히 부아가 난다. 나중에 알고 보니까 말편자 모양의 그 탑은 '태양의 탑'이고, 달팽이 같은 통로는 '독사의 길'이며, 그 통로를 따라내려가 들어간 석실은 '왕실의 영묘'였다. 어느 잉카 황제가 묻혀 있는지는 알 수 없지만. 이 왕묘는 잉카 구조물 가운데 가장 기이한 것이라 한다. 혼은 났지만 놓쳤으면 두고두고 아쉬울 뻔했다. 그러나 얼마나 혼이 났으면 사람들 틈에 섞여 있는 동안에도 계속 으스스하다. 나 혼자 아직 다른 세계에 머물러 있는 것처럼.

마추피추 유적지는 입구에서 계단식 밭을 지나 시가지의 입구에서 오른쪽이 서민 거주지역, 기술자 거주지역, 귀족 거주지역 순으로 배치된 거주지역이고, 왼쪽은 왕실의 영묘, 왕궁, 삼창신전, 태

양의 신전과 해시계(태양의 말뚝)와 같은 공공건물 구역이다. 이와
같은 구획을 보면 마추피추가 얼마나 치밀한 계획 아래 이루어졌는
가를 알 수 있다. 마추피추는 잉카건축의 응축이라고 할 정도이니
까. 그렇다 하더라도 궁벽한 자연환경에서 식량문제는 가장 큰 사
안이었을 것이다. 그래서 그들 계율 가운데 '훔치지 마라' '게으름
피지 마라' '거짓말하지 마라'는 규칙이 가장 중요한 대목인 것을
보면 공중도시에서의 생활이 얼마나 부지런해야 했는가를 짐작케
한다. 그런데 일만 명 가량의 주민이 거주하였으리라는 이 도시에
서 발굴된 시체는 다 여자들이다. 외부에서의 침입 흔적은 없다는
데 남자들은 전쟁터가 아니면 어디로 간 것일까.

이끼 덮인 으슥한 태양의 탑 아래
독사의 통로 막다른 곳 왕묘가 누워 있다
금간 벽을 뚫고 한 줄기 햇빛이 왕묘를 비춘다
수백 년 기다렸던 시간이 푸시시 기지개를 켠다
겹겹의 거미줄이 스르르 결을 푼다
천장의 암석이 열리며 왕묘가 부풀어오른다
금간 벽이 무너진다 창문이 부서진다
왕들이 일어난다 왕들이 걸어간다 계단을 올라간다
카파크투파크 피차카마크 아타우알파
마추피추 와이나피추 아르르르르 피리소리
빛나는 태양의 처녀들이여 춤을 추어라

왕실의 영묘 1. 독사의 통로 끝에 있는
왕실의 영묘. 돌을 깎아 만든 의자와
돌을 파서 만든 벽감이 있으며, 천장은
비스듬한 암벽으로 막아 놓았다.

왕실의 영묘 2. 사람을 뉘어놓았을 법한
넓직하고 편편한 바위와 창문이 있다.
역시 왕묘일 것으로 추측하나 어느 왕의
것인지 알려져 있지 않다.

태양신 인티여 잉카왕 파차쿠티여 아마르 추장이여

마추피추의 미라는 여자들이다
나,
옷 벗고 아주 여기 누워버려?

— 마추피추, 왕실의 영묘

잉카의 건국 설화는 두 가지가 있다. 하나는 티티카카 호
수에서 태양신의 아들인 망코 카파크가 솟아올라 잉카를 세웠다는
설과, 창조신 비라코차의 명을 받은 팔 남매가 쿠스코 근처의 동굴
에서 나와 살기 시작한 것이 최초의 잉카인이라는 것이다. 이들은

태양신 인티(Inti)를 비롯하여 최고의 창조주 비라코차(Viracocha), 달의 여신 마마킬랴(Mamakilya), 비의 신 일랴파(Iyapa)를 섬겼다. 잉카 왕조는 11대까지 이어졌지만 7대까지는 실재하지 않는다. 그러므로 실제적인 잉카 왕국의 존립은 13세기 말 경부터 스페인 군대에게 정복당한 16세기 초까지 약 200년간으로 본다. 쿠스코 분지의 부족 가운데 하나였던 잉카 족은 15세기 후반에서 약 50여 년간이 전성기로 이 시기에 에콰도르, 아르헨티나, 칠레에 이르는 광대한 영역을 지배하였다. 그때 이미 두개골을 절개할 정도로 외과 수술이 발달되었고, 특히 석조기술이 뛰어나 '돌의 마술사' 로 일컬어졌다. 이처럼 우수한 잉카문명이었으나 그들은 문자가 없었다. 지금까지 알려진 문물은 스페인 점령 후 그들의 기록에 의한 것이다. 16세기에 들어서면서 왕위 계승을 놓고 잉카 왕족간에 내분이 일어난다. 혼란스러운 그 시기에 이 지역에 도착한 180명의 스페인 군사들은 쿠스코를 점령하였고, 잉카의 왕은 유민들을 이끌고 안데스 깊은 산 속으로 피신하였다. 우리가 '잃어버린 도시' 로.

···돌과 꽃과 라마, 그리고 쿠스코

마추피추도 놀랍지만 잉카 제국의 수도였던 쿠스코는 당시 인디언 세계의 중심이었다. 쿠스코(Cuzco)란 케추아 어로 배꼽, 즉 우주의 중심이란 뜻이다. 해발 3,740미터의 고도에 위치한 쿠스

쿠스코 시가지의 잉카도로. 빈틈없이 빽빽하게 쌓아올린 벽 사이를 걸어가노라면
돌에 포위되는 듯 숨이 가빠진다. 쿠스코에는 잉카시대 구조물과 스페인 통치시대의
구조물들이 공존하고 있다.

잉카의 석벽에 기대 앉아 잉카의 후예가 피리를 분다.
멈추어 귀 기울이면 북소리 나팔소리 축제의 함성이 들려오는 듯하다.

유명한 12각의 돌. 돌의 마술사로 불리는 잉카인들이 고도의 기술을 발휘하여 만든 돌의 예술. 기하학적으로 복잡한 12각으로 돌을 잘라 접착제도 사용하지 않고 돌끼리 끼워 맞추었다.

코에 잘 적응이 될까 싶었지만 아무 이상이 없다. 오히려 청정한 기운에 정신이 맑아진다. 이곳에서는 잉카시대의 다리와 터널, 도로, 관개용수로 등을 지금도 사용한다. 잉카와 스페인이 공존하고 있는 것이다. 그런데도 그 묘한 조화가 어색하지 않다. 획일화된 현대식 건물만 볼 때보다 한 박자씩 쉬어 갈 구석이 있어 느긋하다. 잉카의 도로를 걷노라면 군대의 사열장면이 떠오른다. 그렇게 질서정연하고 그렇게 단단해 보일 수가 없다. 사람으로 치면 완벽주의자. 그래서 좀 고단해 보이기도 한다.

유명한 '12각의 돌'을 보러 하툰투미요크 거리로 간다. 거리 양편으로 사각형의 돌을 한치의 틈도 없이 쌓아 올라가다 가운데쯤 커다란 바위 하나를 12각이 되도록 잘라 끼운 돌이다. 접착제도 사용하지 않고 돌끼리 끼워 맞추었다는데 면도날 하나 들어갈 틈도 없다는 것이다. 기하학적으로 매우 복잡하고 기술상으로 고도의 공법이 아니면 할 수 없는 작업에 잉카 사람들은 과감히 도전해 본 것.

이들의 석조기술은, 아니 예술은 '사크사이와만(Sacsayhuman) 요새'에 가보면 더욱 본격적으로(?) 펼쳐진다. 수도 쿠스코를 방어하기 위하여 쿠스코 북쪽 해발 3,700미터 언덕에 세운 그 요새는 세 겹의 거대한 돌담의 한 모서리 길이가 약 400미터, 축대 높이는 18미터, 돌 하나의 무게가 360톤이나 되는 것도 있다. 나는 안개 낀 새벽에 그곳에 갔다. 요새라기보다 성채 같고, 사원 같다. 바위틈으로 풀꽃들이 흔들리고 라마 한 마리가 석상처럼 꼼짝 않고 있다. 돌과 꽃과 라마, 하늘도 땅도 안개 속에서 다 한 통속이다.

사크사이와만 요새로 안개가 잠입한다
철통같은 요새가 흐물흐물 무너진다
쿠스코가 위험하다 황제를 피신시켜라

바람이 우르밤바강에서 맨발로 달려온다
안데스 계곡의 비바람도 깃털 휘날리며 몰려온다

잉카시대의 수도. 쿠스코를 방어하기 위하여 세운 요새 사크사이와만. 돌 하나의
무게가 60톤이나 되는 것도 있다. 이 요새 역시 접착제 없이 돌과 돌을 끼워 쌓았다.

사크사이와만 요새의 문. 3,700미터 고지에 세워져 있어 밑에서 올려다보면
허공만 보인다. 마치 그 문으로 들어가면 하늘로 갈 수 있을 것 같다.

안개는 전열이 흩어지며 가이없이 밀려난다

우르르 절벽 아래로 낙하하는 안개 군단들

석벽 아랫도리를 가린 노란 풀꽃들이

얼굴을 내밀고 내다본다

라마 한 마리가 덩그러니 풀밭에 놓여 있다

언덕 위에서 작고 실팍한 아낙네

아이를 업고 온다

사크사이와만 요새 이상 없음

쿠스코 응답하라

— 사크사이와만 요새 통신

사크사이와만 요새에서 마추피추로 가는 잉카도로 중간 쯤에 잉카시대 역참 마을 오얀타이탐보(Oiiantaytumbo)는 지금도 그때의 생활모습을 그대로 간직하고 있다. 어느 한 집에 들어가 보았더니 거실 겸 주방, 침실로 사용하는 단칸방에 개, 닭, 돼지, 흰쥐가 함께 살고 있다. 선반에는 조상의 인골 두 개를 우리네 장식품처럼 얹어 놓았다. 사람과 가축과, 죽음과 삶의 경계가 없다. 바라보는 내 얼굴은 복잡한데 그들은 지극히 평온한 모습이다.

쿠스코는 잉카를 대변하는 도시다. 잉카인은 사라졌지만 그들의 입김과 손길은 역력히 남아 있다. 그러나 그들의 마지막 은신처,

잉카시대 역참마을 오얀타이탐보에 있는 잉카 후예의 집.
지금도 잉카시대의 생활모습을 그대로 간직하고 있다.

거실 겸 침실, 주방으로 두루 사용되는 단칸방에 개, 닭, 돼지, 흰쥐들이
사람과 함께 기거한다. 어딘가 우리 모습과 닮은 잉카여인이 낯설지 않다.

방안 선반에 조상의
인골을 모셔 놓았다.
그들은 이불을 덮고
사이좋게 누워 있다.
머리위에서 꽃이 시들고
옥수수가 여위어 간다.

'잃어버린 도시'는 아직도 어디인지 모른다. 무덤까지 가지고 간 것
일까. 안데스는 알 것이다. 그의 발뒤꿈치쯤 아니면 허벅지께에 매
달려 조금씩 낡아가고 있을 공중도시, 안데스여 대답해 다오.

룸비니에서 쿠시나가라까지

···붓다의 탄생지, 룸비니(Lumbini)

그분이 오셨다. 온세상을 비추는 분. 세상을 보호해 주시는 분. 눈먼 세상에 부패의 고통을 꿰뚫는 안목을 주시는 분. 당신은 선한 싸움의 승자가 되셨고 선업으로 당신의 소원을 성취하셨다. 정법(政法)으로 완성을 이루셨으니 당신은 중생의 갈애(渴愛)를 해갈시켜 주시리라. 대덕(大德)이여, 당신은 거룩하시니 온 세상에 당할 자 없으며, 진흙에 더럽혀지지 않는 연꽃같이 이 세상의 법에 물들지 아니하도다. 몽매에 빠진 이 세상을 깨울 수 있는 분, 지혜의 등불을 가지신 분, 그분은 당신뿐이로다. 오랫동안 고뇌를 겪고, 부패의 고통 속에서 괴로움을 받는 세상에 그분이 오셨다. 중생을 고통에서 구제해 주시는 치유의 왕으로서.

— 랄리타비스타라 23장

　　"룸비니 꽃동산에 달이 떴다"라고 말할 수 있으면 좋을 텐데 황량한 들판이다. 붓다가 태어났던 그때는 꽃피는 동산이라 하였지만 지금은 들판이다. 할 수 없이 "황량한 들판에 달이 떴다"고 나는 말한다. 네팔 국경을 넘어 룸비니에 도착하는 동안 해가 지고 달이 떴다. 붓다처럼 '완성된' 보름달이다. 나는 볼 수 없는 그를 대신하여 선연한 보름달을 바라본다. 마음이 곧 부처라 하지만 ….

　　달은, 마야부인이 붙잡고 아기를 낳았다는 무우수(無憂樹) 가지 끝에 걸려 있다. 바람 불 때마다 무우수 가지는 요람을 흔들 듯 달을 흔든다.

　　'마야부인 사당' 안은 어두컴컴하다. 희미한 촛불 사이로 조그만 불상이 일렁이고 마야부인이 무우수를 붙들고 있는 모습과 붓다의 탄생조각.

　　다음날 아침 다시 가본다. 바람도 물러가고 평화롭고 조용한 농촌이다. 19세기 말까지도 붓다의 탄생지는 정확히 알려지지 않다가 1896년 독일의 고고학자 휘러(Fuehrer)가 발굴한 카필라바스투(Kapilavastu) 왕국의 유적과 함께 아소카 대왕의 석주(石柱)도 발견되면서 그 석주에 적힌 비문에 의하여 룸비니가 붓다의 탄생지임이 밝혀지게 되었다. 비문의 내용은 "즉위한지 20년 만에 뭇신들로부터 사랑받는 아소카는 이곳을 참배하노라. 이곳은 인천(人天)의 공

마야부인이 붙들고 붓다를 낳았다는 나무. 지금 있는 것은 보리수인데 상징적인 의미로 무우수 나무라고 불린다. 붉은 자국은 힌두교도들이 참배하기 위하여 칠한 자국.

양의 받으신 석가족의 성자 부처님께서 태어나신 곳이다. 나는 그 분의 태어나신 곳을 기념하기 위하여 돌로써 표적을 삼는다. 위대하신 부처님의 태어나신 곳이기에 이곳의 대지에는 토지세를 면하도록 명하노라. 추수에 관해서는 통상 적용되는 비율 대신에 다만 8분의 1만을 징수하도록 명하노라"고 되어 있다.

붓다의 발자취를 따라가는 여정은 아소카 왕의 지극한 불심을 느낄 수 있는 길이기도 하다. 그는 독실한 불교신자로 불법을 이행하며 자비와 보시를 베풀었다. 특히 불교의 전파에 힘을 기울여 붓다의 성지 곳곳에 스투파(Stupa : 탑)와 석주들을 많이 세웠다. 약 7미터 가량의 아소카 석주와 흰색의 아담한 마야부인 사당, 마야부인이 목욕했던 연못, 그리고 무우수가 세존의 탄생지를 지키고 있다. 나는 다시 무우수 아래 선다. 중생을 제도할 대덕(大德)의 거룩한 이, 고타마 싯다르타(Gotama Siddhartha)는 바로 이 자리에서 태어난 것이다. 그가 카필라바스투 왕국의 왕자로서 스물여덟 해를 살았던 '카필라 성터'는 벽돌로 쌓은 기단만 남아 있다. 2500년 전 그날 밤, 위대한 떠남이 있었던 그날 밤, 싯다르타는 저 성의 어느 한 문으로 빠져나왔을 것이다. 소리나지 않게 말발굽을 헝겊으로 감싸고.

···· 대각(大覺)을 이룬, 보드가야(Bodgaya)

갈애(渴愛)가 그친 사람을 보라. 강을 건넌 사람. 슬픔이 없는 사람. 그 모든 것에 대한 집착에서 벗어난 사람. 모든 구속을 과감하게 잘라 내던진 사람….

마부가 길들인 말처럼 잘 다스려진 감각을 갖고 있는 사람. 자만을 완전히 극복하고 부패에서 자유로운 사람. 이런 사람은 천신들마저도 소중하게 여기나니 ….

— 담마파다(法句經)

바이사크하(4~5월)의 보름날 밤, 마침내 붓다는 깨달음을 얻었다. 서른다섯이 되던 날이었다. 왕자로서의 영화를 버리고 고행과 수행을 거쳐 고(苦), 집(集), 멸(滅), 도(道)의 사성제(四聖諦)와 이것으로부터 벗어날 수 있도록 이끌어 줄 팔정도(八正道)를 깨우친 것이다. 그 대각의 장소가 보드가야다. 봄베이에서 수많은 인파와 소음에 시달리다 이곳에 오니 한결 편안하다. 기와 올린 번듯한 집들도 있고 가축도 살이 쪄서 보기에 좋다. 땅은 메말랐는데 나무는 무성하다. 부뚜막에 불때고 밥짓는 모습. 숯불 다리미, 이발소 등이 우리나라 50년대 풍경 같다. 간혹 지나가는 버스 지붕에 사람들이 빽빽하게 올라탔는데 그 이유는 요금을 절반으로 줄일 수 있기 때문이라고.

나는 릭샤(인력거)를 타고 '마하보디(Mahabodhi) 사원'으로 간다. 상쾌한 공기를 마시며 시골길을 릭샤로 출렁출렁 가는 재미는 좋으나 바싹 여윈 릭샤꾼의 갈라터진 맨발과 씩씩거리는 숨소리에 마음이 편치 않다. 마하보디는 불교의 가장 유명한 성지다. 붓다가 그랬던 것처럼 모든 과거불과 미래불이 악의 힘을 물리치고 성도(成道)하는 장소가 바로 이곳이라고 믿기 때문이다.

기원전 3세기에 이 성지에 아소카 왕이 사원을 세웠고 그후 개축을 거듭하여 지금과 같은 큰 사원이 된 마하보디 사원 안에 높이 52미터의 대탑은 피라미드 같은 형태로 쌓아올리고 빈틈없이 조각을 하였으며, 기단부에 사방으로 문을 내놓았다. 왼쪽 문으로 들어가 있으려니까 우리나라에서 공부하러 왔다는 스님이 옆에 와 앉는다. 잠시 이야기를 나누다 고국으로 돌아갈 여비가 없다기에 약간의 보시를 하고 나온다. 사원 뒤편에 붓다가 앉았던 자리, 금강좌(金剛座)와 보리수 앞에서 세계 각지에서 온 승려와 순례자들이 참배하고 있

다. 어떤 이들은 오체투지로, 어떤 이들은 꿇어 엎드린 채, 어떤 이들은 가만히 앉아서. 명상에 잠긴 붓다의 지붕이 되었던 그 보리수는 12세기에 말라죽었고, 이것은 스리랑카에 불교를 전파할 때 가지를 잘라가 심었던 보리수에서 다시 잘라와 심은 것이라고 한다.

뜰에는 불교도들의 경배 대상인 불족석(佛足石 : 붓다의 삼십이상— 보통 사람들과 다른 서른두 가지의 신체적 특징— 가운데 발바닥의 특징인 바퀴자국이 나 있다)이 있다. 커다란 발바닥에 노란 꽃잎 몇 개가 하늘거린다. 사원 주변에 늘어선 각 나라의 불교 사원들은 무슨 모델 하우스 같다. 중국 사원, 타이, 일본, 티벳, 우리나라는 고려사.

사원을 벗어나 조금 가다보면 니르자나(Nirijana)강이 흐른다. 붓다가 고행으로 극도로 쇠약해졌을 때 수자타로부터 우유를 공양받고 회복하여 몸을 씻었다는 강이다. 랄리타비스타라 18장 가운데 "수자타는 천 마리의 암소에게서 얻은 우유죽과 음식 중에서 가장 자양분이 많은 햅쌀밥을 한 줌 준비했다. 그리고 보리수 밑에 앉아 있는 붓다에게 이 귀중한 음식을 갖다 바쳤다" 고 씌어 있다. 《랄리타비스타라》(Lalitavistara)는 산스크리트 경전으로 1세기 경에 저술된 붓다의 전기다. 강은 지금 건기라서 물이 거의 흐르지 않아 나는 한참을 걸어나가 손을 담근다. 강물은 온화한 사람의 손길처럼 온기가 느껴진다.

비구들이여, 삶은 고통이다. 태어나는 것, 늙는 것, 병드는 것, 죽어야 하는 것은 고통일지니라. 구하나 얻어지지 않는 것도 고통이니 번뇌의 수풀 위에 뿌리박은 이 몸이 존재하는 것이 고통이니라. 무엇이 이 고통의 근본이랴? 성내고, 탐내고, 어리석은 것. 이 세 가지가 모든 고통의 원인이니라.

— 사성제의 가르침

보드가야에서 성도를 이룬 붓다가 중생을 제도하기 위하여 그 전법의 첫 장소로 택했던 바라나시는 힌두의 성지이기도 하다. 수많은 힌두 사원과 사람들, 개와 소와 오물과 소음과 연기와 온갖 것들이 들끓는 바라나시에 나는 밤에 도착했다. 자는 둥 마는 둥 하다 새벽에 갠지스강으로 나온다. 골목을 걸어올 때 몇 군데 가트(Ghat : 사람의 시체를 화장하는 곳)를 보았다. 이미 죽었거나, 죽어가고 있는 사람들이 담요에 둘둘 말린 채 야전 침대처럼 뻣뻣하다. 내 몸뚱이도 죽어가는 자로서 뻣뻣하다. 강가에는 벌써 사람들이 웅성거린다. 빨래하는 사람, 밥짓는 사람, 목욕하는 사람, 동냥하고, 명상하고, 노를 젓고, 유칼리나무도 팔을 흔들고, 모두 무엇인가 '하고' 있다. 자세히 보면 그 풍경의 입자들은 조금씩 어디론가 옮겨진다. 무수한 점으로. 선으로. 덩어리로.

배를 타고 강 가운데로 나간다. 해를 맞으러 가는 마음은 늘 설렌

갠지스강 주변에 즐비한 가트(Ghat:사람의 시체를 화장하는 곳)와 숙박업소들.
강가에는 밥짓고, 빨래하고, 목욕하고, 동냥하고,
명상하는 사람들과 개, 돼지, 소, 쓰레기로 뒤범벅이다.

다. 갠지스는 재를 섞은 듯 걸쭉하다. 갠지스는 강이 아니라 몸뚱이다. 무수한 몸뚱이의 체액이 흘러 넘치는 삶의 궁극이고 죽음의 발단이다. 꽃불을 파는 아이가 잽싸게 배에 올라탄다. 꽃불을 띄우면 소원이 이루어진다고 계속 졸라댄다. 무엇을 위한 목적이든 꽃은 아름답다. 꽃판 위에서 타고 있는 촛불이 꽃을 은은하게 비춘다. 나는 무슨 꽃이라나, 노란 꽃에 켜놓은 납작하고 조그만 불이 귀여워 하나 사서 띄운다. 그것은 빠르게 떠내려 가다가 슬며시 사라져버린다. 덧없는 중생의 한 생애처럼. 그래도 내 무거운 업장이 저 촛물처럼 녹아내릴 수 있다면 나는 갠지스 가득 꽃불을 띄우리라.

새벽 갠지스

한 육신을 태운 흔적 앞에서

담배를 태운다

그을음 위에 남는 몇 개의 뼈

무슨 명백한 증거처럼 희게 빛난다

더러는 밥을 짓고 몸을 씻고

더러는 꽃을 팔고 동냥을 하는 갠지스

어린 시체 하나 떠내려온다

꼭 쥔 주먹 오그린 발가락

눈 먼 몸뚱이가

한 세계를 건너고 있다

나는 기도문도 없이

노란 꽃불을 사서 띄운다

물결에 흔들리다 불은 꺼지고

젖은 꽃잎들 떨며 흘러간다

멀리까지 노 저어간 한 사람

가슴 가득 아침 해 안고 온다

— 바라나시 05시

갠지스의 일출. 해는 강 건너 마을에서 사과처럼 발갛게 익어오고
강물은 재를 섞은 듯 걸쭉하다. 갠지스는 강이 아니라 몸뚱이다.
무수한 몸뚱이의 체액이 흘러넘치는 삶의 궁극이고 죽음의 발단이다.

"갠지스 …

갠지스에는 이 세상에 있는 것은 무엇이든 다 흐르고 있다. 삼백
초 이파리의 그 구역질날 듯한 냄새로부터, 재스민 꽃의 그 천국에
갈 것 같은 냄새까지. 갠지스강에 흐르지 않는 것은 없다. 사용법을
몰라 내던져 버린 전기 세탁기에서, 아직 전기가 나오지 않은 시대
에 죽은 수많은 시체들의 뼈까지 … 그리고 이 인간들은 1999년경
이 되면 갠지스의 밑바닥에서 딱, 쿵, 뼈끼리 부딪치는 소리를 내며
줄줄줄줄 바다 쪽으로 흘러갈 것이다. 갠지스는 … 2001년이 되어
어딘가 이상한 나라에서 하얀 까마귀가 새까만 인간의 어린이를 낳

아 떨어뜨리는 일이 있어도 역시 그것을 받아안고 흐르고 있을 것이다.”

70년대에 인도를 방랑했던 일본의 사진작가 후지와라는 갠지스를 이렇게 말했다. 나는 이 한정된 공간에 담긴 우주적 상징을 숙고해 보다가 생각을 접는다.

갠지스에서 차를 타러 오는 동안은 한바탕 전쟁을 치러야 한다. 진을 치고 대기중인 거지들이 우르르 몰려와 순식간에 포위해서 혼자서는 헤쳐나갈 길이 없다. 자비고 보시고 그런 관념은 멀리 달아나 버린다. 차를 타도 계속 창문을 두드린다. 착잡한 마음으로 애써 눈길을 피하는 도리밖에.

바라나시 캔트역 근처에 ‘바라트마타(Bharat Mata) 사원’에는 특별한 것이 하나 있는데 흰 대리석으로 만든 커다란 인도 지도다. 그것은 매우 입체적이어서 히말라야, 평야, 데칸고원, 그곳으로 이르는 길 등 인도의 지형이 뚜렷하다. 도처에 산재한 힌두 사원을 지나 ‘두르가(Durga) 사원’에 들어서자마자 원숭이들이 야단법석이다. 원숭이가 많아서 멍키 사원이라고도 한다니까 당연하겠지. 두르가는 생목을 들고 붉은 혀를 내밀어 산 제물을 요구하는 무서운 신으로 ‘칼리’도 이 두르가며, 시바의 아내 ‘파르바티’도 두르가다. 일반인들은 경내에 들어갈 수 없으므로 회랑에서 기웃거리는데 원숭이가 옆사람의 손지갑을 순식간에 채 가지고 달아나 버린다. 파괴의 신과 함께 사는 원숭이들이라 그런지 때로 기습도 한다는 것이다.

하도 힌두사원을 돌아다닌 탓인가. 밤에 자다가 나는 가위에 눌려 소리치다 깼다. 온몸이 땀이다. 낮에 보았던 울긋불긋한 힌두 신들이 내게 덤벼드는 것이 아닌가. 신들의 습격, 나는 속수무책이다.

오, 비구들이여! 이제 중생들을 위해 길을 나서라. 많은 사람들을 제도하고 자비심을 베풀라. 불법을 설하라. 불법의 진수를 설하라. 수행이 얼마나 사람을 청정하게 하는지 보여주어라.

— 디뱌바다나(게송)

입멸 직전 붓다는 바이샬리에서 암리팔리를 교화하였다. 그녀는 무녀(舞女)였는데 향락에 빠져 살다가 붓다의 설법을 듣고 감화되어 후에 아라한이 되었다고 전해진다. 바이샬리는 또한 유마 거사의 고향이기도 하다. 그의 와병으로 시작되는 유마경 — 문수 보살이 문병왔을 때 중생이 아프니 나도 아프다. 중생이 아프지 않은 사회, 그 고뇌의 얽매임에서 해방되는 날, 자신도 나으리라. 번뇌와 보리가 다르지 않고, 삶과 죽음이 다르지 않다는 불이(不二)의 경지, 그리고는 침묵으로 결론을 짓는다는 내용 — 은 문학성과 상징성이 높이 평가되는 경전이다.

바이샬리에 와서 나는 비로소 느슨해진다. 그동안 거쳐온 척박한

과자 파는 가게. 흙으로 만든 화덕에
과자는 구워졌으나 오가는 이가 없다.
파리떼만 과자를 탐할 뿐. 주인은 쫓을
생각도 않고 물끄러미 바라본다.

잔이나 주전자, 그릇 등으로 사용되는
토기를 파는 가게. 토기와 사람과 흙바닥이
나른하게 졸고 있다.

도시와 농촌과는 달리 이곳은 물기가 돈다. 드넓은 사탕수수밭, 망
고나무 숲, 흙탕물이긴 해도 넘실대는 강물이 잔뜩 뒤집어쓴 먼지
를 씻어준다. 평화롭고 기름져 보이는 마을에도 거지는 있다. 어슬
렁거리는 소도 있고 달구지를 끄는 소도 있다. 사람들은 가무스름
하고 소들은 하얗다. 밤에 어디선가 악기 소리며 사람들 왁자지껄
한 소리가 들린다. 결혼식 행렬인가 보다. 나가봐도 보이지 않고 달
빛만 창백하다. 문득 내 그림자가 낯설다. 모두가 낯설다. 친화되지
못하는 딱딱함이여. 껍데기뿐만 아니라 내장까지도 굳어가고 있는
가 보다.

　나는 달빛을 털며 방으로 들어와 내일 드디어 쿠시나가라에 가기

위해 정성 들여 몸을 씻고 벽을 향해 반듯이 앉는다. 쿠시나가라, 그곳은 붓다의 위대한 생애가 완성된 곳이 아닌가.

아난다여, 쿠시나가라의 말라스 사람들에게 이렇게 전하라. 오늘밤 자정 무렵 여래는 열반에 들리라고. 아난다여, 이제 나는 인생의 황혼에 접어들었구나. 나의 여정은 이제 막을 내리려 하노라. 나는 이제 팔십 세가 되었구나. 비유컨대 낡은 수레가 움직일 수 없음과 같을지니라. 육신이란 부모에게서 물려받은 것이니만큼, 늙고 병들어 없어지는 것은 당연한 일이니라. 내가 이미 가르치지 않았느냐. 모든 형상 있는 것들은 다 사라져 없어지리라고. 그러나 여래는 육신이 아닌 깨달음의 지혜이니라. 내가 가르친 진리는 언제나 너희들과 함께 하리라.

— 앙굿타라니키아

바이샬리를 떠나 병든 몸을 이끌고 쿠시나가라로 가던 중 붓다의 일행은 파파에 이르러 대장장이 춘다의 공양을 받는다. 그 음식은 돼지고기 혹은 독있는 버섯이었다고 하는데 그것을 취하고 붓다의 병세는 더욱 악화되었다. 파파에서 쿠시나가라까지 29킬로미터를 가는 동안 붓다는 여러 번 쉬어야 했다. 마침내 목적지에 도달하자 붓다는 사라 나무숲으로 들어가 쌍수(雙樹) 사이에 자리를 잡고 머리를 북으로 두고 서쪽을 향해 옆으로 누웠다. 그리고는 열반이 임박했음을 알고 비구들에게 불법과 수행에 대하여 다시 한번 일렀다.

"비구들아, 너희들에게 이르노니 모든 것은 소멸하는 성질을 가졌으므로 방심하지 말고 노력하여라." "이 세상에 있을 때 자기 자신을 의지처로 하라. 법을 등불로 삼고 다른 것을 의지하지 말라."

밤이 되어 후경(인도에서는 밤을 초경, 중경, 후경의 삼경으로 나눈다) 무렵에 붓다는 '의식과 감정이 중지되는 상태'(滅受相定)로 들어섰다. 그리고는 곧 열반(涅槃 : 어의적으로는 소멸, 정적, 적멸을 의미하나, 시작이 없고, 변화가 없고, 소멸하지 않고, 파괴되지 않으며, 전생하지 않는 상태를 말한다)이 이루어졌다. 탄생, 성도, 초전법륜 때와 마찬가지로 땅이 흔들리고 신들이 나타났으며 나무들은 일제히 꽃을 피웠다.

붓다의 탄생지에서 그 발자취를 더듬어 여기까지 오는 동안 나는 한 일도 없이 지쳐 있다. 메마르고 울퉁불퉁한 길을 시원찮은 버스로 덜커덩거리며 8시간, 10시간씩 이동할 때 먼지로 목이 메이고 오토바이와 낡은 자동차가 뿜어대는 매연 때문에 눈이 시큰거렸다. 마땅하게 식사할 곳도 없어서 점심을 저녁 무렵이나 되어 먹고 나면 음식 때문에 탈이 나기도 했다. 내가 좀더 의연하고 신심이 있다면 사실 이 정도가 무슨 힘든 일이겠는가. 그래도 쿠시나가라에 도착하고 나니 '다 왔다'는 뿌듯함으로 다시 기운이 났다. 그러

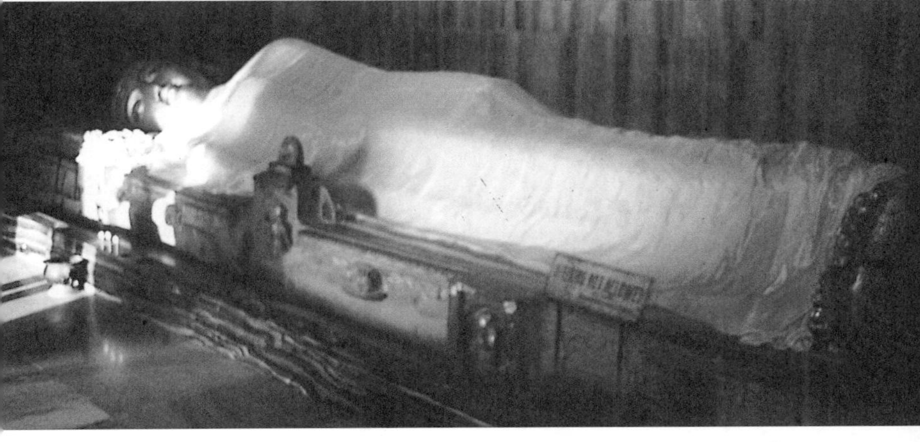

햇빛이 비치는 열반의 얼굴이 금빛으로 빛난다.
수 많은 중생들의 가슴에 빛을 비추듯이.

나 열반당의 열반상은 실망이 크다. 아잔타 석굴의 열반상은 갓 태어난 아기처럼 순진무구하여 열반이 탄생같고 탄생이 열반 같은데…. 나는 내 나름대로 붓다의 모습을 그려본다. 형상이 무슨 대수일까마는.

쿠사나가라를 떠나는 발걸음이 무겁다. 버려야 할 것 못버리고 가는 내 生이 무겁다. 욕망이 없을 것 같은 저 소의 발걸음도 무거워 보인다. 불상 앞에서 타 들어가는 촛불의 소멸조차도. 내일은 산치로 가서 붓다의 생애를 한눈에 볼 수 있는 조각을 보면서 지나온 여정을 되새김할 참이다.

다비터. 붓다 열반 후 다비를 치렀던 곳.

온몸이 눈인 것도 같고

귀인 것도 같고

기다림인 것도 같은,

우주를 돌아온 그의 발등이 퉁퉁 부어 있다

— 열반당에 모로 누운 부처

· · · 산치(Sanchi)와 델리(Delhi)

산치는 참으로 고요하고 아늑하다. 마을의 풍경처럼 반구

형의 산치 대탑 역시 푸근한 모습이다. 이 대탑은 기원전 2~3세기

기원전 2~3세기 경에 구축한 산치 대탑. 높이 16.4미터, 지름 36.5미터.
탑 앞에 세운 네 개의 문에는 붓다의 현생과 전생 그리고 설법의 장면들을 조각하였다.
꼭대기에 불교의 진리를 나타내는 법륜과 기둥에서 보여주는 붓다의 기적행위,
보리수 아래서의 성도 장면은 불교예술에 있어 최고의 걸작으로 꼽힌다.

경 아소카 대왕이 세웠던 탑의 유적 위에 만든 것으로 높이가 16.4
미터, 지름이 36.5미터, 난간은 돌로 둘렀고 네 개의 문에는 붓다의
현생과 전생, 그리고 설법의 장면 등을 조각하였다. 당시 유명한 금
속공, 석공들이 모두 동원되었을 정도로 공을 들인 만큼 조각 하나
하나가 아름답지 않은 것이 없다.

그 가운데서도 북쪽 문 꼭대기에 새긴 불교의 진리를 나타내는
법륜, 기둥에서 보여주는 붓다의 기적행위, 보리수 아래서의 성도
장면은 불교예술에 있어 최고의 걸작으로 꼽힌다. 산치에 탑을 세

웠던 시기에는 붓다의 형상을 만드는 행위가 금기시되었던 무불상 (無佛像)시대였기 때문에(불상은 기원전 1세기 이후부터 간다라 지방을 중심으로 생기기 시작하였다) 이와 같이 보리수라든지 붓다의 발자취, 법륜 등으로 묘사하였다.

탑은 모두 세 개다. 대탑 옆에 제3탑, 500미터쯤 떨어진 곳에 작은 제2탑. 사실 문들은 너무나 화려하여 이 장소에 어울리지 않는다는 느낌이 든다. 하지만 탑과 문이 만들어졌던 때의 산치는 불교의 성지는 아니더라도 번성한 도시였다고 한다. 나는 서쪽문 앞에서 소용돌이치는 초전법륜의 바퀴자국을 따라 녹야원 풀밭으로 가고 있는데 무슨 새인지는 몰라도 낯익은 새 소리가 들린다. 새들은 국적이 없는지라.… 주변이 어찌나 조용한지 작은 새 소리가 허공을 흔든다. 여기서 며칠 쉬면서 눈과 발의 고단함을 풀었으면. 전진의 고삐를 늦추었으면. 아예 놓아버렸으면.

집으로 돌아오기 위하여 델리에 왔다. 산치와 델리. 상반된 두 장소에 나는 곧바로 적응하지 못해 곤혹스럽다. 수많은 인파, 오토 릭샤, 낡은 자동차, 관광객을 따라 우르르 몰려왔다 몰려가는 거지떼들, 소, 개, 파리떼, 사원에서 피워올리는 가지가지 향냄새들이 서로 뒤엉켜 들끓고 있다.

길 하나가 흰 소를 세워놓고 강 쪽으로 사라진다
파리떼가 소의 온몸에 돋아난 부스럼에

얼굴을 처박는다 소는 파리떼를 데리고
길이 세워둔 대로 그냥 서 있다
소의 귀를 당기며 사원의 종이 울린다
사원 문 밖에 줄지어 앉아 있는 거지들
청동시대 유물 같다
빈 동냥그릇 안에는 햇빛이 저희끼리 반짝인다
반짝임을 등지고
쓰레기 뒤지던 노파와 개
길바닥에 지쳐 눕는다
아소카나무 늘어진 옷자락이 그들을 덮는다

— 아소카나무

이 와중에서 나는 인도의 전통악기 시타르(Sitar)를 샀다. 만돌린 비슷한 현악기인데 목부분이 더 길다. 현의 수는 20개지만 실제 소리를 내는 것은 한 줄뿐이고 나머지 현들은 공명시키는 역할을 한다. 나는 집에서 시타르 연주의 일인자로 꼽히는 라비-상카(Ravi-Shankar)의 연주를 들으면서 언젠가 인도에 가면 사오려고 마음먹었었다. 독습해 볼 요량으로 교본도 하나 샀다. 이 덩치 큰 아기를 안고 다닐 일이 걱정이나 이제 집에 가는 일만 남았으므로 눈 딱 감고 샀다. 인도 음악은 징징 보채는 듯한 나른한 멜로디와 반주 부분 모두 음역이 지극히 단조롭다. 따사로운 봄날에 나른하게 들으면 좋은 음악이다. 물론 곡에 따라 속도를 내어 현란한 것도 있지만. 잠시 다른 세계에 머물다 온 듯 나는 악기점에서 나와 다시 아수라장 속으로 들어간다. 그러나 자세히 보면 모두가 보이지 않는 끈에 연결되어 멸치떼의 이동처럼 모이고 흩어지고 다시 모인다. 누덕누덕 기운 삶을 걸치고. 한정된 공간에서 맴돌면서. 삐그덕거리며 굴러가는 저 바퀴들도 어디선가 멈추고 말겠지만 그 종말의 장소는 또한 기원의 장소이기도 하다. 존재를 끝내고 싶은 갈애(渴愛)는 또 다른 삶을 가져온다는 불교의 논지를 생각하면 나는 그 열망마저도 열망할 수 없게 된다. 존재를 취하할 수 없는 존재들의 고통이여.

돌과 같은, 꽃과 같은 두 개의 사원

· · · 얼굴들

하나도 아니고, 다섯도 아니고, 열도 아닌 수십의 얼굴들
이 내 주변을 맴돈다. 빙글빙글 원을 그리거나, 아래위로 움직이거
나, 때로는 오른쪽에서 사라졌다가 왼쪽에서 다시 나타난다. 그 얼
굴은 눈과 코와 입, 귀가 모두 뭉툭하며 웃고는 있으나 어딘가 냉소
적인 자만에 찬, 혹은 삶을 다 읽어버린 그런 표정이다. 그 얼굴들
은 십 년이 넘도록 나타나 나를 밀림 속으로 끌고다닌다. 그런 날
밤에는 땀에 흠뻑 젖고 에너지가 고갈되어 아무것도 할 수가 없다.
나는 마침내 그 얼굴들과 정면으로 부딪칠 각오를 하고 집을 나선
다. 나는 그들의 거처를 안다. 그들이 왜 내게 나타나는지도.

46미터 높이에 54기의 석탑,
거기 200개의 얼굴이 조각된
바욘사원. 바욘은 '왕의 방'이란
뜻. 크메르 예술의 르네상스를
구가하였던 자야바르만 7세가
구축한 사원이다. 벽면에는
힌두 신화와 크메르 사람들의
일상생활이 부조되어 있다.

바욘사원의 얼굴. 자야바르만
7세의 얼굴이라고도 하고
관음보살의 얼굴이라고도
하는데 그 표정은 자비와
냉소의 이미지를 함께 지니고
있다. 이 얼굴들은 사방 팔방
어느 방향에서나 내려다보고
있어 피할 길이 없다.

나는 드디어 그 얼굴들과 대면한다. '앙코르 톰'의 '바욘 사원'에서. 그들은 내가 상상했던 것보다 훨씬 크고 많았다. 그리고 늙었다. 200개의 얼굴들. 피할 길 없는. 얼굴의 밀림.

"그 얼굴들은 반쯤 감은 눈, 불가해한 미소와 자비의 표정을 내보이며 마주보고 있다. 그 펑퍼짐한 코 아래 미소짓고 있는 입. 차가운 미소를 엷게 짓는 노파 같은 표정. 교활한 듯하면서도 불가해한 상냥한 노파, 냉소적인 저 자비의 표정." 정말 그렇다. 《앙코르 순례자》를 쓴 피에르 로티의 표현처럼 바욘의 얼굴은 자비와 냉소의 상반된 이미지를 함께 지니고 있다. 그것은 관음보살의 얼굴이라고도 하고, 이 사원을 건축한 자야바르만 7세의 얼굴이라고도 한다. 46미터 높이의 54기 석탑. 거기 각 면에 새긴 두상은 무려 200개. 지금은 관광지로서 도로가 깔리고 사원을 뒤덮었던 나무들을 제거해서 그렇지 처음 발견되었을 때는 무너진 돌더미가 입구를 막아 들어갈 수도 없었고, 박쥐와 원숭이, 호랑이도 어슬렁거렸다 한다. 이 두상들은 밑에서 올려다보면 허공에 수많은 얼굴들이 둥둥 떠서 배회하는 것 같다. 탑들은 로티의 비유대로 거대한 솔방울 모양인데, 하나 하나의 탑은 중앙의 탑을 향해 모여 있다. '네 얼굴의 탑' 중앙 탑은 다른 탑들보다 높아서 60~70미터쯤 되며, 각 모서리에 역시 얼굴들이 동서남북을 향해 있다. 이 탑 아래 깊고 은밀한 지성소(至聖所)에는 팔이 없는, 머리가 없는, 어떤 것은 그림자처럼 음산한 신상들이 있었고 뱀이 지나다녔으며 박쥐가 잠자고 있었다고 한다. 바욘은 '왕의 방'이라는 뜻이다. 위대한 성벽도시 '앙코르 톰'의 중심부에 위치한 그 사원 벽면에는 크메르인들의 다양한 모습들을 조각해 놓았다. 1177년 앙코르를 점령한 베트남의 참족과 크메르족의 전투광경이라든지, 뱃놀이, 고기 잡는 풍경, 닭싸움시키는 사람들, 축제를 준비하는 모습, 아이를 업고 있는 여인들 같은.

나는 바욘의 얼굴들을 자꾸 뒤돌아보면서 '타프롬 사원'으로 걸음을 재촉한다. 얼굴들은 여전히 사방팔방 온 방향에서 나를 내려다본다. 내 집까지, 잠 속까지 따라 올 저 얼굴들. 나보다 먼저 도달해 기다리고 있을지도 모르는 거역할 수 없는 저, 얼굴들.

· · · · 어디선가 작은 씨앗이 날아와

<u>'타프롬 사원'</u>은 자야바르만 7세가 어머니를 기념하여 1186년에 세운 탑이다. 면적이 600평방미터가 넘었고 한때 3,000명의 승려가 거주하였다는데 지금 내 눈앞에는 무너진 돌무더기와 사원을 짓밟고 있는 강력한 나무뿐. 살인적인 '무적의 무화과 나무'는 몸통은 말할 것도 없고 거대한 낙지발 같은 허연 뿌리만 보아도 질려버린다. 사원의 숨통을 조이고 있는 저 악마적인 뿌리가 없다면 사원은 오히려 곧바로 쓰러져버릴 형국이다. 식물의 파괴력은 동물보다 더욱 완강하다. 어디선가 날아온 하나의 작은 씨앗으로부터 시작된 그것은 보이지 않게 땅속으로 세력을 뻗쳐 마침내는 지반을 흔들어 벽을 허물고 지상의 구조물을 파괴한다.

타프놈 사원을 짓누르고
있는 무화과 나무.
거대한 낙지발 같은 뿌리가
지반을 흔들어 지상의
구조물들을 파괴한다.
나무를 제거하면 사원이
붕괴될 위험 때문에 방치해
두고 있다.

어디선가 작은 씨앗이 날아와 사원의 탑 꼭대기에

가볍게 내려앉았습니다 싹이 트고 잎이 나고

뿌리는 돌을 뚫고 아래로 아래로 뻗어내려 갔습니다

나무는 무섭게 자라나 이윽고 성벽을 흔들고

사원을 허물고 왕궁을 짓눌렀습니다 허물벗은

수천 마리 뱀 같은 가지들이 사람의 길을 가두고

석상의 목을 졸랐습니다 무너져 가는 지붕에서

원숭이 휘파람 소리 들리고 사원의 은밀한 至聖所에는

박쥐들이 푸득였습니다 나른한 한낮이 무화과 잎에서

뒹굴다 가고 석상의 텅 빈 두 눈에 달빛 가득 찰 때

들소가 끄는 수레를 타고 호수를 건너는

한 사람의 그림자가 어른거렸습니다

별빛 창백한 폐허가 만방에 아름다웠습니다

— 어디선가 작은 씨앗이 날아와

사원은 입구에서 보던 것보다 내부가 훨씬 크다. 끝이 없을 것 같은 미로가 계속 연결된다. 가공할 나무의 얽히고 설킨 잔뿌리들에게 칭칭 감겨 나뒹굴어진 돌무더기가 앞을 막는다. 돌을 건너뛰며 안으로 들어가면 으슥한 방마다 무르익은 어둠과 침묵이 또아리를 틀고 있다. 마치 누군가를 골똘히 기다리는 듯이. 기다리다가 또아리를 스르르 풀며 덮칠듯이.

앙코르 톰은 마력이 군림하는 곳인가. 바욘 사원이 그렇고 타프놈 사원이 그렇고 코끼리 테라스 앞 피메아나카스 사원이 그렇다. 전설에 따르면 이 사원의 탑에 머리가 아홉인 뱀의 정령이 살고 있었다. 그것은 밤마다 여자로 변신하여 왕과 성교를 했다. 왕이 매일 밤 찾아오지 않으면 왕국에 큰 재앙을 일으킨다고 하면서. 이런 지경이라면 아무리 호색한이라도 감당하기가 힘들었을 텐데 그때의 왕은 신왕(神王)이었으며, 마법을 부여받은 존재로 간주되었으니까 가능했을지도 모른다. 또 하나 특이한 것은 문둥이 왕 테라스다. 의식의 행렬, 크메르 인들의 수호신 나가 (머리가 여러 개 달린 성스러운

코끼리가 부조된 이 테라스 앞에 피메아나카스 사원 탑에는
머리가 아홉인 뱀의 정령이 살면서 밤마다 왕과 성교했다고 전해진다.

뱀), 물고기 등을 부조한 테라스 끝에 다다르면 문둥이 왕이라 부르
는 크메르 초기의 왕, 야소바르만의 좌상이 있다. 그는 나병으로 죽
었다는데 좌상의 얼굴은 지극히 평온하다. 한쪽 손과 한쪽 발은 파
손되었지만 나체의 가슴에 근육이 붙고 균형이 잘 잡혀 건장한 한
남자를 연상시킨다. 돌이 웃고, 울고, 자애롭고, 온화하고, 때로는
흉악하고, 무시무시하고 돌의 예술은 불가사의다.

이처럼 기이하고 특별한 도성, 앙코르 톰은 크메르의 위대한 '승
리의 아들' 자야바르만 7세가 구축하였다. "왕은 이 도시와 결혼했
다. 우주의 행복을 얻기 위해서"라고 할 만큼 그는 앙코르 톰의 재건
에 심혈을 기울였다. 60세가 넘어서야 왕위에 올라 30년간 통치하
는 동안 크메르는 예술에 있어 르네상스 시대였고, 건설과 정복과

성벽도시 앙코르 톰으로
들어가는 다리 위의 석상.
앙코르 톰은 벽과 해자로
둘러싸여 다리를 건너서
들어가게 된다. 석상들은
크메르인들의 수호신 '나가'를
받들고 난간에 줄지어 있다.

새로운 신앙, 불교의 시대였다. 그는 또한 백성들의 생활에도 관심을 가지고 바욘 사원에 그들의 일상생활을 새겼다.

앙코르 톰은 사방을 벽과 해자(垓字)가 둘러싸고 있는데 성벽은 우주를 둘러싼 산맥을, 해자는 대양을 의미하여 도성의 대문으로 들어가는 다리 난간에는 거대한 석상들이 신성한 수호신 '나가'를 받들고 있다. 다리를 건너면, 아니 대양을 건너면 축소된 사원 같은 대문 꼭대기 네 방향에서 바욘의 얼굴이 내려다본다. 대문이라기보다 그것만으로도 하나의 탑 같다. 그 문을 지날 때 보이지 않는 어떤 손가락이 문을 두드리듯 후드득 비가 뿌린다. 그 얼굴은 양각과 음각이 뚜렷해지면서 점점 생기가 돈다.

음산했던 날씨와 앙코르 톰은 저만치 가고 오늘은 활짝 개었다. 아침부터 쨍쨍한 햇빛이 앙코르를 달군다. 나도 차츰 달구어지기 시작한다. 지금 서서히 다가오고 있는 저 유적은 앙코르에서 가장 웅장하고 아름다운 건축물 '앙코르 와트'다. 이것은 힌두신에게 바쳐진 신전이기 때문에 당연히 힌두의 세계관에 따라 축조되었다. 멀리서도 확연하게 드러나는 다섯 개의 탑은 수미산의 다섯 봉우리를 나타내고, 신전을 둘러싼 해자는 바다를 의미한다. 나는 수미산으로 건네주는 다리를 건넌다. 사각의 판석이 깔린 바닥은 넓고 견고하다. 탑들은 영락없는 연꽃 봉오리다. '버렸고, 버렸다는 그 상념마저 멸진한' 자리에서 솟아난 다섯 송이 연꽃. 그 봉오리들은 그러나 영원히 피어나지 않을 듯하다. 꽃은 피면 시드나니….

앙코르 와트는 규모가 동서 1,040미터, 남북 820미터로 동서남북으로 뚫린 긴 회랑을 따라가다 보면 테라스와 신전과 탑과 계단으로 연결된다. 회랑 벽에 빽빽하게 새긴 부조는 힌두의 대서사시 〈마하바라타〉를 묘사한 것이라는데 그거 하나씩 공부하려면 꽤나 머리가 아프겠다. 남쪽 회랑 한 부분의 부조는 이 사원을 지은 수르야바르만 2세가 궁중회의를 집전하는 장면이다. 왕은 비스듬히 앉아 한 팔을 들어 무엇인가 가리키고 대신들은 왕의 발치에 조아리고 있다. 더운 지방이니 만큼 여기저기서 왕에게 부채질을 한다. 허리를 야간 비튼 왕의 목과 팔, 다리의 곡선이 유연하고 우아하다.

앙코르에서 가장 웅장하고 아름다운 앙코르 와트. 다섯 개의 탑은 수미산의
다섯 봉우리를 의미하고, 신전을 둘러싼 해자는 바다를 나타낸다. 연꽃 봉오리 같기도
하고 솔방울 같기도 한 탑의 모습은 지고한 아름다움에 대한 갈망의 분출로 여겨진다.

1296년 원나라 황제의 사신으로 앙코르를 방문한 주달관이 쓴
크메르 여행기 《진랍풍토기》(眞臘風土記)를 보면(당시 중국에서는 크
메르를 진랍국이라 불렀으며 앙코르에는 이미 중국 사람들이 많이 거주하
고 있었다) 왕궁 안은 황금의 창문, 황금 조상, 금속 장식으로 꾸몄으
며, 왕들은 호화로운 의상을 걸치고 황금관을 쓰고 진주와 그 밖의

앙코르 와트 회랑 벽에 새긴 신상과 크메르 여인상.
벽의 부조들은 주로 힌두의 대서사시 〈마하바라타〉를 묘사한 내용이 많다.

다른 보석들로 치장하여 부유하게 느껴졌다고 했다. 아주 드물지만 왕이 황금 칼을 차고 코끼리를 타고 수많은 수행원이 뒤를 따르는 가운데 위풍당당하게 시가행진을 벌일 때면 캄보디아 백성들이 왕에게 보인 충성은 대단히 극진한 것이어서 비록 그들이 야만인이긴 하지만 왕이 무엇인지 아는 것 같다고 했고, 왕의 비빈(妃嬪)들은 맨발에 우유처럼 하얀 유방을 드러내고 다녔다고도 했다. 궁정에는 바라문과 승려, 시바 신의 추종자도 있는 것으로 보아 다양한 종교를 가지고 있었지만 서민들은 일종의 '분리된 인종'으로서 식탁도 걸상도 없고, 밥을 짓는 오지솥 한 개와 죽을 끓이는 냄비 한 개가 있을 뿐이며, 바닥에 돌 세 개를 놓고 불을 때고 야자열매의 껍질을 숟가락으로 썼다고 한다.

나는 회랑을 돌고 계단을 오르내리며 땀을 흘리다가 꼭대기에 올라와 쉰다. 내가 기댄 벽엔 크메르의 무용수 압사라(apsara)의 조각들이 가득하다. 그녀들은 탑을 닮은 뾰족한 모자를 쓰고 배꼽을 드러낸 채 뼈 없는 연체동물처럼 휘고 꺾이고 젖혀진 자세로 춤추고 있다. 저 틈에 끼어 나도 한바탕 춤추었으면. 저 작고 예쁜 여자들과 함께 벽이 되었으면.

높은 곳에서 내려다보면 방금 지나온 곳도 까마득하다. 보이지 않는 미래가 아득하다. 순간순간 내가 몸담았던 장소와 사물들이 전설의 현장이고 소품 같다. 그래서 그랬을까. 이 거대하고 호화로운 사원을 지은 수르야바르만 2세는 관례를 깨고 죽음의 통로로 가는 서

크메르의 무용수 압사라.
탑을 닮은 뾰족한 모자를 쓰고
유방과 배꼽을 드러낸 채
춤추는 모습. 몸집이 작고
유연하다.

쪽으로 정문을 낸 것은. 빛나는 그의 영광 가운데서도 허무를 느꼈던 것일까. 그랬을 것이다. 영광이 삶을 충족시키지는 못했을 테니까. 영광의 그림자가 크면 클수록 허망의 그림자는 더욱 어둡고 두꺼웠을 테니까.

앙코르 왕국은 9세기 초엽 자야바르만 2세로부터 시작되었다. 그는 앙코르 평원이 내려다보이는 쿨렌 고원에 나라를 세우고 전륜성왕(轉輪聖王)임을 선포하였다. 12세기에 이르러 '태양의 사랑하는 아들' 수르야바르만 2세의 통치기간에 크메르 제국은 전성기를 맞는다. 그는 크고 작은 여러 개의 사원들을 건축하면서 드디어 최고

봉의 사원 앙코르 와트를 이룩한다. 그러나 수르야바르만 2세와 자야바르만 7세의 전성기를 거쳐 약 600여 년간 번영하던 크메르 왕국은 1431년 샴족에게 멸망하였다. 그 후 400년 동안 밀림 속에 묻혀 있던 앙코르 유적은 17세기 초 포르투갈 선교사들을 통하여 유럽에 조금씩 알려지다가 본격적인 탐사가 시작된 것은 1860년 프랑스 박물학자 앙리 무오에 의해서다. 원래 동식물학자였던 무오는 캄보디아에 와서 탐사겸 나비채집을 하던 중 한 마리 나비를 따라가다 앙코르 와트를 보게 되었는데, 한 마리 나비가 인도해 준 보물을 처음 보았을 때 그는 그 사원의 장엄하면서도 우아한 곡선과 정글의 색채와의 절묘한 조화에 경이와 혼돈을 금치 못했다 한다. 무오는 캄보디아와 시암의 여러 지역을 삼 년 동안 돌아다니면서 아름다운 도면과 일기, 스케치를 남겼다. 그러나 그는 라오스 대륙 깊이 들어갔다가 결국 열병에 걸려 정글에서 사망하여 그곳에 묻혔다.

나는 사원 밖 해자 앞에서 물에 비치는 탑을 본다. 아무런 행위 없이 전혀 수동적으로. 일렁이는 그것은 마법사의 성과도 같고 물의 깊은 뿌리와도 같다. 들어갈 수 없고 잡을 수 없는. 그래서 더욱 신비롭고 목마른. 크메르의 건물들은 '건축적'이기보다는 '조각적'이다. 돌의 질감이 풍기지 않는다. 웅장하면서도 정교하고 정교하면서도 장엄하다. 억누를 길 없는 열정과 지고함에 대한 갈망의 분출, 그것이 앙코르 톰의 성곽이고 앙코르 와트의 탑이다. 그러므로 앙코르 톰이 돌이라면 앙코르 와트는 꽃이다. 그러나 돌과 꽃의 그 막강한 아름다움도 가차없는 시간 앞에서 여지없이 쓸쓸하다.

나는 수르야바르만 2세와 자야바르만 7세의 영역을 벗어난다. 강력한 그들의 손아귀에서 풀려나 긴장을 풀고 한적한 시골 길을 따라 동쪽으로 간다. '스라스 스랑 호수'를 향하여. 호수 조금 못미쳐 낡은 벽돌 탑이 외롭게 홀로 있다. 그냥 스쳐가려다 들어가 보니 여러 가지 상징적인 조각들이 눈에 띈다. 쌓아 올라간 벽돌의 크기가 일정하지 않은 것도 특이하다. 안쪽 정면에는 창조의 신 브라만, 양 옆에는 시바와 비슈누의 조각이 바깥 세상을 내려다보고, 천장에 뚫린 사각의 구멍으로 하늘이 물끄러미 그들을 들여다본다. 문 밖에는 가루다(비슈누 신을 태우고 다닌다는 새. 앵무새 비슷하다)가 대기중. 이 탑은 앙코르 와트보다 200~300년 앞서 지어진 '크라반 사원'이다. 단일 건물의 작은 신전이지만 고풍스럽고 내용이 알차다.

스라스 스랑 호수가 왈칵 들이닥친다. 라젠드라바르만 1세 (944~967)가 판 인공호수다. 그때는 인접 국가들 중에서 가장 큰 인공 수영장이 있었고, 왕의 행차 때 사용되던 선착장도 있었다. 국제적인 보트 경기가 열려서 그런지 관중석 스탠드의 조각이 호사스럽다. 호수 한가운데에는 신전이 있었다 하나 지금은 커다란 주춧돌만 덩그러니 앉아 있다. '나가'들이 물가에 우르르 몰려서 기다란 몸을 쭉 펴고 호수를 바라본다. 호수 안에 담긴 구름도 보고 방풍림처럼 둘러선 열대림도 본다. 내 눈에 보이지 않는 다른 무엇을 보는

지도 모른다. 아니면 이 호수가 생기고 저들이 탄생되었던 시절을 생각하는지도. 나는 자꾸 나가에게 마음이 쏠린다. 청하고 싶다. 그 때 그 이야기를 들려달라고.

크메르 사람들의 수호신 '나가'. 머리가 여러개 달린 뱀이다. 그들은 왕궁이나 사원 앞에 나가를 만들어 놓고 왕국의 안녕과 번영을 기원하였다.

급박한 타전을 치듯 비행기는 앙코르가 있는 시엔립에서 프놈펜으로 단숨에 달려간다. 킬링 필드의 현장에 차곡차곡 쌓인 수백 개의 인골들. 그 표정이 살아 있는 사람들보다 더 다양하고 풍부하다. 다물지 못하는 캄캄한 눈 속으로 뜨거운 햇빛이 쏟아진다. 그래도 그 눈은 여전히 어둡다. 시체를 매장했던 구덩이 안에서 싱그럽게 풀이 자라고 매장되었던 사람들 옷자락은 매캐한 시간 속으로 묻혀간다. 총알이 아까워 머리를 짓이겼다던 나무도 상처가 아물고, 보리수 한 쌍도 사이좋게 서로 가지를 맞대고 두런거린다. 동네 사람들 몇몇이 아랫도리만 대충 가린 채 펌프질로 몸을 씻는다. 콩자반 같은 아이들은 맨발로 조르르 뛰어다니고, 소는 그늘에서 아까부터 우리를 씹고 있다. 하늘은 갓 태어난 아기처럼 티 없다. 아무 일 없었던 듯 평화롭고 나른하다. 정말이지 삶이란 전설 같다.

투올슬랭 기념관

죄수번호 186번. 78년 5월 3일.

뒤로 손이 묶인 소년의 부풀어 오른 눈

죄수번호 462번. 78년 5월 14일.

갓난아기를 안은 여인의 멍한 얼굴

죄수번호 571번. 78년 5월 19일.

터지고 깨지고 한쪽 팔이 잘린

킬링 필드 현장에 차곡차곡 쌓아 놓은 인골들.
뻥 뚫린 눈과 입이 당시의 참상을 무언으로 전해주는 듯하다.

고문당한 남자의 몸뚱이

사진을 보며 신음처럼 삐걱대는 침대 옆을

또박또박 걸어가는 내 발자국 소리

말간 유리 기념관 선반에

해골들이 차곡차곡 쌓여 있습니다

뻥 뚫린 입. 다물지 못하는 눈.

구름이 지나가다 가끔씩 그 속에 빠져

헤어나오지 못합니다

파헤쳐진 구덩이 안에 희끗희끗 뼈들 빛나고

울긋불긋한 옷 조각들이 삐죽삐죽

밖을 내다보고 있습니다.

동맥같이 시퍼런 하늘 한 끝에

연기 같은, 입김 같은, 뿌연 것

이리저리 떠돌고 있습니다

— 킬링필드

서슬을 내리다

'쓰기'는 불면이다. '살기'가 곧 불면이다

가야산 수련원에 왔다. 떠돌던 몸을 잠시 뉘러 왔다. 풍경에 매달리던 눈을 거두고 잠만 푹 잘 수 있어도 그게 어딘가. 그런데 동네 개들이 밤낮을 쉬지 않고 짖어대고 닭들은 목놓아 운다. 무엇이 저들 또한 잠 못들게 하는지. 첫날부터 개와 닭과의 한판 승부를 벌인다.

나를 죽이라 한다. 모든 인연과의 영상을 버리라 한다. 혼만이 우주로 가라 한다. 나를 미치게 하는 저 닭과 개도 실은 '나' 이므로 모두 죽이라 한다. 어떻게 죽을까. 죽임을 당할 수도, 스스로 죽을 수도 있다. 온갖 상황을 설정해 보아도 죽어지지 않는다. 가상이 실제보다 더 어려운 것일까. 머리는 끊임없이 계산된 죽음을 계산한다.

투명한 대낮, 나는 어느 해안 절벽 위에서 바다를 바라본다. 하늘은 금세 씻고 나온 듯 말갛고 부드럽다. 파도는 잔잔하여 움직임이 전혀 없는 듯하다. 그러나 차츰 알 수 없는 긴장이 허공을 조여온다. 수평선 가까이 코끼리 두 마리가 동쪽에서 서쪽으로 바다를 횡단하고 있다. 이상하게도 바다는 그들의 발목밖에 적시지 못한다.

갑자기, 누가 나를 콱 떠민다. 나는 순식간에 절벽 아래 몽돌밭에 처박힌다. 어느 틈에 빠져 나왔는지 나를 닮은 내 혼이 물끄러미 내 몸을 본다. 서로 반목하고 화해하고, 질시하다 독려하며, 번복과 반복을 거듭하던 몸과 혼. 다시는 일으켜 세울 수 없는 박살난 저 몸뚱이. 아, 그러나 고백하건대 혼은 누추한 저 몸을 다시 한번 입고 싶다.

문득, 발밑이 푹 꺼지며 나는 아득한 나락으로 떨어진다. 쏜살같이 굴러가다 멈춘 곳. 별들이 가득하다. 찬란함이 눈을 찌른다. 비틀거리는 나를 부축하는 이 별은 나의 별자리 전갈인가. 멀리 지구가 보인다. 내가 버리고 온 몸과 마음이 골짜기에 나뒹군다. 마음은 몸에 깃들이지 못해 안절부절이다. 그러나 저 마음도 곧 고요해지리라.

수련원 뜰의 목련이 하룻밤 사이 벙싯 열렸다. 정진의 나아감이 저와 같다면.

개와 닭에게 시달리다가 그 실체를 보러 동네로 내려가본다. 푸르럭대는 적개심을 품고. 그런데 하, 거기 500마리의 닭과 오리, 개 8마리가 진을 치고 있는 게 아닌가. 나는 이미 저들의 적수가 되지 못한다.

해가, 하얗게 탈색된 해가 산등성이 위에서 구름 속으로 들락날락 하는 바람에 생각이 접혔다 펼쳐졌다 한다. 아무리 눈부신 태양도 구름이 덮어씌우니 자취가 없다. 있고 없음의 헷갈림이여. 가득하고 텅 빔의 크나큰 간극이여.

새벽 3시. 방안이 답답하여 창문을 열다가 도로 닫는다. 혼령들이 한창 활개친다는 시각 아닌가. 가야산 구천 떠도는 혼령들이 들이닥치면? 이렇게도 나약한 나는 불을 켠 채로 정좌한다.

마음이 일으킨 몸이 떨리고 흔들리고 뜬다. 도리 없이 몸에게 몸을 맡긴다.

신기루처럼 나타났다 사라지는 환상들. 너무나 아름답고 섬뜩하고 기이하여 자꾸 마음을 빼앗긴다. 이 헛것들에게 사로잡히면 안된다.

나는 닭에게 지고, 개에게 지고, 나에게 져서 터덜터덜 가야산을 내려온다. 눈발이 날린다. 살금살금 오더니 뭉텅뭉텅 떼지어 온다. 한 시절을 마감하는 산수유 사이로, 반쯤 열어놓은 목련의 목구멍 속으로. 북극곰이 늘어뜨린 발가락과도 같은 눈덮인 나무. 촛불처럼 일렁이는 버들강아지. 새끼손톱 만한 풀꽃에 벌써 마음 비우고 동그랗게 앉아 있는 물방울. 눈 내리는 아름다운 이 현재가 내게 다시 활력을 준다. 내가 죽여야 할 것은 '나'가 아니었다. 조각난 나의 의식을 규합하지 못하는 전체성의 결여였고, 그리하여 허상의 스승을 갈구하는 어리석음이었다. 죽기 연습은 결국 얼만큼 生에 대한 집착이 강렬한가에 대한 확인에 다름아니다. 나는 정진의 도구인 마음을 날카롭게 벼리려던 서슬을 내려놓는다.

낯익은 폐허와 낯선 고향

황 현 산

시인에게 여행이란 모두 시간 여행이다. 집 밖에서 떠도는 그의 몸이 항상 다른 시간 속에 잠입해 있다는 말은 물론 아니다. 그러나 낯선 도시에서 그가 내딛는 한 걸음은 이를테면 보습학원으로 아이를 데려가는 발걸음과 사뭇 다르다. 그는 발걸음마다 다른 발걸음을 생각한다. 나는 지금 마늘냄새 진동하는 국밥집 앞에 서 있는데 정말 내가 여기 서 있는 것인가. 나는 왜 저 다리 끝에 서 있지 않을까. 지금 이 자리는 왜 다른 자리가 아닌가. 내가 이 한 걸음을 내딛으면 저 옥상의 널린 빨래들이 갑자기 깃발처럼 나부끼지 않을 것이라고 누가 장담하겠는가. 나는 이 거리를 가고 있으며 동시에 저 모퉁이 너머 다른 길을 가고 있다. 저 산은 십 년을 달려도 닿지 못할 만큼 아득한 거리에 있으며 동시에 손 짚으면 만질 곳에 있다. 한 삶을 선택해서 지금과 같은 무엇이 되기 전에 그는 갈래길에 서 있었는데, 그때 가지 않았던 길을 만나 벌써 발을 들여놓은 것이다.

아니 차라리 그 갈래길보다 더 먼 곳으로, 모든 길이 다 가능했던 자리로 내려갔다고 해야겠다. 그는 한꺼번에 모든 갈래길을 간다. 그는 이상한 축지법(縮地法)을 체득했다.

김향 시인은 이상한 축지법을 쓰고 있다. 정확히 말한다면 축시법(縮時法)이다. 시인은 깊은 땅 높은 땅을 모두 편력하는데 어디를 가서 무엇을 보건 처음 만난 것을 두 번 대하는 사람처럼 말한다. 어느 곳도 그에게는 낯선 곳이 아니다. 끊어진 기억 그 너머로 내려가면 옛날 그는 그곳에서 산 적이 있다. 그는 한 풍경의 옛날 속으로 걸어가고 자기 존재의 전사(前史) 속으로 내려간다. 그가 살아오며 잃어버린 모든 것들이 하나씩 거기서 발끝에 밟힌다. 접어놓고 온 삶이 아득한 곳일수록, 어쩌면 가장 아득한 자리에서만, 자신의 존재가 손상되지 않은 모습 그대로 아련하게 나타난다. 시인의 말을 빌리자면 "내 육신이 태어나기 전 혼으로써 들었던 '천체의 화음' 그 혼연한 울림이 가물가물 들려온다".

비유적인 의미에서가 아니라 실제로 김향 시인이 자주 찾는 것은 사물의 발원지이다. 그는 한강의 발원지를 찾으려고 애쓰고, 섬진강의 발원지인 데미샘에서는 '마음이 바라는 바'가 '물의 형상으로 환원' 되는 것을 본다. 물에 비친 시인의 얼굴이 그렇다. 시인은 쓴다.

아른아른한 그녀의 막을 뚫고 내려가 보았네
고요의 바닥에 깊숙이 내통한
빛의 무늬가 꿈틀거리네
내 인연의 그물이 출렁거리네

미끌거리는 그 빛을 잡을 수 없네

흔들리는 그물을 건질 수 없네

　　그러나 발원지를 갖는 것은 물길에 그치지 않는다. 마을 입구의 고목에도, 산부리의 바위에도 그 시간의 뿌리가 있다. 그리고 그 발원의 뿌리마다 시인이 그 얼굴을 비춰볼 호수가 하나씩 있다. 시인은 한적한 포구나 유서 깊은 절터를 찾아갔을 때도, 또는 만리 이역의 거대한 탑 앞에 섰을 때도, 항상 먼저 그 역사를 챙긴다. 그는 정사와 야사를 말하고, 이름들의 인연을 거론하고, 꼼꼼하게 연대와 숫자를 나열한다. 거기에 현학적인 것은 없다. 중요한 것은 그렇게 움켜잡는 시간들일 뿐만 아니라 그것을 말하기 위해 지금 바치고 있는 시간이다. 이 시간 속에서 그녀는 잃어버린 전사를 다시 살고 있다. 그렇더라도 거기서 수습하는 전사와 거기서 만나는 존재가 비단 시인 자신의 역사와 시인 자신의 얼굴에 그치는 것일까. 현실의 시인에게 그 전사의 삶은 여전히 갈증의 시간이며, 그 얼굴은 여전히 끌어안을 수 없는 수면 밑의 심연이다. 그것은 만 가지 물건이 하나로 돌아가는 거처이며, 바람이었거나 파닥이는 물고기였던 것이 깊고 잠잠한 흐름 속으로 다시 합류하는 순간이다. 회복된 고향과 성큼 다가선 존재는 그것들이 다시 저 그윽한 통일 속으로 제모습을 감추는 자리이다. 그래서 시인은 쓴다.

　　원숭이 휘파람 소리 들리고 사원의 은밀한 至聖所에는

　　박쥐들이 푸득였습니다 나른한 한낮이 무화과 잎에서

뒹굴다 가고 석상의 텅 빈 두 눈에 달빛 가득 찰 때

들소가 끄는 수레를 타고 호수를 건너는

한 사람의 그림자가 어른거렸습니다

별빛 창백한 폐허가 만방에 아름다웠습니다

사라지는 것은 한순간의 아름다움이며 남는 것은 별빛 창백한 폐허다. 모든 땅과 풍경이 낯익은 고향이라는 말은, 모든 고향이, 정들었던 모든 자리가 낯선 땅이라는 말과 같다. 사실 그 마음의 바라는 바가 물의 형상을 지니는 자에게 이승에 고향은 없다. 세상을 덮고 있는 것은 시인이 앙코르와트의 유적에서 보았듯이 사원을 안고 있는 무화과나무의 기괴한 뿌리들이며, 킬링필드의 해골밭에서 보았듯이 살아 있는 것들의 잔학함이다. 성숙한 자의 눈에 인간의 고향은 낯선 폐허일 뿐이다. 폐허는 모든 바람을 무로 돌리나 또한 모든 바람을 가장 오래 간직한다. 폐허는 한 번 보여주고 오래 감춘다. 시인이 어디서건 보려 했던 것은 지금 무엇인 것이 아니라, 한때 무엇이었던 것이었다. 폐허는 한세상에서 무엇이었던 것을 저 세상에서 무엇일 것으로 간직한다. 그때까지 천지는 고향의 얼굴로 이따금 번쩍이고 오래도록 이방의 낯섦으로 남는다.

김향 시인의 여행기는 아름답다. 끝없는 선율의 유려한 문장 속에서 쟁쟁한 감각들이 날을 세워 자주 육신을 후빈다. 그러나 더 아름다운 것은 어디서나 처음 만난 것을 두 번 대하는 자의 정답고 낯익은 시선 아래 막막하게 깔려 있는 낯선 폐허이다. 삶은 거기 얼굴을 비칠 뿐 다른 곳에 있다.

■ **저자약력**

김 향

서울에서 출생하여 국문학과 피아노를 전공했다.
《심상》으로 등단했으며, 시집으로《하루씩 늦어지는 달력》,
《세계를 떠난 사람의 집》등이 있다.

· 나남산문선 · 49

김향 여행에세이
길은 산으로 휜다 아니다 다시 바다로 열린다

2001년 7월 30일 발행
2001년 7월 30일 1쇄

· 저   자 : 김 향
· 발 행 인 : 조상호
· 발 행 처 : (주) **나남출판**
· 등   록 : 제 1-71호 (79. 5. 12)

· 주   소 : 서울 서초구 서초동 1364-39 지훈빌딩 501호
· 전   화 : (02)3473-8535(代), FAX : (02)3473-1711
· 홈페이지 : http://www.nanamcom.co.kr
· 천리안, 하이텔 ID:nanamcom

ISBN 89-300-0849-6   값 12,000원

거짓과 비겁함이 넘치는 오늘, 큰 사람을 만나고 싶습니다

조지훈 전집

제①권:詩 · 제②권:詩의 원리 · 제③권:문학론
제④권:수필의 미학 · 제⑤권:지조론 · 제⑥권:한국민족운동사
제⑦권:한국문화사서설 · 제⑧권:한국학연구 · 제⑨권:채근담

長江으로 흐르는 글과 사상! 우리의 소심함을 가차없이 내리치는 준열한 꾸중!《조지훈 전집》에는 큰 사람, 큰 글, 큰 사상이 있습니다.

난세라는 느낌마저 드는 요즈음 나는 젊은이들에게 지훈 선생의 인품과 기개, 그리고 도도한 글들로 사상의 바다를 항해하고 마음밭을 가는 일을 시작하면 어떻겠는가, 말해주고 싶다.

— 딸의 서가에 〈조지훈 전집〉을 꽂으며, 韓水山

NANAM
나남출판　　TEL:3473-8535　　FAX:3473-1711